KB058036

링곤베리 소녀

# 링곤베리 소녀

수산네 얀손 지은

이정아 옮김

OFFERMOSSEN

검은숲

알마와 에드바르드에게

살아 있는 사람들은 누구나 죽은 영혼 열 명을
이고 다닌다는 말이 있다.
그 무게가 당신의 신경을 긁어댈지도 모른다.

– 예란 달베리의 《유령과 함께 걷기》 중에서


존재하지 않는 것이
만물에 스며들어
그곳을 제자리로 삼는다.

– 안 예델룬드의 《아무도 깊이 사랑하지 마라》 중에서

아무도 뭔가를 듣거나 목격하지 않았다는 말은 사실이 아니다. 그날 밤 여러 발의 총성이 밤공기를 뒤흔들고 뒤이어 사람의 형체가 허겁지겁 집에서 튀어나와 대기 중인 차로 뛰어드는 모습을 목격한 이들은 당연히 많았다.

아마 목격자들은 그 후 가던 길을 가거나 경찰이 도착해 시신을 내가는 동안 소동을 계속 지켜보았을지 모른다. 하지만 그들은 말하지 않았다. 그들은 덤불 속에서 주위를 두리번거리거나 무성한 나뭇잎 속에서 몸을 쉬거나 땅 위로 불쑥 솟구쳤다. 그들은 자연과 하나였으며 사람들의 눈에 보이지 않을 때가 많았다. 아마 모두 짐승이었을 것이다. 크든 작든, 빠르든 느리든, 시력이 좋든 반쯤 눈이 멀었든.

어떤 경우든 그 집에서 일어난 사건의 진상은 빠르게 흩어지고 사라졌다.

많은 일들이 그러하듯이.

# 프롤로그

저녁이 다가오면서 바람이 거세지기 시작했다. 처음에는 우듬지가 살랑거릴 정도였지만 점점 기세등등해지며 손에 닿는 모든 것을 찢어발기려는 것 같았다. 고작 30분 만에 어둠이 모든 것을 집어삼켰다.

요한네스는 영지 저택 밖에 있는 주차장에 도착하자 자전거에서 내려 가로등에 기대 두었다. 그리고 검은 머리채를 모아 틀어 목덜미에서 묶었다. 정말이지 지독한 날씨였다. 평범한 사람이라면 달리기를 하러 집을 나설 엄두도 나지 않을 날씨였다.

그렇지만 요한네스는 평범하지 않았다.

그는 자전거에 자물쇠를 채운 후 나탈리에가 지내는 저택의 별채를 힐끔 보았다. 펄럭거리는 등유 램프의 불빛이 창문을 통해 보였다. 덕분에 집 안을 돌아다니는 그녀를 볼 수 있었다. 그림자들이 잡힐 듯 말 듯 너울거리며 벽 위를 움직였다.

그녀처럼.

며칠 전 나탈리에는 그의 집에서 밤을 보냈다. 그러나 아침에 눈을 떠보니 그녀가 가고 없었다. 침대는 텅 비어 있었다.

물론 그녀는 다음 날 일찍 일어나야 한다고 미리 말해줬다. 이미 알고 있었다고 해도 밀려오는 실망감을 막을 수 없었다. 그들은 전날 근사한 밤을 보냈다. 그런데도 한 마디 말이나 쪽지도 없이 훌쩍 가버린 것이다.

이유야 뻔할 것이다. '친밀한 관계에 대한 두려움.' 그는 스트레칭을 하며 생각했다. 나탈리에는 상처를 입을지도 모른다는 두려움에 한 발 뒤로 물러났을 것이다. 심리학자 놀이를 하고 싶다면 이런 해석도 납득될지 모른다.

어느새 쏟아지는 빗줄기가 거세졌다. 덩달아 달리고 싶은 욕구도 더 강렬해졌다. 그의 옷차림은 달리기에 적합하지 않았다. 모르지 않았지만, 어차피 제대로 갖춰 입고 달린 적도 없었다. 그는 일기예보에 신경을 쓰는 타입이 아니었다. 기껏해야 창을 흘깃 내다보는 정도였다. 그렇게 무심한 건 어머니가 정반대 성격이었기 때문일 것이다. 그의 어머니에게는 온도계의 눈금마다 적합한 옷차림이 있었고 어떤 행사건 그에 어울리는 복장이 있었다. 그의 어린 시절은 겹겹이 껴입은 옷 속으로 단 한 방울의 빗물이나 싸늘한 바람 한 줄기도 스며들지 못하도록 옷매무새를 가다듬고 옷을 갈아입으며 수선을 떠느라 다 가버렸다.

어른이 된 후로 요한네스는 어쩌다 옷이 젖거나 한기가 들면 오히려 희열을 느꼈다.

그는 나탈리에의 숙소에서부터 좁은 길을 따라 달리기 시작해 오른쪽으로 방향을 틀었다. 한쪽은 숲이었고 다른 쪽은 토탄 늪지였다. 그는 늪지의 풍경에 꽤 정이 갔다. 눈앞으로 확 트인 황량한 정경. 땅바닥에 바짝 붙은 칙칙한 식물들. 비가 쏟아지고 바람이 세차게 불자 늪지의 풍경은 어느 때보다 고집스럽고 근사해 보였다.

한겨울 그곳에서 자라는 물이끼에 하얗게 성에가 낀 모습을 본 기억이 떠올랐다. 금방이라도 부서질 것처럼 섬세하고 유혹적이어서 흡사 이 세상의 것이 아닌 듯한 분위기마저 풍겼다. 그런 풍경은 난생처음이었다.

어느 순간 난데없이 커다란 엘크 한 마리가 나타나 얼어붙은 웅덩이들 위로 뒤뚱거리며 걸어갔다. 우지끈 얼음장 깨지는 소리가 서글픈 종소리처럼 울렸다. 오늘따라 요한네스는 끈질기고 기계적으로 길을 깨며 앞으로 나아가는 자신의 단조로운 발소리가 유난히 크고 강하게 들렸다.

첫 번째 구역을 지나자 구불구불 이어지던 길이 곧게 펴지며 오래된 토탄 채굴장으로 뻗어 갔다. 길이 직선으로 이어지는 덕분에 그는 여기저기 힐끔거리며 달릴 수 있었다. 어느덧 늪지 근처 주차장이 보였다. 그곳은 텅 비어 있었다. 원래도 인적이 드문 곳이었다. 빗줄기가 사정없이 얼굴을 때리는 그 특별한 늦은 오후에는 평소보다 훨씬 황량하게 느껴졌다.

여기저기에 좁은 목조 보행로가 늪지로 이어져 있었다. 그는 길을 가로질러 더 짧은 루트로 달릴지 잠시 고민했다. 하지만 판자 위는 미끄러워 보였다. 위험해 보이기도 했다. 균형을 잃는 것만으로도 무슨 일이 생길지 몰랐다.

"아야!"

수도 없이 달린 길이라 나무뿌리 하나, 오르막길 하나까지 손바닥 들여다보듯 훤했는데도 그만 바위를 엉거주춤한 자세로 디디고 말았다. 통증이 파문처럼 다리를 타고 올라오다가 사라지더니 다음 순간 최고조로 되돌아왔다.

'젠장!'

요한네스는 한쪽 다리로 풀쩍풀쩍 뛰며 기댈 만한 것을 찾아 두리번거리다가 급기야 땅으로 쓰러지고 말았다.

통증이 지독했다. 옷을 사정없이 내리치는 강풍과 폭우를 뚫고 다시 일어서려고 했지만, 다친 발에 전혀 힘을 실을 수 없었다.

그는 통증이 잦아들지 않을까 잠시 기다렸다. 하필 휴대폰을 집에 두고 온 자신이 원망스러웠다. 어떻게 하면 한쪽 다리로 영지 저택까지 돌아갈 수 있을까?

길을 따라 잡목림이 무성하게 자라고 있었다. 요한네스는 그 모습을 본 순간 굵은 나뭇가지로 즉석에서 목발 한 쌍을 만들면 되겠다는 생각을 했다. 처음에는 좋은 생각 같았다. 하지만 얼마 후 포기할 수밖에 없었다. 그가 구한 나뭇가지들은 목발로 쓸 만큼 단단하지 않았다.


깨금발로 뛰거나 다리를 질질 끌고 가기를 반복하며 온 길을 얼마간 되돌아갔을 즈음, 늪을 바라보았다. 그 순간 요한네스는 알아차렸다. 어느 사이엔가 비가 멎었다. 게다가 바람도 전혀 불지 않았다. 완벽하게 고요했다.

정말 기묘했다.

검은 하늘을 덮은 구름 뒤에서 스르르 달이 나타났다. 축축한 땅

위를 덩굴손처럼 느린 걸음으로 퍼져 나가는 물안개가 달빛을 받아 빛났다.

무슨 소리가 들린 것 같았다. 바람 소리인가? 아니면 야생동물? 흐느끼는 소리 같았다. 숨죽인 고함 소리 같기도 했다.

그때 길을 따라 다가오는 불빛이 보였다.

손전등이었다. 누군가 오고 있었다!

"여기요!" 그가 소리쳤다.

아무 대답이 없었다.

"도와주세요!" 그가 계속 소리쳤다. "제가 지금 다쳤어요."

빛이 점점 가까워졌다. 더 다가왔다. 마침내 그 빛에 눈이 부셔 한 손으로 눈을 가릴 수밖에 없었다.

"저기요?"

바로 그때 손전등 불빛이 다른 곳을 향하자 비로소 앞이 보였다.

'이 사람 지금 뭐 하는 거지?' 요한네스에게는 그렇게 생각할 시간밖에 없었다.

그리고 어둠이 모든 것을 집어삼켰다.

# 제1부

## 3주 전

똑, 똑, 똑.

나탈리에가 화들짝 놀라 잠에서 깼다. 그녀는 손가락으로 관자놀이를 꾹 눌러 머릿속에서 울리는 똑똑 소리를 지워버렸다.

똑, 똑, 똑.

똑, 똑, 똑.

자명종을 얼핏 보니 일어나야 할 시각까지 두 시간이나 남아 있었다. 달리 말하자면 평소 일어나는 시각이었다. 다시 잠을 청하려고 했지만 소용이 없었다.

아무 소용이 없었다.

그녀는 침대 가장자리에 걸터앉아 끝내지 못한 일이 있는지 곰곰이 머릿속을 뒤져보았다. 없었다. 집 안은 깨끗하고 살림살이는 대부분 보관창고에 있다. 아직 차에 싣지 않은 짐 가방들도 복도에 내놓았다. 준비는 다 끝났다.

그녀는 샤워를 마친 후 최대한 흔적을 남기지 않으려고 주의하며 선 채로 아침을 먹었다. 그리고 자신이 집을 비우는 동안 이 아파트에 머무를 사람들에게 쪽지를 써서 식탁에 올려놓았다.

냉장고에 음식을 조금 남겨뒀어요. 필요하면 드세요. 임대료를 송금할 계좌번호는 제가 어제 보낸 이메일에 있어요.
이곳에서 즐거운 시간 보내기 바랍니다.
안녕히 계세요.
나탈리에.

인적 없는 길거리가 조용했다. 일요일의 풍경이었다. 나탈리에는 마지막 짐을 트렁크에 싣고 운전석에 앉은 후 출발했다.

나탈리에는 도시가 잠에서 깨기도 전에 예테보리를 벗어나 E45번 고속도로를 타고 북쪽으로 향했다. 마치 하룻밤 정사를 치른 후 몰래 빠져나가는 것 같았다.

잠시 후 휴게소에 들러 기름을 넣고 커피를 사고 첫 이틀 동안 버틸 수 있도록 생필품을 샀다. 그리고 다시 출발했다. 풍경이 어둡고 침울하게 바뀌었다.

상상해보라. 고작 몇 시간이면 수많은 시간을 거슬러 올라갈 수 있다고. 그러면 호수와 숲으로 뒤덮인 땅이자 그녀가 원래 속했던 그곳으로 갈 수 있다고.

나탈리에는 해안가 대도시에서 살 때 자신이 늘 이방인 같았다. 쾌활하고, 변덕스럽고, 신뢰할 수 없는 바다. 항상 항해 중이고, 바위 절벽과 수평선을 좋아하고, 태양을 숭배하고, 가능하다면 기후가 늘 온화하기를 원하는 사람들 틈바구니에서 나탈리에는 제자리를 찾지 못했다. 사람들은 그녀에게도 똑같은 모습을 기대하는 듯했다. '일어서서 나가라' 정신 같은 것 말이다. 그녀는 이런 정신을 결코 내면화하지 못했지만 어느 정도 비슷하게 그런 시늉을 할 수 있게 되었다.

매년 여름 보후슬렌의 따뜻한 화강암에 발을 딛고 물속으로 다이빙해 들어갈 때면 바다가 순전히 반사적으로 그녀를 그대로 뱉어버릴 것 같았다. 그녀가 바다에 속하는 사람이 아니라는 사실을 알기라도 하듯 말이다.

9월의 빗방울이 자동차 앞 유리로 떨어지기 시작했다. 주저하듯 조용히 내리는 비였다. 가을은 걸리적거리거나 성가시게 하지 않겠다는 듯 발끝으로 살금살금 다가오는 것 같았다.

'어서 와.' 그녀가 생각했다. '그냥 와.'

'그냥 떨어지면 돼.'

'우리는 함께 그 일을 할 거야.'


나탈리에는 오몰로 나가는 출구를 지나 펭에르스코그에서 갈림길로 들어갔다. 그녀는 이 모든 상황이 현실이 아닌 것만 같았다. 그 감정은 압도적인 만큼 갑작스럽기도 했다. 그녀는 무엇을 할 작정인지 자문했다. 무엇을 다시 움직이려는지 말이다. 한편으로는 거의 다 왔다는 사실을 깨달았다. 돌아가기에는 너무 늦었다.

예술학교와 낡은 공장을 지나치며 속도를 줄였다. 그곳이 요즘은 스튜디오나 화랑, 작업실로 쓰인다는 사실을 알고 있었다. 한때 영세한 식료품점밖에 없었던 사거리에 빵집과 카페가 들어섰다. 캔

버스 가방을 든 젊은 사람들이 모닝 카페라테나 차를 기다란 컵으로 마시는 모습이 보였다. 잠시 후 건물들이 숲에게 자리를 내주었다. 얼마를 더 달리니 장원 영지의 저택으로 이어지는 자작나무 대로가 나왔다.

자갈이 깔린 진입로에 차 두 대가 서 있었다. 나탈리에는 짐을 그대로 둔 채 차에서 나와 자갈길을 가로질러 정문으로 향했다.

네 개의 탑을 거느린 저택은 전면에 흰색 석고를 발랐고 양철 지붕은 보리수 꽃과 같은 색조의 녹색이며 커다란 창문들이 주위를 향해 나 있는 으리으리한 건물이었다. 장원의 저택이 으레 그렇듯이 그곳도 야트막한 오르막길에 서 있었다. 이런 저택들은 아름다운 풍경을 바라보며 서 있는 경우가 많았다. 이를 테면 그림 같은 호수나 완만한 구릉지 말이다.

그런데 이 저택은 달랐다. 이곳에서 보이는 풍경은 평범하고 수수했다. 흐릿한 색깔과 땅딸막한 소나무들, 가라앉는 땅바닥이 광대하게 펼쳐진 풍경뿐이었다. 태양의 손길이 미치지 않고 내내 습하기만 할 것 같은 풍경 말이다. 그 땅은 언제나 울고 있었다. 언제나 느릿느릿 출렁거렸다.

그리고 나탈리에는 자신의 의지로 이곳에 되돌아왔다.


"작은 별채를 빌리기로 하신 분인가요?"

자신을 앙네타라고 소개한 여자는 저택에서 운영하는 게스트하우스의 지배인이었다. 그녀는 카프탄과 비슷하고 치맛단에 넓은 띠처럼 수가 놓인 베이지색 원피스를 입고 있었다. 그렇지 않아도 당당한 체구인데, 그런 옷을 입으니 마치 기둥처럼 보였다. 그녀의 짙은 금발 머리는 어깨까지 곧게 내려왔고 앞머리는 뭉툭하게 잘려 있었다.

"네, 맞아요."

앙네타 뒤로 그녀의 남편이 서 있었다. 아내보다 머리 하나가 작은 그는 검은색 양복을 입고 신경질적으로 실내를 둘러보았다.

'구스타브.' 나탈리에가 생각했다. '경호원 같군. 두 사람 다 내가 기억하는 모습 그대로야.'

"모스마르켄과 크바그미레 장원의 저택에 오신 것을 환영합니다. 빌리시려는 건물이 평범한 시골집이라는 사실은 알고 계시죠? 원래 그 별채는 여름 몇 달만 사용하던 곳이에요."

"네. 그건 괜찮을 거예요. 난방은 되겠죠?"

"벽난로 두 개에 가스냉장고(냉매가 아니라 가열된 암모니아의 기화열을 이용하는 냉장고-옮긴이)가 있어요. 그런데 편의 시설은 그게 다예요. 물은 여기 지하에서 길어야 하고 휴대폰과 노트북 같은 전자 기기는 우리 사무실에서 충전할 수 있어요. 샤워실과 화장실은 위층 복도에 있고요. 물론 집 뒤에 옥외 화장실도 있어요. 그 밖에는······." 그녀가 곰곰이 생각하는 기색으로 말을 이었다. "오, 그래요. 자전거. 자전거를 타고 싶으면 낡았지만 빌려드릴 만한 게 있어요. 그런데 댁은 어디시죠?"

"저는 예테보리에 살아요."

나탈리에의 시선이 로비 벽에 걸린 오래된 초상화들로 향했다. 풍성한 드레스를 입은 우아한 숙녀들과 군복 차림의 오만해 보이는 신사들이 그려져 있었다. 어린 시절 그 초상화들에 빠져들곤 했는데, 그중에서도 나탈리에가 매료된 그림이 있었다. 19세기 후반 이 저택에 살았던 영주의 아내 소피아 한츠도테르의 초상화였다. 소피아의 완두콩색 드레스와 멜랑콜리한 시선이 아직도 기억났다.

전해오는 이야기에 따르면, 소피아는 아이 여덟을 낳았고 그중 일곱을 잃었다. 그녀는 미친 여자였다. 아이들을 몰래 목 졸라 죽인 후 남편에게 저택 근처의 늪지에 묻게 해달라고 간청을 했다. 그 이유는 아이들과 가까이 있고 싶어서라고 했다. 남편은 상심한 아내의 심장이 더 큰 충격을 받지 않도록 그 말을 들어주었다. 그러다가 여덟 번째 아이가 태어난 날, 문득 먼저 태어난 아이들이 목숨을 잃은 진상을 깨닫고 갓난아기를 엄마의 품에서 빼앗았다. 그러자 소피아는 아이들을 묻은 곳으로 가 늪 속으로 훌쩍 뛰어들어 사라져버렸다. 아무도 그녀를 구하려고 하지 않았다.

여덟 번째 아이는 건강하고 강인한 남자로 자라서 장원을 물려받았다. 그가 현재 소유자인 구스타브의 증조할아버지였다.

"구스타브와 내가 지난 35년간 이 저택을 게스트하우스로 운영했어요. 그전에는 남편 부모님의 소유였죠." 앙네타가 말을 이었다. 그녀의 태도로 미루어보아 이렇게 저택을 소개하는 경우가 처음이 아닌 듯했다. "이곳은 1600년대부터 구스타브 가문이 살았답니다. 여기에 걸린 초상화들이 다 가문의 조상님들이에요." 그녀가 손을 빙 둘러 주위의 그림을 가리켰다.

그때 어떤 여자가 계단을 내려왔다.

"우리 요리사인 엘레나예요. 베네른 호수의 이쪽 지역에서 엘레나만큼 흰 살 생선 훈제를 잘 하는 사람이 없답니다. 혹시 한번 맛보고 싶으실까 봐 미리 알려드리는 거예요."

엘레나는 안색이 창백하고 비쩍 말라서, 통통하고 나이 지긋한 부인이라는 요리사 이미지와 더 이상 멀 수 없을 정도로 동떨어진 인물이었다.

"그리고 저 사람은 알렉스예요. 여기 관리인이죠." 큰 키에 근육질의 남자가 문으로 들어오자 앙네타가 얼른 소개했다. "고칠 게 있으면 큰 소리로 알렉스를 부르세요."

알렉스가 발걸음을 멈추고 시선을 위쪽 샹들리에 언저리에 고정한 후 고개를 까닥했다. 그러더니 방들이 있는 집 안쪽으로 들어갔다.

"혹시 궁금한 게 있으면, 구스타브와 나는 주중에는 아홉 시부터 네 시까지 여기에 있어요. 그 시간에는 주로 옆방 사무실에 있죠. 사다리에 올라가 헛간 문을 칠하거나 고장 난 트랙터를 수리하거나 다른 자잘한 일거리를 하지 않을 때는요. 나머지 시간에는 동관에 오면 우리를 찾을 수 있어요. 그곳을 살림집으로 쓰고 있거든요. 업무 시간이 아니어도 볼일이 있으면 언제든지 찾아오세요." 그녀는 그쯤에서 한숨 돌린 후 다시 말했다. "이 정도면 충분하겠죠. 요즘은 말하자면 비수기예요. 그래서 바쁠 일이 많이 없죠. 그런데 무슨 특별한 목적으로 여기 오신 건지 물어봐도 될까요?"

"네. 저는 지금 박사 논문을 쓰고 있어요. 온실효과가 습지의 부패 과정에 어떤 영향을 미치는지에 대한 연구 중이에요. 저는 생물학자거든요."

"그렇군요." 앙네타가 미소를 지으며 창문으로 다가갔다. "그러니까 늪지 때문에 여기에 온 거군요. 재미있네요."

"네, 마지막 현장 실험을 몇 가지 계획해뒀죠."

"정말 독특한 곳이에요, 이 늪 말이에요." 앙네타가 계속 말을 이었다. "예전에는 저곳을 제물의 늪이라고 불렀답니다."

"그렇다더군요."

"그렇다면 그 이야기들을 들었겠군요? 철기시대로 거슬러 올라가면 신들에게 바치는 다양한 제물을 저곳에 묻었어요. 인신공양도 실제로 행해졌답니다. 사무실에 관련 브로슈어를 비치해뒀어요. 새 천년이 시작될 무렵에 인신공양으로 죽은 사람의 시신이 이곳에서 발견되었죠. 기원전 300년 사람이라나요. 그 시신은 지금 칼스타드 박물관에 소장되어 있어요."

나탈리에가 고개를 끄덕였다. "네, 그 이야기도 들은 것 같아요."

"링곤베리 소녀." 앙네타가 말했다.

"맞아요." 나탈리에가 맞장구를 쳤다.

"네, 사람들이 그렇게 불러요. 여기서 발굴된 소녀를요. 늪은 말이죠, 그곳으로 나갈 때는 각별히 조심하세요. 1년 중 이맘때가 되면 군데군데 땅이 심하게 물컹거리는 데다 목조 보행로가 몹시 미끄럽거든요. 물론 손님이라면 그런 상황에 익숙하시겠죠."


장원 영지의 저택 아래쪽에 위치한 별채는 방 하나에 작은 부엌이 딸려 있는 구조였다. 부엌에는 조리대와 수도꼭지가 없는 개수대, 땔감을 때는 대형 스토브가 설치되어 있고 한구석에 전통적인 부엌용 소파와 의자 두 개로 꾸며놓은 식사 공간이 있었다. 방에는 다리가 달린 침대 틀과 옷장, 디자인이 단순한 책상이 있고 난방용인 타일 스토브 앞에는 낡은 안락의자 두 개와 작은 탁자가 놓여 있었다.

가을의 한기가 두터운 통나무 벽을 뚫고 들어왔다. 통나무집 내부는 사람의 손길을 타지 않은 느낌이었지만 의외로 신선하고 청결한 냄새가 났다.

방 한구석에는 커다란 거울이 벽에 기대 세워져 있었다. 나탈리에는 바닥에 털썩 주저앉아 양반다리를 한 채 거울로 자신의 얼굴을 요모조모 뜯어보았다. 얼마나 피로하건 겉으로는 지친 기색이 좀처럼 드러나지 않는 자신의 얼굴은 언제 봐도 놀라웠다. 1년에 한 번씩 자르는 모래색 머리카락은 11년 전 나탈리에가 모델 수업을 받을 때 유명 스타일리스트가 제안한 스타일 그대로였다. 중간 길이에 심플하고 앞머리를 살짝 내리는 스타일로 손질하기 편했다.

나탈리에는 열여덟 살에 영화관 앞에서 길거리 캐스팅이 되어 모델 일을 제안 받았다. 모델을 하기에는 키가 무척 작았기에 의외였다. 그들은 기꺼이 이 결점을 눈감아준 것에 대해 그녀가 마음 깊이 감사하기를 기대하는 눈치였다.

그때는 중등교육을 막 마쳤을 때여서 손쉽게 돈을 벌 수 있으리라 가슴이 부풀었다. 하지만 나탈리에는 모델 일의 온갖 야단법석을 버티지 못했다. 코를 톡 쏘는 헤어스프레이나 얼굴을 연신 쓸어대는 파우더 브러시나 카메라 앞에서의 지시 사항을 견딜 수 없었던 것이다. 이를 테면 뭐든 이례적인 분위기를 발산하라는 요령부득의 지시 사항 같은 것. 나탈리에는 그것이 뭔지 끝내 이해하지 못했다. 결국 2주 만에 이만하면 됐다고 생각했다.

머리 모양은 그녀의 인생에 여담처럼 불쑥 끼어든 해프닝에서 유일하게 의미 있는 유산이었다. 따로 손질을 할 필요가 거의 없지만 외모에 신경을 쓰는 듯한 느낌을 주었다. 나탈리에는 순전히 실용적이라는 이유로 이 스타일을 줄곧 유지했다. 이런 스타일을 유지하는 한 주위 사람들은 겉으로 드러나는 일 외에는 그녀에게 관심을 두지 않았다.

입구에는 물 항아리 두 개와 장작이 담긴 커다란 바구니가 놓여 있었다. 나탈리에는 부엌의 스토브와 타일 스토브에 불을 지피기 시작했다. 식료품을 꺼내 정리하고 가져온 옷도 옷장에 걸었다. 마지막으로 그 지역이 나온 커다란 지도를 펼쳐 책상 옆 벽에 붙였다. 그리고 실내화를 신고 두툼한 스웨터를 입었다.

잠시 방 안을 둘러보았다. 불이 타닥거리며 탔다. 이내 스토브에서 연기가 너무 많이 새어 나와 창문을 열어야 했다.

그러자 모든 것이 제대로 돌아가는 것처럼 보였다. 그녀는 휴게소에서 산 토르텔리니(소를 넣은 만두의 양쪽 끝을 한데 모아 고리처럼 만든 파스타의 일종-옮긴이) 통조림을 데우고 빵 한 조각에 치즈 튜브에서 치즈를 짜서 함께 먹었다.

집 뒤로 작은 뜰이 있는데, 가장자리를 따라 웃자란 들장미 덤불에 둘러싸여 있었다. 그 앞으로 접이식 나무 의자 두 개가 놓여 있었다. 의자를 지나 몇 미터를 가면 늪지까지 이어진 구불거리고 좁은 길이 나왔다.

나탈리에는 재킷을 입고 의자에 조심스럽게 앉은 후 풍경을 지긋이 바라보았다. 아무것도 변하지 않은 것 같았다. 언제나 그런 풍경이었던 것처럼 모든 것이 그대로였다. 지난 14년만 아니라 수 세기 동안, 아니 태곳적부터 말이다. 옹이지고 시든 소나무들. 축축한 녹색 풀 더미들 사이 번득이는 눈처럼 들어선 웅덩이들. 무채색 풍경

속에 녹아든 아늑한 호젓함. 황새풀의 가느다란 적갈색 가을 줄기에서 하늘거리는 솜뭉치 같은 꽃자루들.

플루트 소리를 닮은 마도요의 울음소리. 마도요 떼가 벌써 월동지로 떠났는데도 하늘 아래에서 그 소리가 메아리치는 것 같았다. 졸졸 흐르는 시냇물 같은 유쾌한 울음소리를 못 들은 지 한참 되었지만 여전히 들리는 듯했다. 새들이 날아가며 서로를 부르는 소리 말이다. 나탈리에는 이 새소리를 몹시 좋아했었다. 그러나 모든 것이 변하자 그 노랫소리는 그녀를 비웃고 조롱하는 웃음소리이자 앞으로 다가올 일에 대한 위협적인 경고의 노래로 들렸다.

나탈리에는 앞으로 자신이 해야만 하는 일을 차근차근 떠올리자 스스로가 대담하다 못해 경솔한 행동을 하려는 것 같았다. 제대로 준비도 하지 않은 채 충동적으로 선을 넘으려는 것처럼.

서쪽으로 눈을 돌리면 숲 위로 솟은 전신주들이 보일 것이다. 나탈리에의 옛집 옛 방에서 보였고 늪지에서 길을 잃을 뻔할 때마다 길잡이가 되어 구원의 손을 내밀어주었던 전신주들이었다. 아무리 생각해도 이해되지 않았다. 그저 그 전신주들을 따라가면 모든 일이 시작되어 끝이 난 곳으로 갈 수 있다는 사실이.

숙소에서 첫 밤을 보내고 눈을 뜨니 밖이 아직도 컴컴했다. 나탈리에는 가을을 알리는 신호들 가운데에서도 어둠이 도무지 좋아지지 않았다. 어둑한 아침과 컴컴한 저녁. 하루하루 시간이 흐를수록 빛은 점점 자취를 감추었다. 그런 점에서 여름이 좋았다. 여름이라면 머릿속의 노크 소리에 눈을 뜨는 새벽 네 시에도 하늘은 훤히 밝았다. 의식으로 스며드는 묵직한 무게감이라고 해야 할지, 뇌가 합당한 설명을 찾는 순간에도 뭔가가 잘못된 것 같은 뭐라 꼬집어 말할 수 없는 느낌을 빛이 있으면 쉽사리 털어낼 수 있었다. 하지만 가을의 어둠은 그와 반대되는 효과를 일으켰다. 가을은 나탈리에가 불편한 느낌들을 곱씹어보기를 원하는 것 같았다.

나탈리에는 침대 옆에 놓인 등유 램프에 불을 켜고 타일 스토브로 갔다. 여전히 온기가 남아 있었다. 그녀는 오래전에 헤어진 덩치 큰 친구라도 되듯 스토브를 조심스럽게 안았다. 눈을 감고 손바닥과 허벅지, 한쪽 볼로 스토브의 온기를 한껏 받아들이며 몸을 밀착시켰다. 문득 '기도'라는 단어가 떠올랐다. '기도가 이런 느낌일까?'

그때 뭔가가 창문을 긁는 날카로운 소리가 났다.

'뭐지?'

그녀가 천천히 다가가 밖을 내다보았다.

'까치들인가?'

아무것도 알아볼 수 없었다. 보이는 것이라고는 저택에서 100미터가량 떨어진 곳에 서 있는 가로등들뿐이었다. 어둠 속에서 두 개의 작은 전구가 빛을 발하고 있었다.

나탈리에는 등유 램프의 빛에 자신이 깜깜한 밖으로 완전히 노출된 것 같아 불안해졌다. 창에는 커튼이 없었다. 하지만 창문마다 위쪽 양 모서리에 못이 박혀 있었다. 임시방편으로 의자 위에 올라서서 니트 스웨터 두 벌을 묶고 못에 걸어 침대에서 가장 가까운 창문이라도 가리려고 해보았다. 마음먹은 대로 잘 되지 않았다. 그녀는 잊지 말고 담요를 찾아보자고 생각했다. 침대보라도 상관없었다. 다른 창문들도 다 가리려면 필요했다.

나탈리에는 가방에서 전날 신문을 꺼내 이불 속으로 파고들었다. 오피니언란에 실린 에너지 정책에 대한 칼럼을 읽어봤지만 도무지 집중이 되지 않았다. 창 유리들이 그녀를 향해 눈을 번득였고 어둠이 방 안을 들여다보고 있었다.

'젠장. 어떻게 해야 할까?'

그녀는 이렇게 노출된 느낌과 맞닥뜨릴 거라고 예상하지 못했다. 이런 것은 계획에 없었다. 아니다. 다 잊어야 한다. 지금은 단 두 가지에만 집중해야 했다. 하나는 논문이었다. 다른 하나는 논문이라는 구실에 가려진 모호한 과제였다. 나탈리에는 그 과제가 자신과 관계가 있으리라 짐작할 뿐이다. 뭔가가 그녀를 자꾸 이곳으로 끌어당겼다. 아마 오래전부터였을 것이다. 나탈리에는 그 뭔가를 의식적으로 외면했지만 결국 이끄는 대로 따를 수밖에 없었다. 그것은 땅속 깊은 곳에서 치솟은 갈망 같았다. 내면의 부름.

아무도 그녀가 이곳 모스마르켄 출신인지 몰랐다. 그녀의 지도 교수를 제외하면 말이다. 지금은 그 지도 교수조차 여행을 떠났다.

나탈리에는 어디론가 홀쩍 떠난다는 생각이 마음에 들었다. 일상에서 벗어나 모습을 감추는 행위에서 정화와 같은 것, 일종의 절대적 자유가 느껴졌다.

14년 전 그녀는 말없이 이곳을 떠났다. 이렇게 홀쩍 돌아오니, 그간의 여정을 거울에 반전시킨 듯했다. 혹은 얽혀 있는 매듭을 풀고 다시 시작하기 위해 실을 되감아가는 것이나 마찬가지였다.

친구들은 대부분 그녀가 지금 예테보리에 없다는 사실을 알아차리지 못할 것이다. 그도 그럴 것이 친구들도 나탈리에처럼 연구자라 지구 곳곳에 퍼져 있기 때문이다.

그녀의 행방을 궁금해힐 사람은 양부모뿐일 것이다.

지난 몇 년 동안 나탈리에는 그들과 관계를 지속하는 데 애를 쓸 여력이 없었다. 관계가 소원해질수록 양부모의 질책이 거세졌고, 특히 양어머니 하리에트의 불만이 심했다.

"지금껏 우리가 너를 어떻게 키웠는데, 우리에게 고마워한다는 게 고작 이런 식이니?" 마지막으로 그들이 대화 비슷한 것을 했던 날 하리에트가 이렇게 쏘아붙였다. 양부모는 생일 축하 꽃다발을 가지고 나탈리에를 찾아왔다. 하리에트는 끝내 감정을 억누르지 못해 둥근 얼굴이 붉게 달아올랐다. 그리고 간신히 눈물을 참아냈다.

양아버지인 라스는 코트를 벗지도 않은 채 앉아 있었다. 그는 연신 콧수염을 잡아당기며 바닥만 멀뚱히 바라보았다.

"이제 그만 갑시다." 그가 마침내 말문을 열었다. "이제는 다 포기할 때가 된 것 같소. 저 애는 이런 걸 원하지 않아요."

그런 냉소적인 태도에 오히려 양아버지에 대한 친밀감이 불쑥 솟았다. 하지만 그 외에 아무런 감정도 느껴지지 않았다. 아무것도 말이다. 마침내 하리에트도 그 사실을 깨달았다.

떠나기 전 하리에트가 눈을 가늘게 뜨고 연민조차 사라진 눈빛으로 수양딸을 지긋이 바라보았다. 마침내 그녀가 갈라진 목소리로 이렇게 말했다. "너는 끔찍한 아이야, 그거 알고 있니? 네가 겪었던 일 때문에 그렇게 행동하는 거라고 늘 생각했어. 하지만 이제는 나도 모르겠구나. 어쩌면 너는 그냥 '그런' 인간인 거야. 정 없고 냉담하고 배은망덕한 인간."

나탈리에는 가운의 허리끈을 단단히 동여맨 채 방 한가운데 앉아서 자신을 찾아온 불안감을 통제하고 물리치려고 정신을 가다듬었다. 그리고 앞에 서류 더미를 늘어놓기 시작했다. 지금까지 독일과 네덜란드, 폴란드, 덴마크 등지에서 각종 수치를 측정하고 실험을 진행한 자료였다.

'고요해.' 그녀는 주위를 둘러보며 생각했다. 별채는 너무 고요했다. 너무 조용해서 신경이 쓰일 지경이었다. 이 정적에 익숙해지는 수밖에 없을 것 같았다.

그녀는 사방이 고요한 가운데 주위에서 들리는 소리를 빠짐없이 들으려고 귀를 쫑긋 세웠다. 게으른 파리 한 마리가 주방 창문에 붙어 마지막 노래를 윙윙거리는 소리며 스토브에서 장작이 타닥거리며 타는 소리, 어렴풋이 들리는 근처 까마귀 울음소리. 다음으로 주위의 냄새에 집중했다. 냄새가 더 까다로웠다. 나무가 타는 냄새와 비누 냄새, 검댕 냄새가 났다.

나탈리에는 질소 수치를 기입한 그래프를 펼치고 왜 편차가 나타나는지 고민하기 시작했다. 가령, 왜 이 수치는 폴란드보다 독일에서 더 높을까? 1년 중 특정한 시기와 관련이 있을까? 아니면 주위 환경 탓일까? 혹시 지구 전체의 기후가 변화한 결과일까?

비슷한 주제를 연구하고 있는 각국의 동료들은 주로 거대한 땅이 1년 내내 얼어붙어 있는 극지방에서 연구를 했다. 지구온난화로 인해 극지방까지 녹고 있는 상황이라, 온실가스가 훨씬 더 많이 대기로 유입되는 지역에서 일련의 변화들이 시작되었다. 이제는 온실가스가 얼마나 증가했으며 온난화 전반에 어떻게 영향을 미치는지 알아내야 했다.

나탈리에는 예전에 스웨덴의 산악 지형에서 같은 연구를 하는 북유럽 연구팀의 일원이었다. 그런데 북유럽과 중유럽 일대의 습지 연구에 좀 더 구체적으로 전념할 수 있는 기회가 생기자 냉큼 지원해 그 기회를 잡았다.

그녀의 연구는 기후 연구에 의미심장한 성과를 더해줄 것이 틀림없으며, 이 성과는 정치가들이 용단을 내릴 때 매우 중요한 역할을 할 것이 분명했다. 하지만 모스마르켄을 방문할 계획을 거의 다 세우고 필요한 예약까지 마치고 나니, 자신이 이곳에 끌린 이유가 순수하게 연구와 관련된 흥미에만 국한되지 않는다는 깨달음이 찾아왔다. 분명히 개인적인 동기가 있으며 자신의 선택과 결정들이 처음과는 완전히 다른 근거에서 비롯되었다는 깨달음이었다.

되돌아보면 결국 이렇게 될 수밖에 없었다. 그런데도 그녀는 자신의 본심을 깨닫고 아연실색했다. 그 본심이 그녀를 막다른 곳으로 밀어붙였고 이번만큼은 스르르 사라지기 전에 그녀가 귀담아듣게 했다. 나탈리에는 여전히 마음 깊은 곳까지 파고들어 갈 자신이 없었지만 적어도 이번만큼은 물러서지 않았다.

그녀는 기어이 이곳까지 왔다. 달슬란드와 베름란드 사이 습지에 자리 잡은 이 황량한 곳까지.

그리고 그것이 아마 이 일에서 가장 중요한 부분일 것이다.

나탈리에는 샤워를 하거나 물을 길어 오거나 노트북과 휴대폰을 충전할 때가 아니면 별채에 틀어박혀 꼼짝도 하지 않았다. 일단 닻을 내려 정박하듯 자리를 잡고 확고한 시작점을 찾은 후, 본격적으로 늪지로 나가볼 작정이었다.

나탈리에는 지도에 예비 샘플을 채취할 구획을 표시했다. 그리고 늪지로 나가 이틀에 걸쳐 총 열두 지점에서 샘플을 채취하기로 했다. 이 과정으로 실험 결과가 유의미한지 확인을 해보아야 했다. 그 후 11월에 땅이 더 차가워지면 같은 작업을 한 번 더 진행할 예정이다.

이곳에 도착한 후 며칠 동안 나탈리에는 아무와도 말을 하지 않았다. 그런데 매일 오후 비슷한 시각에 그녀 또래의 남자가 숙소 앞으로 난 길을 달린다는 사실을 알게 되었다. 그 남자는 이곳을 지나칠 때마다 호기심 어린 시선으로 별채를 힐끔 보았다.

어느 날 나탈리에가 집 뒤의 옥외 화장실에서 나오는데 그 남자가 다가왔다. 그는 걸음을 멈추고 양손을 허벅지에 올린 채 숨을 골랐다. 처음에는 서로 못 본 척했지만 결국 그가 말없이 그녀에게 턱짓으로 인사를 했다.

"안녕하세요." 남자가 여전히 숨을 헐떡이며 말을 걸었다. "거기 사세요?"

나탈리에는 덫에 걸린 기분이었다. 이곳에서 누군가와 마주치리라 기대도 하지 않았다. 바깥세상과의 접촉은 우연이라도 피할 작정이었다.

"네. 그런 셈이죠." 그녀가 대답했다. "임시예요. 잠시 빌렸거든요."

나탈리에는 대답한 후 몸을 돌려 집으로 향했다.

"집이 좋네요. 나는 요한네스라고 해요." 남자는 이렇게 말하며 한 손을 들어 인사를 했다. "혹시…… 물 한 잔 마실 수 있을까요? 깜박하고 물통을 안 가져왔거든요. 목이 타서요."

"물론이죠." 그녀가 물 한 잔을 가지고 나와 그에게 건넸다.

"고맙습니다." 그는 인사를 한 후 단숨에 물을 들이켜고 빈 잔을 그녀에게 내밀었다. 그는 셔츠 끄트머리로 얼굴에 흐르는 땀을 닦은 후 등을 곧추세우고 한 손으로 반짝이는 머리를 쓸어 넘겼다.

'머리카락이 칠흑 같아.' 이런 표현이 불쑥 떠올랐다. '게다가 미남이네.'

"이 주위가 달리기 좋은가요?" 그저 무슨 말이라도 해야 할 것 같아 나탈리에가 입을 열었다.

"끝내주죠. 여기는 말이죠……." 그는 적당한 단어가 좀처럼 떠오르지 않는다는 듯 고개를 흔들었다. "나는 저기 펭에르스코그에서 예술학교를 다니고 있어요. 이야기를 해보니 이곳에 와본 사람이 아무도 없는 것 같더라고요. 정말 어처구니가 없죠. 이렇게 아름다운데 말이에요. 하지만 오히려 그 점이 마음에 들어요." 그가 미소를 지으며 말했다. "이런 곳에 혼자 있을 수 있어서 좋아요."

그가 나탈리에에게 고개를 까닥했다.

"그쪽은요? 여기는 무슨 일로 왔나요?"

그녀는 잠시 대답을 망설였다. 머릿속의 단어들이 갑자기 고집불통이 되었다. 말들이 입 밖으로 나오고 싶어 하지 않았다. 숨거나 그저 쉬고 싶어 했다. 영원한 게임을 이어나가기 위해 고분고분하게 구는 데 지친 것이다. 한편으로 나탈리에는 이 남자에게 어딘지 모르게 끌렸다.

게다가 가까이서 보니 올리브색 살결이 매혹적일 정도로 매끄러워 보였다. 그녀는 어떤 유형의 유전자와 지방산이 저렇게 근사한 피부 세포를 만들어내는지 생각하며 잠시 그 피부를 남몰래 관찰할 기회를 기꺼이 잡기로 했다.

"저는 늪지에서 나오는 온실가스를 측정하고 있어요." 그녀가 흘러내린 머리를 귀 뒤로 넘기며 대답했다. "그게 가장 중요한 목적이죠. 엄밀히 말해 앞으로 측정할 거예요. 아직 제대로 시작하지 않았거든요."

"온실가스요?" 남자가 되물었다. "기업에서 의뢰를 받은 건가요?"

"아뇨. 논문을 쓰는 중이에요. 생물학이요."

"아하, 그것 참 흥미롭네요." 어째서인지 그의 눈빛이 예리해진 것 같았다. "그 이야기를 좀 더 듣고 싶은데요." 그는 뒷말을 잇기 전에 분위기를 살피듯 잠시 말을 끊었다가 다시 이었다. "하지만 지금은 방해하고 싶지 않아요. 어차피 곧 다시 만날 테니까요. 나는 거의 매일 이 길로 달리거든요."

그가 다시 손을 들어 인사를 한 후 주차장으로 달리기 시작했다.

남자가 달리자 나탈리에는 그의 허벅지와 종아리 근육을 유심히 지켜보았다. '길고 유연해.' 이런 생각이 들었다. '활력이 넘치고.'

그로부터 며칠간 요한네스가 집 앞을 달릴 즈음이 되면 나탈리에는 집에서 한 발자국도 나오지 않았다. 창가에서도 떨어져 있었다. 하지만 그에게 들키지 않고 밖을 훔쳐볼 수 있을 정도로 거리를 유지했다.

어느 오후 그녀는 충동적으로 차를 한 주전자 내렸다. 그리고 찻잔을 가지고 집 밖에 놓인 의자에 앉아 있는데, 그가 지나갔다.

"차 한 잔 대접해도 될까요?" 그녀가 말을 걸었다.

그가 우뚝 멈춰서서 한 손으로 볼을 훑더니 놀란 듯 눈썹을 치켜올렸다. 처음에는 그가 단순히 놀랐는지 아니면 묘한 초대라고 생각하는지 알 수 없어서 괜히 물어봤다는 후회가 들었다.

그 순간 그가 대답했다. "차, 좋죠." 그리고 그녀 쪽으로 다가왔다.

나탈리에는 찻잔과 우유, 설탕을 챙겨와 의자 사이에 놓인 작은 테이블 위에 내려놓는 내내 흥분과 희미한 불안을 동시에 느꼈다.

그가 자리에 앉았다. 그의 움직임은 조심스러우면서도 느긋했다. 그는 필요 이상의 공간을 차지하지도 않았지만 필요 이상으로 움츠리지도 않았다. '만사에 솔직하고 숨길 게 없는 사람이네.' 이런 생각이 그녀의 머릿속을 스치고 지나갔다. 동시에 싸늘한 한기가 그녀의 가슴을 뚫고 지나갔다. '나와 마찬가지네. 정반대의 의미지만.'

그가 자신의 차에 설탕을 몇 스푼 탔다. 그러다 그녀가 질린 듯한 미소를 짓는 것을 알아차리고 웃음을 터트렸다.

"알아요. 아버지가 모로코 출신이시죠. 그래서 내 피가 설탕을 원해요."

두 사람이 느긋하게 의자에 등을 기대자 오후 해가 빠르게 서쪽으로 넘어갔다.

"여기서 학생으로 지내기는 어때요?" 그녀가 불쑥 물었다.

"좋아요. 선생님들도 좋고, 동기들도 좋고. 주위도 평화롭고 조용하죠. 덕분에 수월하게 작업을 끝낼 수 있어요."

"그러면 살짝 외로워지지 않을까요? 공부만 하는 게 지겨워지면요?"

"그럴 수도 있죠. 하지만 놀고 싶으면 놀 거리는 어렵지 않게 찾을 수 있어요. 콘서트며 파티며 행사가 많으니까요." 그가 자신에게 집중된 대화의 흐름을 바꿔보려는 듯 그녀에게 고개를 돌리며 물었다. "자, 말해봐요. 당신은 작업을 어떻게 진행하죠? 온실가스를 측정한다니, 그건 어떻게 하는 거예요?"

나탈리에가 주말 내내 채집할 샘플에 대해서 설명했다. 그가 흥미로운 표정으로 이야기를 들었다.

"동행이 있으면 좋겠다는 생각은 안 해요?" 그가 잠시 후 말했다. "들어보니 무척 재미있을 것 같아요. 작업을 어떻게 하는지 직접 보고 싶어요. 내가 도움이 되지 않을까요. 짐을 들 수도 있고. 아니면 다른 거라도."

침묵.

그녀의 마음속에서 뭔가가 뒤엉키기 시작했다. 욕망이 구불구불 손을 뻗어 둔탁하고 무자비한 위험에 대한 예감을 휘감아버렸다. 무엇보다 일을 도와줄 손이 늘어난다는 이점을 무시할 수 없었다.

"해보고 싶어요?" 그녀가 똑바로 앞을 바라보았다. "좋아요. 안될 것도 없죠. 도와주시면 작업이 훨씬 수월해질 거예요."

그녀는 요한네스와 나가기 전에 혼자 습지에 가봐야 한다고 생각했다. 주위에 아무도 없을 때 혼자서만 늪지와 만나야 했다. 샘플 채집 장소마다 미리 준비 작업도 해두어야 했다. 먼저 열두 군데나 되는 채집 지점의 땅속으로 한쪽 끝을 짧게 자른 배수관을 묻는다.

그다음 주삿바늘을 찔러 넣어 채집한 가스를 추출할 수 있는 작은 고무 코르크가 달린 뚜껑을 달면 된다.

나탈리에는 그날따라 유난히 늦잠을 잤다. 머릿속에서 들리는 똑똑 소리가 평소보다 약해진 것 같았다. 하지만 걱정거리는 여전히 쿵쿵거렸다. 마치 그녀의 가슴에서 머리까지 올라갔다가 다시 배까지 내려온 것처럼 걱정이 온몸을 돌아다녔다. 그녀의 몸은 걱정의 인질이 된 것 같았다. 그녀는 자신이 약을 억지로 참는 약물중독자라도 된 것 같았다. 그 약은 억압과 부정이었다. '그래봤자 무슨 소용이야?' 오른쪽 어깨에 앉은 악마가 속삭였다. '여기에 뭐가 남아 있어? 집으로 돌아가.' 왼쪽 어깨에는 천사가 없었다. 텅 비어 있었다. 마치 그 부분만 지워진 것처럼. 그때 마음의 소리가 들리고, 감은 두 눈이 뜨겁게 달아올랐다. '지워진 건 나야.'

그녀는 아름다운 가을 날씨를 만끽하려고 문을 열어 고정한 채, 방과 방 사이를 서성거리며 측정을 하러 나갈 때 잊지 말아야 할 사항들을 정리하고 기록하면서 천천히 아침을 먹었다.


별채 아랫길은 늪지로 이어졌다. 그저 한 발 한 발 앞으로 내디디며 그 길을 따라가기만 하면 된다. 그런데 그녀에게 그보다 더 어려운 일이 없었다. 어렵게 생각하지 말아야 했다.

마침내 그녀는 복잡하게 생각하지 않고 늪지로 나갔다. 마치 당연히 해야 하고, 하고 나면 항상 기분이 좋아지기 때문에 물이 차가운 줄 알면서도 수영을 하러 가는 것처럼 말이다.

그녀의 발이 길 위에 우뚝 서 있었다. 그녀의 육신이 이 땅에 다시 한번 섰다. 다시. 나비의 연약한 날개에 압축되어 있던 그동안의 시간이 몇 번의 날갯짓으로 스르르 사라졌다.

나탈리에는 길을 따라 걷기 시작했다. 잠시 후 나란히 깔린 낡은 판자 다섯 개가 사선으로 길게 풍경을 가로지르는 지점에서 발길을 돌려 늪지로 향했다. 그녀가 마지막으로 본 이후로 보행로는 크게 달라지지 않은 듯했다. 다만 여기저기 수선을 하며 관리를 한 것은 틀림이 없어 보였다.

어느덧 14년이 흘렀다.

사방이 어둑하고 공기가 쌀쌀했다. 어스름한 풍광은 광활하고 누렇게 물들어 있었다. 그녀는 그곳의 나무들이 옹이지고 땅딸막하다고만 생각했는데, 이제 보니 몸을 낮추고 경배하는 것 같았다. 모두 절을 하고 고개를 끄덕이는 듯했다. 반갑다고 인사를 하는 것처럼 말이다.

나탈리에도 조심스럽게 긴장을 풀고 마음의 빗장을 내리면서 그들에게 인사를 했다. 몸이 저절로 앞으로 가도록 내버려 두었다. 시간이 틀에서 빠져나오더니 조금씩 붕괴했다. 그러자 어느새 주위의 모든 것과 하나로 합쳐진 기분이 들었다. 마치 자신이 모자이크 안을 움직이고 있으며 육신의 조각들이 배경 조각들에 스르르 녹아드는 기분이었다.

그녀는 천천히 발걸음을 옮기며 한참을 걸었다. 마침내 군데군데 풀이 더부룩하게 자란 단단한 땅을 조심스럽게 밟고 지나가 작은 소나무에 등을 기대고 앉았다.

그녀는 숨소리의 리듬에 온몸을 맡긴 채 가만히 앉아 있었다. 보슬비가 내리기 시작했다. 아침에 캔버스 텐트 위로 떨어져 내리듯 빗방울이 그녀의 레인코트 위로 똑똑 떨어졌다. 상록수 숲의 향기가 났다. 축축한 장화는 반쯤 노랗게 물든 습지 도금양의 잎으로 가득 찼다. 지금쯤 이 관목들의 줄기에서 잎이 떨어질 때였다. 그녀는 낙엽 몇 장을 들고 손가락으로 살며시 비비며 눈을 감은 채 알싸한 향내를 들이마셨다.

그렇게 몇 분이 흘러갔다. 아마 15분가량이었을 것이다. 안개가 의도를 파악할 수 없는 호기심 많은 짐승처럼 그녀를 향해 기어오기 시작했다. 안개는 젖은 땅을 핥으며 스멀스멀 발치까지 오더니 그녀를 휘감았다.

마치 이렇게 말하는 것 같았다. '너구나. 바로 너. 오랜만이야.'

그녀는 꼼짝도 하지 않았다. 숨도 쉬어지지 않았다. 부동자세로 앉아 눈을 반쯤 감은 채 그 순간이 지나가기만 기다렸다.

그녀는 미처 몰랐지만, 입에서 이런 속삭임이 새어 나왔다. '알아. 시간이 조금 걸릴 거야. 그래도 지금 나는 여기에 있어.'

토요일 아침 시계가 아홉 시를 알리는 순간, 나탈리에는 작업용 바지와 바람막이를 입고 튼튼한 장화를 신은 채 별채 앞에서 요한네스를 기다리고 있었다. 그녀의 배낭은 커피와 점심, 측정 기구로 꽉 찼다. 요한네스가 타고 온 자전거를 별채에 기대 세우고 그녀를 향해 걸어왔다. 그는 청바지에 운동화를 신었고 청재킷 아래에 후드티를 입고 있었다. 옷차림으로 그녀의 시선이 향하자 그가 양손을 허공으로 던지듯 들었다.

"이렇게 입으면 안 되나요?" 그가 웃었다. "그럴 리가." 자문자

답이었다. "괜찮겠죠. 갑시다."

"늪지는 지면에 물기가 많아요." 그녀가 만류했다.

"그러면 나중에 돌아와서 몸을 데울 때 기분이 더 좋겠네요."

두 사람이 장비를 나눠 들고 나탈리에가 전날 걸었던 길로 갔다. GPS에 의지해 길을 찾아가자 이내 배수관을 묻어놓은 첫 번째 채집 지점이 나왔다. 그녀가 배낭에서 검은 플라스틱 뚜껑 여섯 개를 꺼냈다. 뚜껑은 지름이 20센티미터로, 중앙에 고무 코르크가 달려 있었다.

"이걸 보세요." 그녀가 코르크 부분을 가리키며 말했다. "여기에 바늘을 넣어서 땅속에서 올라오는 가스를 추출할 거예요. 그런 다음에 주사에 모인 가스를 이 병으로 옮길 거고요."

그녀가 상자를 열자 안에는 작은 샘플 병들이 가지런히 늘어서 있었다. "채집 지점마다 네 번씩 가스를 채집할 거예요. 5분, 10분, 15분, 20분 후. 아시겠어요?"

"네, 알겠어요."

"우리는 늪지에서 나오는 질소와 아산화질소, 메탄의 양을 측정할 거예요. 아산화질소와 메탄은 이산화탄소보다 더 강력한 온실가스예요. 기후에 미치는 영향이 더 크죠."

"그렇다면 해로운 것들이군요?" 그가 대꾸했다.

"꼭 그렇지만도 않아요. 온실가스가 없으면 우리는 지구에서 생존할 수 없을 거예요. 기온이 너무 내려갈 테니까요. 문제는 평균온도가 상승하면서 땅속의 작용도 덩달아 증가한다는 거예요. 그러면 필요 이상으로 온실가스가 배출되고 그로 인해서 지구가 훨씬 더 더워지죠. 그러면 더 많은 온실가스가 땅속에서 방출되거든요.

그런 식으로 돌아가면 악순환이 점점 심해져요." 그녀는 샘플을 채취할 곳으로 걷기 시작했다. "일단 내가 어떻게 하는지 보세요. 그리고 직접 해봐요."

요한네스가 고개를 끄덕이며 기대감에 부풀어 미소를 지었다. "좋아요. 알았어요!"

그녀는 첫 번째 뚜껑을 부착하고 서둘러 다음 채집 지점으로 달려갔다가 뛰어서 돌아와 주삿바늘을 첫 번째 뚜껑의 코르크에 찔러 넣는 과정을 반복했다. 그리고 스톱워치로 시간을 재기 시작했다.

"5분 후면 다음 측정을 해야 해요." 그녀는 이렇게 말하며 주삿바늘 속의 내용물을 상자에 든 작은 병에 옮겨 담았다. "내가 이걸 하는 동안 당신은 저쪽의 채집 지점에서 샘플을 채집하면 돼요."

"긴장되는데요." 이렇게 대꾸하는 요한네스의 턱이 어느새 굳어 있었다.

"그럴 거예요." 그녀가 말했다. "당신 때문에 내 연구가 몽땅 허사가 될 수 있으니까요."

"그런 말은 말아요."

"농담이에요. 괜찮아요. 아주 간단해요. 그러니 당신도 할 수 있어요. 문제없어요."

그녀가 그에게 주사를 주었다. "손가락으로 조작을 잘 해야 해요. 특히 날이 추워서 몸이 굳으면 결과가 엉망이 될 수도 있거든요."

5분이 지나자 그들은 각자의 뚜껑을 들고 일어섰다.

"시작해요." 나탈리에가 요한네스를 힐끔 보며 코르크에 주삿바늘을 찔러 넣었다. 그는 작업을 하는 동안 시종일관 뭔가에 집중하는 듯한 미소를 입가에 짓고 있었다.

"잘했어요." 그가 작업을 마치자 그녀가 칭찬을 했다. "타고났는데요."

그가 양손을 맞잡고 하늘로 들어 올려 승리의 몸짓을 해 보였다. "그럴 줄 알았어요."

"다음 측정까지 5분 남았어요. 커피라도 마실까요?" 그녀가 물었다.

나탈리에는 머그잔 두 개에 커피를 따랐다. 그리고 그가 커피를 마시는 모습을 수줍게 지켜보았다. 그의 운동화는 이미 시커멓게 젖어 있었다.

"정확하게 뭘 늪이라고 하는 거죠?" 그가 경치를 둘러보며 물었다.

"음, 늪은 일종의 습지예요." 그녀가 준비해 온 접이식 의자를 요한네스에게 건네고 자신은 방석 매트에 앉으며 대답했다. "습지는 1년 중 대부분 물이 지면이나 지면 바로 위까지 차 있는 지역을 말해요. 보통은 그곳에서 자라는 식물의 반이 호습식물이어야 습지라고 하죠."

"호습식물요?" 요한네스가 웃음을 터트리며 되물었다.

"물을 사랑한다는 뜻이에요."

그가 눈썹을 치켜 올렸다. "새로운 단어를 배워가네요. 약간⋯⋯ 음탕하게 들려요."

"그런가요? 습지도 종류가 다양해요. 그중 하나가 수렁이에요. 수렁은 다시 늪지와 소택지로 나눌 수 있죠. 늪지는 지하수와 이어져 있지 않기 때문에 전적으로 강수에 의존해요. 흐르는 물이 지나

가지 않죠. 이런 조건이라 영양분이 별로 필요하지 않은 종들만 그곳에서 살 수 있어요. 대개는 다양한 종류의 물이끼들이 살죠."

그녀가 그를 바라보았다.

"제가 또 눈치 없이 떠들었네요. 이런 이야기가 그다지 재미없을 거예요."

"그럴 리가요. 재미있어요."

그녀가 못 믿겠다는 듯한 미소를 지어 보였다.

"비꼬는 게 아니에요." 그가 말했다. "계속 이야기해줘요."

"알았어요. 물이끼에는." 자신감을 회복한 그녀가 설명을 계속했다. "수분을 저장하는 잎에 작은 구멍 같은 것들이 있어요. 이런 방식으로 지하수 수면 바로 위에 자체적으로 물을 저장해두는 공간을 만들죠. 물이끼가 죽으면 토탄이 되고 그런 토탄이 자꾸 쌓이면서 천천히 늪의 표면이 상승하는 거예요."

요한네스는 흥미를 가지고 이야기에 집중했다.

"한 마디로 습지는 자연의 신장이라고 말할 수 있어요." 그녀가 계속 말을 이었다. "이 신장은 자기 위를 지나가는 물에 영양분이 과하게 들어 있으면 걸러줘요. 한편으로는 유속을 늦춰주기도 하죠. 예를 들어, 눈이 녹거나 폭우가 쏟아져 물이 불었을 때. 그래서 그 많던 습지가 많이 사라졌다는 사실이 몹시 아쉬워요."

"왜 사라졌어요?"

"예전에는 수분이 더 풍부하기도 했고, 한편으로는 농장이 산업화되면서 습지의 물을 빼고 배수를 하게 되어서예요." 나탈리에가 커피 잔을 입으로 가져가면서 자신의 시계를 보았다. "젠장, 측정할 시간이에요."

요한네스는 나탈리에가 들려주는 모든 이야기에 빨려 들어갈 것처럼 집중해 듣는 것 같았다. 일요일에 북쪽 채집 지점에서 두 사람이 같은 작업을 반복할 때, 나탈리에는 이런 일도 있구나 싶었다. 대학이라는 울타리 밖에서 누군가로부터 질문을 많이 받은 경우는 지금까지 한 번도 없었기 때문이다.

시간 가는 줄 모르고 있다가 허둥지둥 샘플을 채취하러 간 적이 한두 번이 아니었다.

"전부터 늘 궁금했던 일이 하나 있어요." 요한네스가 불쑥 말문을 열었다. 사실 그때 나탈리에는 그가 소택지와 습지에 대해 생각해낼 수 있는 질문은 다 퍼부었을 거라고 짐작하고 있었다. "우리가 물이끼라고 부르는 것 말이에요. 보통 대림절(크리스마스 전의 4주간―옮긴이) 촛대나 유리창 사이를 장식하는 식물. 그것들은 이것과 전혀 닮지 않았어요. 왜죠?"

"좋은 질문이에요." 그녀가 대답했다. "크리스마스 시즌에 가게에서 물이끼라고 파는 식물은 실은 그냥 이끼예요. 이끼와 물이끼가 같다는 말은 유럽산 숲바람꽃과 코끼리가 같은 종류라는 말이나 다름이 없어요."

요한네스가 웃음을 터트렸다. "그게 무슨 뜻이에요?"

"이끼는 공생 관계에 있는 조류와 균류, 두 개의 유기체예요. 조류는 광합성으로 탄수화물 형태의 에너지를 제공해요. 균류는 암석 같은 주위 환경에서 흡수한 수분과 영양염을 제공하고요. 하지만 물이끼는 처음부터 단일한 유기체예요."

"엄마가 크리스마스 장식을 시작하시면 이 이야기를 해드려야겠어요." 요한네스가 말했다. "분명 지금까지 속았다는 기분이 드실 거예요."

그날 두 사람은 작업을 다 끝낸 후 별채로 돌아왔다. 나탈리에가 저녁을 만들었다. 그녀는 항상 특별한 날에 준비하는 요리이자 조리법을 기억하는 유일한 요리를 만들기 위해 미리 장을 봐두었는데, 그 요리는 머스타드와 고추, 감자를 곁들인 양고기 스튜였다.

"이렇게 요리한 양고기는 처음 먹어봐요." 요한네스가 말했다. "정말 맛있어요."

그들은 레드 와인 한 병을 땄다. 두 사람의 대화는 나탈리에가 생물학자가 된 계기로 흘러갔다.

"사실 시작은 산수소(酸水素)였어요." 그녀가 말했다. 그리고 중학교 화학 시간에 약간의 염산과 마그네슘을 시험관에 붓고 입구 근처로 성냥을 가져갔던 일에 대해 들려주었다. 펑! 수소 가스가 형성되었다.

"그날 처음으로 학교 수업도 재미있을 수 있다는 생각이 들었어요." 그녀가 말했다.

그 후, 고등학교에서 수업 과정을 선택할 때가 되자 당연하게도 자연과학을 선택했다. 그녀는 연구실에서 하는 모든 일들이 좋았다. 안전 장비가 모두 갖춰진 가까운 곳에서 하얀 가운을 입고 질서와 청결함을 추구하는 연구가 좋았다. 그녀는 필요한 원소는 몇 몰(물질의 입자 수를 나타내는 국제단위-옮긴이)이며 그것이 몇 그램인지 알아내기 위해 분자의 무게를 달고, 크기를 측정하고, 수를 세는 작업을 사랑했다.

그해 봄이 시작되는 날 모든 사람들이 해를 바라보며 커피를 즐

길 때, 나탈리에는 자신의 컵을 지긋이 바라보고 있었다. 우유와 커피가 제대로 섞였거나 각설탕이 커피에 녹아 사라지는 모습을 보고 흡족한 기분이 들어서가 아니라 정확하게 왜 이런 현상이 일어나는지 처음으로 이해했을 때 느꼈던 조용한 희열이 다시 한번 기억났기 때문이었다.

이윽고 그녀의 삶은 실험을 준비하고, 화학작용과 결과를 점점 더 파고들고, 이미 끝난 연구를 더 깊이 탐구하는 일이 전부가 되었다. 그런 삶에서는 희열도 심지어 흥분도 느껴지지 않았다. 그저 평온할 따름이었다. 이런 과학적 구조물이 느리지만 확실하게 그녀의 새로운 집이 되었다. 무의식적인 변화였기에 멈추는 방법도 알 수 없었다. 어린 시절에 상처를 남기고 결국 나탈리에를 무너뜨린 불가해한 일들을 겪은 후, 그녀를 사로잡은 절대적인 공리와 희열을 불러일으킬 정도로 다양한 복잡성을 씨줄과 날줄 삼아 엮은 안전망이 바로 새 집이었다.

하지만 이런 이야기까지는 요한네스에게 털어놓지 않았다.


요한네스는 지금은 돌아가신 아버지가 나비와 여러 곤충을 수집했다고 했다. 그의 아버지도 나탈리에처럼 분류 안내서와 라틴어 사전들로 가득한 방이 있었다. 어린 시절 요한네스는 그 방에서 노는 걸 좋아했다.

그가 나탈리에를 보며 말했다. "그래서 당신에게 끌리나 봐요."

"나를 보면 아버지가 떠올라서요?" 그녀가 담백한 미소를 지으며 조심스럽게 말했다.

"당신과 있으면 집에 온 것 같은 기분이 들어서요."

그녀는 그 말에 담긴 의미를 알아차리지 못한 척 어물쩍 넘어갔다.

"당신은 어때요?" 그녀가 물었다. "당신은 어떤 사연이 있죠? 왜 화가가 되고 싶어요?"

"그 이야기는 나중에 해줄게요. 지금은 많이 늦었어요." 그가 일어서며 말했다.

"나는 부엌 소파에서 자면 돼요." 그녀가 말했다. "당신은 침대를 써요."

"자전거로 가면 돼요."

"별로 좋은 생각이 아닌 것 같은데요." 그녀가 웃음을 터트렸다.

"괜찮아요. 내일 봐요."

그러더니 그는 나탈리에를 꼭 안고 이마에 입을 맞춘 후 돌아갔다.

이튿날 나탈리에는 일찌감치 일어나 아침 내내 뭐에 홀린 듯 청소를 했다. 바닥을 쓸고, 먼지를 털고, 물걸레질을 하고 빨래를 했다. 몸에서 불안이랄지 가려움증 같은 것을 몰아내지 않으면 안 된다는 각오에 떠밀리듯 말이다. 점심 무렵, 그녀의 휴대폰에서 진동음이 울렸다.

〈오늘 하고 싶은 일이 있어요? 주말 내내 작업을 많이 했으니 오늘은 시간을 좀 낼 수 있지 않아요? 포옹을 보내며. ☺〉

머리는 망설이는데, 손가락이 멋대로 자판 위를 날아다녔다.

〈물론이죠, 괜찮은 생각이네요. 그런데 당신은 할 일 없어요?〉

〈나는 괜찮아요.〉

〈좋아요. 좋은 생각이 있어요?〉

〈그럼요. 금방 끝나요. 이따가 연락할게요.〉


나탈리에가 계단에 앉아서 뭔가를 먹고 있는데, 요한네스가 자전거를 타고 도착했다. 청명한 9월의 아름다운 날이었다. 거기에 껑충한 그의 몸매와 햇빛을 받으며 휘날리는 검은 머리칼을 보니 그녀의 마음도 은근히 달뜨는 것 같았다.

"잘 있었어요?" 그가 그녀의 옆으로 자전거를 몰고 와 한쪽 발로 땅을 디뎠다. "날씨가 너무 좋죠!"

"그러게요." 그녀가 말했다. "잠시 숨 돌리기에 좋은 날씨네요. 다이어그램이나 분석하면서 틀어박혀 있고 싶지 않아요."

그는 자전거를 풀밭에 눕힌 후 몸을 숙여 그녀를 한 번 안아주고 계단에 나란히 앉았다.

"오늘 계획이 뭐예요?" 그녀가 물었다.

"숲에 작은 호수가 하나 있대요." 그가 말했다. "자전거로 그 호수에 한번 가보면 어떨까요."

'뷔셰른.' 그녀는 호수의 이름을 떠올렸다. 오래된 울창한 숲과 커다란 바위들, 시커먼 수면이 연이어 떠올랐다. 바닥을 절대 들여다볼 수 없는 물 덩어리. 그녀가 언제나 평범하고 자연스럽다고 여긴 풍경이었지만 서쪽 바닷가에서 살게 되면서 바다를 좋아하는 사람들이 상상할 수 있는 최악이 바로 그런 물이라는 사실을 알게 되었다.

"그나저나 뭐 좀 먹었어요?" 그녀가 물었다. "집에 먹을 게 좀 남아 있어요."

"고마워요. 방금 먹었어요. 어때요, 내 계획? 혹하지 않아요?"

"하고 말고요. 호수에 가요. 그런데 뭘 준비해 가야 하죠?"

"준비할 건 없어요. 그냥 이대로 가요." 그가 한 손을 던지듯 펼쳤다. "물론 당신이 특별히 챙겨가고 싶은 게 없다면요."

"두어 가지 가져갈 게 있어요. 금방 챙겨 나올게요."

나탈리에는 집으로 들어와 혹시라도 그곳에 한동안 머무를 경우를 대비해 커피와 물, 견과류, 남은 점심을 배낭에 챙겨 넣었다. 두루마리 휴지 한 통과 스웨터, 여분의 양말도 잊지 않았다. 호수에 도착하면 물에 젖을 게 분명했다.

"기다렸죠!" 그녀가 집에서 나오며 말했다. "준비 다 했어요."

바로 그때 곁눈으로 뭔가가 얼핏 보였다. 어떤 형체가 모퉁이를 돌아 사라졌다. '방금 그거 뭐지? 스쳐가는 그림자 같은 건가?' 그녀는 형체가 사라진 쪽으로 눈을 돌렸다. 정원과 정원을 에워싼 울타리를 눈으로 좇았지만…… 아무것도 없었다.

'하지만 분명히 뭔가 있었어…….'

"왜 그래요?" 요한네스가 물었다. "괜찮아요?"

"아무것도 아니에요. 어서 가요."


두 사람은 자전거를 타고 자갈길을 덜컹거리며 나란히 달렸다. 두 사람이 지나친 작은 농지가 잊힌 섬들처럼 기억의 수면 위로 떠올랐다. 저기서 율리아와 함께 화를 버럭버럭 내는 농부를 감시했었지. 저 집은 곧 허물어질 폐가 같았는데, 픽처 윈도(천장까지 닿는 창으로 창 너머로 보이는 전망이 한 폭의 그림과 같아 붙은 이름이다—옮긴이)

에 넓은 포치가 달린 중산층의 꿈의 주택이 되었네. 저기서 작은 고양이를 본 적도 있어. 커다란 쥐를 입에 물고 갔었지. 나는 검은색 볼보의 뒷좌석에 있었고 운전석의 아빠는 담배를 반쯤 창밖으로 내민 채 이렇게 말했어. "저기 봐, 나티. 통통한 놈이야!"

나티. 그녀는 자신의 옛 별명을 오랫동안 잊고 살았다. 그 별명은 친부모에 대한 추억 근처 어딘가로 사라져 있었다.

"잘 자, 잘 자. 나티." 닫히는 침실 문. 소나무 천장의 옹이와 선들. 잠이 오지 않을 때면 그녀의 시선을 사로잡는 좁은 그림들, 영화 〈스크림〉에 나오는 구불거리는 여자들처럼 생긴 나뭇결. 활짝 벌린 입과 눈들의 천국.

"여기서는 산악자전거를 타야겠어요." 요한네스가 눈치를 보듯 그녀를 보며 불쑥 말했다. 그녀는 운전대를 쥔 손에 좀 더 힘을 주며 고개를 끄덕인 후 시선을 돌렸다.

두 사람은 훨씬 더 좁은 길로 진입해 천천히 계속 달렸다.

"곧 오르막길이 나올 것 같아요." 요한네스가 말했다.

"저기가 오르막길이에요." 그녀가 생각도 하지 않고 대꾸했다.

요한네스가 눈썹을 치켜 올리며 물었다. "여기 전에 와봤어요?"

"저쪽 길을 본 적이 있는 것 같아서요."


두 사람은 길가에 자전거를 세워두고 숲으로 걸어 들어갔다. 반짝거리는 개울에서 자라는 보드라운 이끼에 햇살이 떨어졌다. 지면은 다양한 부패 단계에 있는 나무들로 어지러웠다. 요한네스가 발걸음을 멈추고 주위를 둘러보더니 나뭇잎 사이로 쏟아지는 빛을 향해 고개를 들었다.

"사그라다 파밀리아 대성당으로 들어가는 기분이에요." 그가 말했다. "가봤어요? 바르셀로나?"

"밖에서만 봤어요." 나탈리에가 비옥한 토양으로 시선을 떨구며 대답했다.

무성한 풀에 반쯤 가려진 오솔길을 따라 걷다 보니 어느새 작은 호수가 나왔다. 울창한 숲이 담처럼 에워싸고 바람을 막아줘 수면이 잔잔했다. 나탈리에는 보드라운 이끼로 뒤덮인 바위에 앉았고, 요한네스는 팔꿈치로 상체를 받친 채 그녀 옆으로 길게 누웠다.

"세상에, 여기는 정말 아름다워요." 그가 눈을 감고 누우며 감탄했다. 그렇게 두 사람은 한참 동안 아무 말도 하지 않았다. 나탈리에는 이 침묵이 살짝 당황스러웠지만 어느새 긴장이 스르르 사라졌다. 어린 시절 나탈리에는 수많은 날 이 호숫가에서 놀았다. 율리아와 함께 이곳에서 자주 헤엄을 쳤다. 아마 인근에 사는 다른 아이들도 있었을 것이다. 둘이 물에 풍덩 뛰어 들어가 몇 시간이고 놀았던 일이며, 햇살이 아른거리는 물의 표면이 자신들의 호리호리한 몸을 휘감으며 폭 안아주던 느낌이 기억났다.

맹금 한 마리가 날개를 활짝 뻗은 채 상공으로 솟구치자, 나탈리에는 조심스럽게 요한네스를 관찰했다. 아치처럼 둥글게 휘어진 그의 눈꺼풀. 곧고 길게 뻗은 콧날. 씰룩거리는 기미도 없이 편안하게 다문 입. 까끌까끌한 수염, 드러난 피부. 그리고 주변의 풍경.

바로 그때 그녀의 시선이 닿는 가장자리에 뭔가가 얼핏 보였다. 얼른 고개를 돌려보니 그것이 서 있었다. 두 사람이 있는 곳에서 고작 몇 미터밖에 떨어지지 않은 곳에 너무나 당연한 듯 서 있어 오히려 전혀 놀랍지 않았다. 노루였다. 나탈리에는 노루의 기척을 전혀 알아차리지 못했다. 노루는 아주 가까이에 있었다. 어찌나 가까운 지 노루의 크고 검은 눈동자에 비친 자신의 모습이 보일 정도였다. 노루와 나탈리에는 한참 동안 서로를 지긋이 바라보았다. 그 순간 그녀의 내면에서 무언가가 변했다. 베일이 걷히는 것 같았다. 관점 이 바뀌면서 변화가 발생했고 그 덕분에 모든 것이 또렷하고 단순 해졌다.

마치 지금까지 믿었던 현실이 쩍 갈라지면서 자신이 그 틈으로 떨어져 말이 존재하지 않고 시간조차 사라진 장소로 굴러 들어간 것 같았다. 지금까지 존재하는지조차 몰랐던 곳으로 말이다. 구조 물이 폭발해 산산조각이 되고 나서야 현재의 순간은 물론 자신을 둘러싼 모든 것과도 원래 하나였다는 사실을 깨달은 것만 같았다. 그녀가 그 순간 '이었다'고 말이다.

다음 순간 극렬한 반사작용처럼 이런 생각이 들었다. '무슨 일이 일어나고 있는 걸까? 내가 무슨 경험을 하고 있는 거지?'

구름 한 조각이 미끄러져 와 빛을 가렸다.

"카프레올루스 카프레올루스." 그녀가 작지만 또렷하게 말했다. 순간 정적이 깨졌다. 노루가 홀쩍 뛰어 사라졌다.

"뭐라고요?" 요한네스가 놀란 눈으로 펄쩍펄쩍 뛰어 숲으로 사 라지는 허연 덩어리를 보며 얼른 일어나 앉으며 물었다.

나탈리에는 눈을 껌벅이고 침을 꿀꺽 삼켰다.

"노루." 그녀가 부드럽게 대답했다. "라틴어로요."

그 후로 요한네스는 달리기를 끝내면 종종 그녀를 찾아왔다. 그 는 나탈리에와 함께 부엌에 앉아 잠시 이야기를 나누고는 집으로 돌아갔다. 인사로 포옹을 하는 시간이 점점 길어졌고 그녀는 입맞

춤 직전에 용케 몸을 뒤로 뺐다.

나탈리에는 그가 오기를 내심 기다린다는 사실을 인정하고 싶지 않았다. 하루에 한 번 별채를 지나가는 남자를 좋아하게 되고 둘 사이에 무슨 일이 생기건 그 마음을 쉽게 버리지 못할지도 모르는 상황을 자초했다는 사실을 받아들이기 싫었다. 자칫하면 모스마르켄에서 보내는 시간이 복잡해질지도 몰랐다. 자신의 독립성과 상대적인 마음의 평화를 지키기 힘들 테니 말이다.

게다가 그녀는 이곳에서 해야만 하는 일에 집중해야 했다.

한편 요한네스는 둘의 관계를 그리 심각하게 생각하는 것처럼 보이지 않았다.

"사실 나도 학교에서 해야 할 일이 산더미 같아요." 그가 말했다. "그러니까 당신이 혼자 작업에 전념할 시간이 필요하다고 해도 괜찮아요. 당신을 귀찮게 하지 않을게요. 문에 표지판 하나만 걸어 둬요." 그리고 숨이 헉하고 멎을 것 같은 미소를 지었다. 미소를 보는 순간 그를 머릿속에서 지워버려야 한다는 생각이 다시 떠올랐다.

*그녀는 집중해야 했다.*


어느 날 밤 그가 낡은 공장 옆에 있는 자신의 기숙사에 와보지 않겠냐고 했다. 방 두 개에 부엌이 딸린 곳으로, 예전 같으면 일가족이 살기에 충분했겠지만 요즘은 젊은 예술학교 학생이 혼자 살기에도 비좁아 보였다.

벽마다 목탄화로 빼곡하게 뒤덮여 있었다. 두껍고 선명한 선들이 뒤엉켜 미로를 이루는 추상화로, 나탈리에는 그림들을 보고 있으니 뭐가 뭔지 혼란스러우면서도 기분이 들떴다.

그는 한 손으로는 종이 더미를 치우고 다른 손으로는 이젤을 치우며 한 발로는 바닥에 쌓은 책탑들을 벽으로 밀어 넘어뜨려 무더기로 만들면서 집을 돌아다니며 빠르게 정리를 했다.

"처음부터 당신을 초대할 생각이었다면." 그는 행주로 커피 테이블을 훔치며 말했다. "집 안이 절대 이런 꼴은 아니었을 거예요."

그는 1970년대의 작은 안락의자에 놓인 신문을 냉큼 치웠다.

"그래도 더럽지는 않아요." 그가 사과를 하듯 말했다. "어지르고 지낼 때도 있어요. 하지만 제대로 치울 줄도 알죠. 정말이에요."

그녀가 어깨를 으쓱하며 웃었다. "다행이네요."

"그리고 당신에게도요." 그가 그녀에게 다가오며 속삭였다.

"음…… 그게 무슨 뜻이죠?"

그가 쭈뼛거리며 탐색하는 눈빛으로 그녀를 바라보았다. "모르겠어요."

침묵.

"맥주 할래요? 아니면 다른 거 마실래요?" 그가 물었다.

그녀가 양팔로 자신을 감싸며 대답했다. "내일 일찍 일어나야 해요. 그래서 금방 가봐야 해요."

"알았어요." 그가 흘끔 보며 말했다. "음, 어쨌든 이렇게 와줘서 고마워요. 내 본모습을 보고 겁을 먹지 않았으면 좋겠네요." 그가 방을 가리키며 온화하게 말했다.

그녀가 그대로 얼어붙었다. '본모습이라니……. 무슨 의미로 저런 말을 한 거지?' 하지만 이내 요한네스는 그녀의 출신지가 어디인지, 정체가 뭔지 아무것도 모른다는 사실을 떠올렸다.

"배가 살짝 출출한데." 그녀가 말했다. "당신은 괜찮아요? 먹을

게 있어요?"

요한네스가 부엌으로 사라졌다. "냉동 피자가 두 개 있어요. 그 거면 될까요?"


두 사람은 피자를 먹으면서 야찌 게임(주사위 다섯 개를 던져 원하는 수의 조합을 만드는 게임-옮긴이)을 하며 모니카 세텔룬드와 빌 에반스 트리오를 들었다. 〈컴 레인 오어 컴 샤인〉이 방 안을 가득 채웠다.

"칵테일 잔에 꽂힌 링곤베리 가지." 요한네스가 1과 2로 된 풀 하 우스를 완성하며 말했다.

"와우, 대단하네요!" 그녀가 말했다. "그런데 링곤베리 이야기는 뭐예요?"

"예전에 모니카 세텔룬드를 보고 사람들이 그렇게 말했어요. 아 마 그 말을 처음 한 사람이 키가 큰 붉은 머리였을 거예요. 타예 다 니엘손."

"오, 맞아요! 개연성에 대한 1인극을 한 사람." 나탈리에가 주사 위를 보았다. "풀 하우스를 하겠다고 정말 그걸 사용할 거예요?"

"안 될 게 뭐예요. 7점인걸요. 나는 이거면 돼요. 당신은 어때 요?" 그가 말했다.

"나요? 뭐가요?"

"당신은 뭐가 되고 싶어요? 음료수 잔에 꽂힌 식물이라면."

"모르겠어요. 어쨌든 칵테일 잔은 아닐 것 같아요."

"난 알아요." 요한네스가 말했다. "국시(스칸디나비아 사미족의 전 통 나무 술잔-옮긴이)예요. 물 뜨는 국자. 목 주위에 가죽 끈이 달린 걸로요."

"식물은요?"

그는 잠시 생각하더니 대답했다. "아마도 장미."

"장미요? 세상에, 너무 진부해요."

그가 그녀를 바라보았다. 그의 눈빛이 점점 진지해졌다. "장미를 고른 가장 큰 이유는 예뻐서가 아니에요. 향기로워서도 아니고요."

"그렇군요……. 그럼 뭐죠?"

"꽃잎이 여러 겹이기 때문이죠. 그리고……." 그는 선뜻 말을 잇지 못했다. "왜냐하면 장미는 약간…… 뭐라고 할까요? 가시는 정확한 단어가 아니고요. 음, 주저해요."

"주저한다고요?" 그녀는 그 말을 발음하며 얼굴이 화끈 달아오르는 것을 느꼈다. "무슨 뜻이죠?"

"미안해요. 필요 이상으로 솔직했나 봐요. 이 이야기는 나중에 다시 해요."

나탈리에는 잠시 숨을 고르고 주사위를 흔들었다. "좋아요. 이제 가봐야겠어요. 당신이 이겼네요. 그렇게 끔찍한 풀 하우스를 기록하고도 말이죠."

그녀는 일어서서 복도에 둔 재킷을 가지러 갔다. 재킷을 입고 목에 스카프를 두른 후 벽으로 다가가 그곳에 걸린 그림들을 훑어보았다.

"괜찮다면 당신의 그림에 대해 잠시 들려줄 수 있어요?" 그녀가 부탁했다. "무슨 작업을 하고 있어요?"

그가 일어서서 청바지의 뒷주머니에 손을 찔러 넣었다. "글쎄요. 누가 알겠어요. 그냥 묵묵히 작업을 할 뿐이죠. 내 내면에는 일종의 부적절한…… 기쁨 같은 게 있어서 그걸 외부로 발산해야 해요."

그녀가 그를 돌아보았다. "지금 뭐라고 했어요?"

그가 당황해서 고개를 숙여 바닥을 보며 대답했다. "나도 알아요. 그런 표현이 누군가의, 엄밀히 말해서 화가의 정신적 풍경이라고 하기엔 평범하지 않죠."

"부적절한 기쁨이라고요?" 그녀가 반복했다.

"나는 전부터 인생이 처음부터 하나의 행복한 긴 여행이라는 생각을 했어요. 인생에서 일어나는 일은 모두 인생을 좀 더 경이롭게 만든다고 생각하죠. 그런 기쁨을 내 안에서 어떻게 처리해야 할지 모르겠어요. 그래서 밖으로 발산을 하지 않으면 안 되는 거예요."

"그만해요." 그녀가 말했다. "지금 농담하는 거죠?"

그가 고개를 저었다. "진심이에요. 이게 나죠. 받아들이건 말건."

"맙소사." 그녀는 마지막으로 스카프를 매듭지었다. "스스로를 분석해본 적이 있어요? 당신이 왜 그런 식으로 생각하는지 알아봤어요?"

"내 이론의 시작은 이래요. 고작 몇 분이 아니었다면 나라는 존재는 생겨나지 않았을 거예요. 그래서 인생에서 경험하는 모든 것이 내게는 덤인 거예요. 매 초 그래요. 아무리 힘든 상황에서도 그 상황만의 행복을 찾아낼 수 있어요. 적어도 그런 상황을 경험할 기회를 얻었잖아요."

그녀의 눈이 휘둥그레졌다. "몇 분이 아니었다면 존재하지 않았을 거라니 무슨 뜻이에요?"

"아빠는 엄마와 섹스를 하자마자 담배를 사러 뛰쳐나갔어요. 그때 발이 걸려 넘어지면서 머리를 돌에 부딪쳐 돌아가셨죠. 다시 말해서 훗날 내가 된 수정란을 난자와 함께 만든 정자를 사정한 직후 돌아가셨다는 거예요. 장담하는데, 이게 다 몇 분 동안의 일이에요. 그때 나에게는 이 세상에서 세포 하나가 만들어질 만큼의 시간도 존재하지 않았어요. 아빠가 담배를 너무 피우고 싶어 했는데 엄마는 아빠가 담배를 사 오기를 기다리는 대신 섹스부터 해야 한다고 설득했다더라고요. 그러니까…… 아슬아슬했다고 할 수도 있겠네요. 그건 모든 사람에게 다 해당이 돼요. 지금 우리가 살아 있는 사람이어야 한다는 사실이 터무니없게 느껴져요. 적어도 내 경우에는 그 느낌이 좀 더 생생하게 와닿아요."

그가 어깨를 으쓱했다.

"다 헛소리예요. 내가 뭘 알겠어요. 어쩌면 그냥 유전일지 몰라요. 확실히 아빠 쪽 친척들은 하나같이 낙천적이거든요. 반면 엄마 쪽 친척들은 정신병과 우울증 환자들뿐이죠."

나탈리에는 이 대화가 어디로 향할지 알 것 같아 얼른 끝내고 싶었다.

"어쨌든 좋은 거예요." 그녀가 눈썹을 치켜 올리며 말을 맺었다. "그렇게 발랄한 건요."

"아이쿠!" 그가 인상을 썼다. "발랄이라니 섹시하게 들리네요. 산타클로스처럼."

그가 맥주를 한 모금 마셨다. 그녀는 병을 들고 있는 그의 손으로 시선을 옮겼다. 길고 가느다란 손가락들이 눈에 들어왔다. 그 손가락들을 막지 않으면 그녀의 피부를 애무하고, 가슴을 감싸 쥐고, 기어이 그녀의 안으로 들어오리라.

"당신은?"

"네?"

"당신은 어때요?" 그가 병을 내려놓았다. "어떤 단점들을 안고 있나요?"

그녀가 벽에 걸린 그림들로 다시 눈을 돌렸다. "음. 내 안에는 이 정도의 기쁨이 흘러넘치지 않아요. 그건 확실해요." 그녀가 대답했다.

두 사람은 한동안 아무 말도 하지 않았다. 들리는 소리라고는 작품들 사이를 지나다니는 그녀의 발소리뿐이었다.

"괜찮아요." 그가 그녀에게 다가가 등에 한 손을 대며 조심스럽게 말했다. "내게 두사람 분은 충분히 있으니까."

그녀가 몸을 돌려 그를 마주 보았다. 마치 그녀 내부에서 뭔가가 쿵하고 떨어진 것 같았다.

두 사람은 한참 동안 가만히 서서 서로를 바라보았다. 그는 시선을 피하지도 웃음을 터트리지도 않았다. 그냥 모든 것이 일어나야 하는 대로 일어나도록 내버려 두었다. 순수함과 친밀함, 접촉.

그의 갈색 눈동자에 빛이 미끄러지고, 기다리고, 돌아서며 반사되었다. 몇 초 어쩌면 몇 분 후, 그녀의 손끝이 그의 팔을 쓸어내리나 싶더니 그의 스웨터를 벗겼다. 이윽고 두 사람은 가을에 밤나무가 잎을 떨구듯 바닥에 선 채로 순식간에 서로의 옷을 벗겨 바닥으로 떨어트리고는 피부와 체모와 팔과 다리로 만들어진 거대한 매듭처럼 뒤엉켰다. 잠시 후 두 사람은 손을 잡고 침대로 가 잠에 곯아떨어졌다.


다음 날 아침 나탈리에는 뭔가에 가슴이 묵직하게 눌리는 느낌과 말할 수 없는 혐오감에 휩싸인 채 일찍 잠에서 깼다.

'내가 무슨 짓을 한 거지?'

요한네스가 그녀에게 등을 돌린 채 자고 있었다. 숨소리로 미루어 보아 여전히 깊이 잠들어 있었다. 그녀는 침대에서 조심스럽게 미끄러지듯 빠져나와 옷을 입고 몰래 그 집을 나왔다. 지난밤의 이미지들이 머릿속에서 스쳐 지나갔다.

'왜, 왜?'

그녀는 자전거에 올라타자마자 머릿속 이미지와 지난밤의 모든 것으로부터 도망치듯 미친 듯이 전속력으로 페달을 밟으며 여명을 뚫고 집으로 갔다.

별채에 도착하자마자 곧장 수건을 들고 저택으로 샤워를 하러 갔다. 한참 동안 따뜻한 물을 맞으며 서 있었다. 자신의 나약함의 흔적을, 그 입자 하나하나까지 물에 씻겨 나가도록 했다. 잠시 후 물기를 닦았다. 기분이 훨씬 좋아졌다.

계단을 오를 때 알렉스와 엘레나를 봤지만, 그들을 피해 얼른 저택을 빠져나왔다.

나탈리에는 별채로 돌아온 후 오트밀을 큰 그릇 가득 만들었다. 그리고 자신의 글과 실험 결과를 파고들며 하루 종일 일했다.

그날 오후에는 오몰에 장을 보러 갔다. 마침 요한네스가 평소처럼 별채 앞을 지나갈 시간대였다. 차라리 다행이었다. 사실 그들은 최근 들어 매일 만났기 때문이다.

장을 보고 돌아온 후 나탈리에는 간단하게 파스타를 만들어 먹으며 요한네스가 아닌 다른 생각을 하려고 애써봤다. 그녀는 전화를 하지 않았다. 그렇다고 다른 방법으로 연락을 하지도 않았다. 하지만 그에 대한 생각은 스멀스멀 머릿속으로 기어 들어와 어느새 피부 아래를 가득 채웠다.

또다시 어둠이 숨통을 죄어오는 것 같았다. 그녀의 몸 안에서부
터 한기가 기어 올라왔다.

자정 무렵 침대로 가서 그날 처음으로 휴대폰을 확인했다.

읽지 않은 문자가 한 통 있었다.

〈고마워요. 어제 말이에요. 당신이 원하면 난 항상 당신의 것이
에요. ☺〉

나탈리에는 침대에 누워 유리창을 가볍게 때리는 빗소리를 듣고
있었다. 몇 분 동안 꼼짝도 하지 않은 채 하루 동안 끝내야 할 일들
을 머릿속에서 몰아냈다. 그녀는 마치 쉬는 것처럼 드러누워 천장
에 시선을 고정한 채 빗소리를 들었다.

원래 그녀에게 일은 휴식이기도 했다. 그녀에게 휴식이란 진행
중인 프로젝트를 생각하는 시간이었다. 다음 단계로 넘어가면 무
엇을 해야 하며, 그 결과는 무엇을 의미할까. 이런 사고 패턴이 그
녀의 생각 체계를 자유롭게 순환하며 휴식을 도와주었다.

하지만 나탈리에는 휴식이 다른 곳으로 가버렸다는 사실을 깨달
았다. 그녀의 휴식은 어딘가 다른 곳에, 조용히 내리는 비가 창문을
두드리는 이 아침에 상상으로나 짐작할 만한 곳에 거처를 정한 것
이 분명했다.

그녀는 그날 할 일을 다 관두기로 마음먹었다. 대신 이 고요 속에
머무르기로 했다. 여전히 요전 날 요한네스의 집에서 벌어진 폭발

적인 전개에 어안이 벙벙했다. 그러면서도 마음 깊은 곳에서는 그가 오늘 찾아와 주기를 바란다는 사실을 인정하지 않을 수 없었다.

그날 밤에 일어난 혹은 일어났다고 생각하는 일에 대해 너무 예민하게 굴 필요는 없었다. 이번에야말로 건강한 관계를 꾸려나갈 수 있을지 몰랐다. 마음을 여는 관계가 항상 위험할 리 없었다. 마음을 정말 열었는지는 별개의 문제지만. 종잡을 수가 없었다. 하리에트의 입버릇을 빌리자면, 그녀와 요한네스의 마음이 이어졌을지도 몰랐다.

"너는 한 번도 우리와 마음이 이어진 적이 없었어, 나탈리에. 내가 몰랐다고 생각하지 마. 하지만 우리는 함께 시간을 보내야만 해. 우리가 네 가족이니까."

타일 스토브 앞에 갖다 놓은 안락의자에 앉아 저택에서 가져온 노르웨이 범죄소설을 읽어보려고 애쓰다가 오후를 다 보내고 나서야 나탈리에는 늪에서 바람이 거세지고 있다는 사실을 깨달았다. 처음에는 미풍이 나무의 우듬지를 가볍게 흔드는 정도였다. 하지만 시간이 흐르면서 점점 거세지더니 지상에서 마주치는 것은 뭐든 잡아 찢을 기세로 불기 시작했다.

저녁 으스름이 서서히 깔리기 시작했다. 마치 모든 것을 뒤덮어 바람마저 잠재우려는 것 같았다. 하지만 소용이 없었다. 두말할 나위 없이 그 바람은 가을 폭풍으로 유난히 가혹하고 무자비했다. '꼭 원하는 게 있는 것 같아.' 나탈리에는 까닭 없이 불안했다. 낯설면서 동시에 몹시 익숙하고 으스스한 일이 일어날 것만 같은 불길한 예감을 억누를 수 없었다.

그때 창으로 요한네스가 지나가는 모습이 보였다. 그 순간은 선물을 받은 것만 같았다. 그녀의 가슴속에 행복의 불꽃이 화르륵 피어올랐지만 그것도 잠시, 순간적으로 피어오른 온기는 예리한 고통으로 활활 타올랐다.

그가 저택 옆에 만들어놓은 주차장까지 와 자전거를 가로등에 기대 세웠다. 별채 쪽으로 시선을 준 것 같았지만 나탈리에를 보지 못한 듯했다.

그가 몸을 풀기 시작했다. 나탈리에는 그가 와 문을 두드릴 것만 같았다. 지금이 아니라면 나중에 달리기를 마친 후라도. 나탈리에는 자신이 그를 간절히 기다린다는 사실을 깨달았다.

이런 종류의 욕망이 낯설었다. 아무리 마음을 굳게 먹어도 거침없이 사방으로 번져나가는 들불처럼 점점 더 활활 타올랐다. 욕망은 낯선 영역을 통과해 낯선 영토로 들어가더니 그녀의 마음 깊은 곳까지 내려갔다. 이 감정은 진짜다 싶었다.

자신에게 솔직해질 필요가 있었다. 더 이상 자신을 속일 수 없었다. 이 욕망은 유난히 위험하고 파괴적이었다. 결국 그녀의 존재 자체를 위협했다.

이곳이라면 느닷없이 감정의 소용돌이에 휘말리는 일은 일어나지 않을 줄 알았다. 오히려 그 반대일 거라 여겼다. 이곳에서 그녀는 안전해야만 했다.

나탈리에는 자신이 결과를 받아들일 각오가 되어 있는지 자신이 없었다. 눈물이 차올랐다. 이런 생각만으로도 머리가 어질했다.

'안 돼!'

아직 준비가 되지 않았다. 모든 것을 멈춰야 했다. 지금 당장은 자신에게 집중해야 했다. 꼭 해야만 하는 일에 전념해야 했다.

그가 노크를 하더라도 대답하지 않을 것이다. 자는 척할 것이다. 그리고 지금까지의 삶을 계속 살 것이다. 그와는 더 이상 관계를 이어나갈 수 없다. 적어도 지금처럼은 안 된다.

그녀는 책을 조금 더 읽다가 결국 덮고 옆으로 치워버렸다. 날씨가 험악했지만 저택에 물을 길러 가기로 했다.

양손에 물통을 들고 한쪽 무릎으로 문을 열고 밖으로 나갔다. 어떤 생각이 자꾸 무의식을 건드렸지만, 그것이 의식에 가닿기까지 시간이 걸렸다.

마침내 그 생각이 의식에 닿자, 나탈리에는 기겁했다.

'바람이 완전히 멎었어.'

'언제부터 이랬지?'

그녀는 물통을 그대로 떨어트린 채 요한네스가 달린 방향으로 서둘러 달리기 시작했다.

'분명 폭풍우가 몰아쳤는데.' 전력을 다해 달리는 그녀의 머릿속에 그런 생각이 떠올랐다. '분명 폭풍우였다고. 바로 몇 분 전만 해도!'

너무 늦기 전에 반드시 요한네스를 찾아야 했다.

# 제2부


레이프 베리그렌 형사는 마야 린데가 기억하는 모습 그대로였다. 그러니까 4년 전, 레이프 형사 부부가 찾아올 줄은 꿈에도 몰랐던 그녀의 집 초인종을 눌렀던 때의 모습 말이다. "우연히 이 근처에 왔어요. 우리와 잠시 어울려줄 수 있어요?"

그녀가 펭에르스코그에 장만한 새집 앞에 서 있는 그는 여전히 장난기 넘치는 편안한 분위기였다. 머리숱은 지난번보다 약간 줄어들었고, 태도는 평소처럼 침착하고, 짙은 색 청바지와 지퍼를 목까지 바짝 올린 두툼한 스웨터 차림이었다.

"원래 월요일 아침이나 되어야 합류할 예정이라는 거 알아요." 애정 어린 포옹을 나누고 그가 말했다. "하지만 사건이 느닷없이 터져서……. 집 정리며 할 일이 산더미겠죠. 이사할 시간도 간신히 냈을 텐데."

"괜찮아요." 마야가 말했다. "말해주세요!"

"여기서 멀지 않은 곳에서 사건이 생겼어요. 범죄 가능성이 있고요. 어떤 청년이 폭행을 당해 의식을 잃은 것 같아요. 현장 사진이 있기는 한데, 솔직히 말해서 영 도움이 안 돼요. 당직팀이 도착했을 때는 안개가 꽤 짙었거든요. 그래서 당신이 나와 같이 가면 어떨까 싶더군요. 마침 지나가는 길이니까요. 우리는 진짜 사진가가 필요해요."

"현장이 어디죠?"

"저기 진창."

"알았어요." 마야가 대꾸했다. "다른 곳 다 놔두고 진창이라는 말이죠."


"이렇게 얼굴 보니 좋네요, 레이프." 그녀가 잠시 후 차에 타서 말했다. "다시 함께 일을 하게 되다니 이렇게 좋은 일은 또 없을 거예요."

"그래요. 적어도 한동안은 그렇겠죠." 그가 말했다. "나는 예순다섯에 은퇴를 할 예정이에요, 그냥 알아나 둬요. 2년 후예요."

"알았어요. 그러면 마지막 13년은 저 혼자 일해야 하나요?"

그가 웃음을 터트렸다. "마지막 13년? 안타깝게도 당신 세대는 절대 은퇴를 할 수 없을 거예요. 돈이 남아 있지 않을 테니까."

"그렇다면 저는 앞으로도 계속 피땀 흘려가며 일해야겠군요. 그런데 은퇴를 할 수 있을 정도로 복 받으셨으니, 은퇴하면 뭘 하실 거예요?" 마야가 물었다. "댄스 음악을 들으면서 본격적으로 쓰레기 판매업을 하실 건가요?"

쓰레기란 그의 취미를 말한 것이었다. 그는 아시아에서 희한한 장식품들을 수입해 친지나 관심이 있을 만한 사람에게 팔았다.

"쓰레기? 그게 저명한 예술가인 마야 린데 씨의 의견인가요?"

마야는 15년 진 베니스 비엔날레에서 '비'라는 제목의 전시로 엄청난 성공을 거두었다. 그 후 그녀는 뉴욕으로 건너갔다. 각종 기사와 인지도 덕분에 그녀는 종종 평범하지 않은 부업을 하게 되었다. 법의학 사진가도 그런 부업의 하나였다. 사실 그녀에게는 예술과 경찰의 세계가 어렸을 때부터 하나나 다름없었다. 그도 그럴 것이 부모님이 예술가였던 데다가 어머니는 경찰이기도 했기 때문이다.

어린 시절 마야는 칼스타드 경찰서에서 자주 놀았다. 그곳은 오몰의 집에서 차로 한 시간 거리였다. 시간이 흘러 80년대 중반 사진을 전공하고 어머니의 직장에서 인턴으로 일하거나 방학 때 아르바이트를 할 때만 해도, 그녀는 이 일이 기껏해야 예술가로 살아갈 계획에서 잠시 일탈하는 것이라 여겼다. 자신이 원하는 삶을 일구기 전에 거쳐야 할 필요악 같은 것 말이다. 그런데 경찰서에서 한 일이 예상하지 못했던 창의력과 통찰력을 일깨워 주었다. 그녀는 예술학교를 졸업한 후에도 칼스타드 경찰서에서 임시직 제안이 들어올 때마다 조금도 주저하지 않고 일을 맡았다.

자신의 카메라를 이용해 마지막 숨이 빠져나간 시신을 묘사하는 과정은 마음 깊은 곳을 뒤흔드는 경험이었다. 사건이 벌어진 현장을 기록하는 작업도 마찬가지였다.

직전까지만 해도 평범하기만 했던 장소나 조금도 주위를 끌지 않았던 사물이 느닷없이 새로운 의미를 얻고 증거로 대단한 가치를 지니게 되는 과정은 언제 접해도 매혹적이었다.

그녀는 20년 가까이 칼스타드 경찰서의 일을 맡았다. 마침내 서른아홉 살에 뉴욕으로 건너간 후에도 용케 맨해튼 이스트빌리지의 관할 경찰서인 9분서에서 파트타임으로 일을 하게 된 덕분에 그 기술을 썩히지 않을 수 있었다.

순전히 경제적인 관점에서 보면 지금의 그녀는 이 일을 할 필요가 없었다. 그래도 마야는 칼스타드 경찰서와 함께 일할 작정이었다. 마침 병가를 낸 경관의 업무를 대신해 일주일에 이틀씩 일을 하기로 경찰서와 계약을 맺었다.


"쓰레기?" 레이프가 다시 웃으며 몸을 돌려 뒷좌석에서 비닐봉지를 가져왔다. "내가 보여드리지. 무슨 색이 맘에 들어요? 파란색? 붉은색?" 그는 비닐 포장이 된 독서용 안경을 한 움큼 꺼냈다.

"벌써 몇 개나 있어요." 그녀가 대꾸했다.

"이런 건 없을 텐데." 그가 비닐 포장을 뜯어 밝은 푸른색 안경을 그녀에게 건넸다. 안경다리 두 쪽이 이어져 있었다. 그리고 안경을 쓴 사람의 목덜미에 걸쳐놓을 수도 있었다.

"이걸 어떻게 써요?"

"여기를 벌려봐요." 그가 안경의 코 부분을 가리키며 대답했다. "그 부분이 자석이라 앞에서 벌릴 수가 있죠."

마야가 안경 코 받침을 양쪽으로 열어 머리 위로 쓰자 자석이 찰칵하고 붙었다. 자석 부분을 다시 열고 손에서 놓았다. 그러자 안경은 가슴팍에 걸렸다.

"봤죠? 안경이 배 언저리까지 처지지 않으니까 안경알에 온갖 부스러기가 묻을 일이 없어요. 평소에 안경을 머리에 올리고 있다가 내리려고 보면 매번 사라지고 없잖아요. 그렇죠?"

마야는 몇 번 더 해보았다. 열었다, 닫았다, 썼다, 벗었다. "이거 살래요." 그녀가 말했다. "얼마예요?"

"100크로나. 덩신이니까 80에 줄게요."

"60 드릴게요."

"70."

"좋아요."


라세 스테판스의 노래를 들으며 10분 정도 달리자 범죄 현장이 나왔다. 그들은 달슬란드가 끝나고 베름란드가 시작되는 지점에서 도로를 빠져나갔다. 시골길은 점점 좁아지더니 어느새 숲을 가로지르는 울퉁불퉁한 자갈길로 변했다. 조금 더 달리니 길가에 세워놓은 낡은 표지판이 보였다.

'모스마르켄.'

"다 왔군." 레이프가 말했다.

크바그미레 장원의 영지 저택과 늪지를 둘러싼 지역인 모스마르켄은 한때 주변 학교의 소풍지였다. 마야도 어린 시절 이곳으로 소풍을 온 적이 있었다. 그런데 약 10년 전 소풍을 온 남자아이가 흔적도 없이 사라진 후 상황은 변했다. 그 당시 마야는 뉴욕에 있었다. 그래서 부모님에게 사건에 대해 전해들은 것이 다였다. 그 후 이곳에서 소풍 같은 야외 활동을 더 이상 하지 않게 되었다. 사람들은 습지로 나가는 게 너무 위험하다고 생각했다. 너무나 방대한 지역 곳곳에 위험천만한 지점이 수도 없이 도사리고 있다고 생각했다.

그런데 이번에는 젊은 남자가 조깅 코스 옆에서 의식을 잃은 채 발견되었다. 검사 결과 남자는 머리를 다쳤으며 습지에서 마주친 누군가에게 공격을 받았을 가능성이 농후했다.

레이프가 자그마한 주차장에 차를 세웠다. 마야가 트렁크에서 카메라 가방을 꺼내자 두 사람은 습지가 시작되는 지점에 서 있는 안내판으로 다가갔다.

### 모스마르켄 자연보호구역

모스마르켄 자연보호구역은 다양한 서식지로 이루어져 있으며 소나무 노숙림과 북유럽 습지와 같은 중요한 비오톱들도 위치해 있다. 그러나 이곳의 가장 중요한 특징은 넓은 토탄 습지다. 그곳은 수많은 멸종 위기종의 안식처다. 이곳에서 번성하는 종에는 개구리 같은 양서류와 큰뇌조 같은 조류만 아니라 희귀한 지의류도 포함되어 있다.

늪지는 역사적인 관점에서도 흥미로운 곳이다. 철기시대에 이곳에서 각종 도구와 음식, 심지어 사람까지 제물로 바치는 의식이 열렸다고 믿을 만한 근거가 있다. 늪지는 산소가 부족하고 산성인 환경 덕분에 부패가 매우 천천히 진행된다. 그 결과 21세기가 시작될 무렵 기원전 300년경에 살았던 사람으로 추정되는 일명 '습지 시신'이 발견되었다. 시신은 열일곱 살가량의 소녀로, 머리카락과 의복, 금장신구가 남아 있었다. 시신은 링곤베리 소녀라고 불리고 있으며 현재 칼스타드 문화사 박물관에 전시되어 있다.

습지 둘레에는 8킬로미터에 달하는 조깅 코스가 있다. 늪지를 건

너보고 싶은 사람들을 위해 보행로도 깔려 있다. 늪지에는 극도로 질퍽거리는 지점이 군데군데 있으므로 방문객은 지정된 통로로만 다녀야 한다. 각자의 책임하에 즐거움을 만끽하기를 바란다.

"여기서 그 시체가 나왔던 일 기억해요?" 레이프가 물었다.

"네." 마야가 우물쭈물하며 대답했다. "희미하게 기억이 나요."

"당시는 떠들썩했지. 하지만 그 열기도 금세 가라앉았다오."

두 사람은 숲으로 걷기 시작했다. 100미터가량 앞에 쳐져 있는 푸른색과 흰색의 경찰 테이프가 보였다.

잠시 후 늪지가 나타났다.

마야가 우뚝 멈췄다. 눈앞으로 평화로운 풍경이 펼쳐져 있었다. 흡사 거대한 하얀 하늘 아래로 누르께한 풀과 이끼의 파도가 치는 것 같았다. 여기저기에 키 작은 소나무들이 누런 바다에서 튀어나온 앙상한 팔처럼 서 있었다.

그 모습을 보자 마야는 숨이 멎을 것 같았다. 넋이 나갈 만큼 매혹적이었다.

"세상에, 정말 아름다워요." 그녀가 말했다.

레이프가 그녀를 힐끔 보며 대꾸했다. "아름답다고요? 그래요, 그럴지도. 그렇게 말할 수도 있겠지."

두 사람은 마야가 사진을 어떻게 찍을지 잠시 이야기를 나눴다. 그녀는 피해자가 길에서 벗어난 지점을 비롯해 그가 발견된 지점과 늪지로 난 보행로 10미터가량을 집중적으로 찍기로 했다. 그리고 주변을 조망하는 사진도 몇 장 찍기로 했다.

"너무 예술적으로 찍지는 말아요. 기록용 사진이 필요한 거니까,

마야."

"그 둘을 구별하실 수 있는지 몰랐네요." 그녀가 말했다.

"물론 할 수 있지. 날 뭐라고 생각하는 거예요? 나는 당신의 전시회도 다녀왔다고요. 지난봄이었지."

"정말요? 감상이 어떠셨나요?"

"그 이야기는 나중에 합시다. 지금은 일을 해야 하니까."

마야는 오솔길부터 시작하기로 했다. 그녀가 집중한 지점의 지면에는 주목할 만한 흔적이 남아 있지 않았다. 조깅 코스라 짐작대로 수많은 발자국이 겹쳐 있어서 구별하기가 좀처럼 쉽지 않았다. 그녀는 자를 꺼내 발자국 옆에 놓았다. 주변을 조망하는 사진을 찍으려고 초점을 조정하며 뷰파인더로 살펴보는데 앞쪽에서 뭔가가 반짝거렸다.

"저기 뭔가 있어요." 그녀가 그쪽으로 다가가며 말했다. 쪼그리고 앉아 지면을 살펴보자마자 길가의 풀숲에서 반짝거리는 10크로나 동전 두 개가 보였다.

레이프가 그녀에게 다가왔다. 그는 장갑을 끼고 동전을 집어 요모조모 살폈다. 동전은 완벽할 정도로 반짝거렸다.

"잘했어요. 마야." 그가 동전을 비닐 봉지에 조심스럽게 넣으며 말했다. "어제는 왜 못 봤을까?"

그 구역은 한 차례 소동이 휩쓸고 지나간 것 같았다. 발자국들이 다른 곳보다 더 깊게 찍혀 있었고 주위의 지면 손상도 더 심했다. 여기저기 덤불과 나무들도 훼손되어 있었다. 게다가 굵기가 제각각인 나뭇가지들이 꺾여 덤불 사이로 튀어나와 있었다. 두 사람은 부러진 나뭇가지의 절단면을 살펴보았다. 비교적 최근에 부러진 것 같았다.

"이곳도 찍어둬요." 레이프가 말했다. "습격 현장이 이 근처라는 건 의심의 여지가 없군요."

이제 남자가 발견된 장소를 찍기 위해 습지로 들어갈 차례였다.

두 사람이 보행로로 들어갔다. 발밑이 꽤 단단했다. 마야는 발걸음을 멈추고 주위를 둘러보았다.

어느새 태양이 구름 뒤로 자취를 감추었다. 지금까지의 아늑한 느낌이 점점 희미해졌다.

습지를 보니 어떤 곳은 그 위로 걷거나 적어도 풀 더미를 징검다리 삼아 뛰어다니며 이동할 수 있을 것 같았다. 어떤 곳은 말 그대로 늪처럼 보였고, 또 어떤 곳은 풀이 좀 더 촘촘히 자라고 있었다.

바로 그때 늪지 맞은편에 자라는 소나무 숲 너머로 궁전 같은 커다란 건물이 보였다. '저기가 크바그미레 저택이겠군.' 마야가 생각했다.

그녀는 조심스럽게 보행로를 벗어나 늪지로 들어갔다. 그러나 정작 걷기가 쉽지 않았다. 풀 더미는 단단하고 키가 큰 반면 풀 더미 사이의 지면은 부드럽고 축축했다. 느닷없이 한쪽 발이 풀 더미들 사이로 미끄러졌다. 순식간에 시커먼 습지의 물이 발목까지 차올랐고 지면이 그녀의 발에 끈적거리듯 들러붙더니 아래로 잡아당기는 느낌이 들었다.

"젠장!" 그녀는 휘청했지만 얼른 발을 빼고 보행로로 되돌아갔다.

"조심해요." 레이프가 말했다.

"여기는 걸어 다니기 쉽지 않네요." 그녀가 말했다.

"피해자가 여기에 쓰러져 있었어요." 레이프가 두 사람의 앞쪽 지면을 가리키며 말했다.

마야가 좀 더 다가갔다. "여기요?"

레이프가 고개를 끄덕였다.

피해자가 의식을 잃은 채 발견된 곳은 이미 물구덩이가 되어 있었다.

"이 근처는 지면이 단단한 줄 알았어요." 마야가 말했다.

"이곳은 부유 매트라고 부르는 곳일 거예요." 레이프가 설명했다. "죽었거나 살아 있는 식물들이 양탄자처럼 뒤엉켜 수면에 떠서 수렁을 만들죠. 그 청년이 쓰러져 있던 곳은 지면이 푹 꺼졌을 거예요. 그 후에 물이 약간 차올랐겠죠."

마야가 사진을 찍기 시작했다.

"상황이 질척거리네요." 그녀가 카메라를 찰칵거리며 말했다.

"뭐라고요?"

"수렁 같아서요. 비유적인 의미로요. 빠져나오기 어려운 곤경. 위기. 요즘은 세상 자체가 하나의 거대한 수렁 같아요."

"오. 그 말대로라는 걸 하늘은 알 거요." 레이프가 한숨을 쉬었다.

"그런데 그 사람은 무슨 변을 당한 거예요?"

"확실치 않아요. 저택에 사는 사람이 발견했어요. 머리에 둔기 같은 것으로 맞은 듯한 상처가 있었죠. 우리가 아는 건 이게 다예요."

"이 근처에서 뭔가를 목격한 사람이 없나요?"

레이프가 머리를 가로저었다. "목격자는 없어요. 그를 발견한 사람뿐이죠. 나탈리에 스트룀."

"그 사람은 피해자를 어떻게 발견했대요? 그 사람도 조깅 중이었어요?"

"아뇨, 그건 아닐 거예요. 그녀는 생물학자인가 뭔가라고 하던데, 샘플을 채집 중이라더군요. 그래서 이 일대를 자주 돌아다닌다나 봐요. 피해자를 약간 아는 정도고요. 피해자는 근처 예술학교에 다니는 학생이에요."

"네?" 마야가 놀라서 뷰파인더에서 눈을 들며 되물었다. "그래요? 어쩌다 이런 일이. 어쩌면 제가 아는 사람일지도 모르겠어요. 피해자 이름이 뭐예요?"

"요한네스. 요한네스 아위에브."

마야가 고개를 저었다. "처음 들어요."


작업을 끝내자 마야는 잠시 자신의 사진을 찍고 싶었다. 그녀는 전에도 이곳에 와본 적이 있었다. 늪지는 그때나 지금이나 독특한 곳이었다.

"출발하기 전에 30분 정도 시간을 낼 수 있을까요?" 그녀가 물었다.

"그럼요." 레이프가 선선히 대답했다. "다만 조심해요."

"저도 표지판을 봤어요."

마야는 사전 촬영을 해둘 요량으로 습지로 조금 더 들어가 보기로 했다. 그리고 쉴 때 중형 카메라를 챙겨서 다시 오기로 마음을 먹었다.

습지로 나오니 주위가 몹시 고요하고 어딘지 텅 비어 있는 느낌이 들었다. 이쪽으로는 작은 물줄기가 흐르고 저쪽으로는 샘처럼 물이 솟아올랐다. 잠시 후 새 한 마리가 휙 날아가는 소리가 들렸다. 둥근 날개 끝을 보니 올빼미였다.

시간이 순식간에 지나갔다. 정신을 차려보니 어느덧 돌아가지 않으면 안 될 시각이었다. 마야는 바닥이 조금 솟은 곳으로 올라갔다. 그곳에 서니 주변 풍경이 더 선명하게 눈에 들어왔다. 이쪽에 서 있는 저택과 맞은편 뭔가의 작업장처럼 보이는 넓은 부지가 한결 더 잘 보였다. 그녀가 듣기로 그 작업장은 오래된 토탄 채굴장이었다. 채굴장 너머로 늪지에 면해 쪼르르 늘어선 민가 몇 채도 멀리 보였다.

마야는 늪지 안쪽으로 더 들어간 곳에 서 있는 특별한 키 작은 소나무를 카메라에 담고 싶었다. 그 소나무는 가지가 굽이져 있고 윗부분이 일직선인 것이 꼭 분재 같았다. 조금만, 조금만 더 가까이 다가가면 제대로 찍을 수 있었다.

그녀는 온 정신을 렌즈에만 집중한 채 조심스럽게 보행로에서 내려와 한 발을 내디디며 걸어도 될지 지면을 가늠해보았다. 이곳은 다른 곳보다 건조해서 비교적 편하게 걸을 수 있을 것 같았다. 그러나 뭔가에 발이 걸려 휘청하면서 균형을 잃고 그대로 처박히고 말았다. 카메라까지 전부 다 말이다.

'안 돼. 안 돼. 안 돼. 안전하게 보행로에서 사진을 찍지 왜 내려온 거야?' 이런 생각이 뇌리를 스치는 순간 얼굴이 축축한 늪지에 철퍼덕 부딪혔다.

오늘 분의 사진은 이것으로 끝이다.

똑, 똑, 똑.

칼스타드 병원에 입원한 요한네스의 침대 옆에 앉아 있던 나탈리에는 손가락을 관자놀이에 갖다 댔다. 그는 아직 의식이 돌아오지 않았다.

나탈리에가 손을 뻗어 손끝으로 그의 손을 살며시 건드렸다. 호흡기에서 뻗어 나온 관들이 그의 입으로 이어져 있었다. 단조로운 기계음이 들렸다.

상황이 심각한 것 같다는 생각이 들었다. 좋지 않았다.

가리개 너머에는 간호사가 몸이 반쯤 보이게 앉아서 책을 읽고 있었다. 그녀는 의료 장비와 요한네스의 상태를 지켜보기 위해 있는 것이라고 나탈리에에게 설명했다. 이런 상태의 환자는 절대 혼자 두지 않는다고 했다. "저는 신경 쓰지 마세요." 그녀가 윙크를 하며 말했다. "제가 없는 것처럼 행동하시면 돼요."

몇 시간 째 그의 옆을 지키고 앉아 자다 깨다를 반복하다보니 시간 감각을 잃어버렸다. 방향 감각도 마찬가지였다. 어느새 그녀 안의 뭔가가 마구 흔들리는 바람에 뒤집어지고 내팽개쳐지기 시작한 것 같았다. 어린 시절의 기억이 떠올랐다. 지금껏 한 번도 열어보지 않은 기억들이었다. 아니, 기억이라기보다 단편적인 얼굴들이었다. 과거에서 온 얼굴들. 그들 사이에서 물속 깊이 가라앉은 듯한 부모님의 얼굴도 보였다. 그 시절 친구도 보였다. 기억 속 친구의 통통한 두 볼과 호기심으로 반짝이는 두 눈이 흐릿한 이미지로 떠올랐다.

순간 무서워져 기억을 밀어냈다. 그런데 의외로 그 기억에 마음이 편안해진 것 같았다. 그녀는 자신이 산산조각이 나려는지 오히려 그 반대인지 종잡을 수 없었다.

잠시 후 나탈리에는 매점으로 내려가 잡지와 커피 한 잔을 샀다. 그리고 자리에 앉아 창밖을 멍하니 바라보았다. 얼마 후 다시 엘리베이터를 타고 병실로 올라갔다.

병실에 와 보니 요한네스의 침대 옆에 웬 여자가 서 있었다. 그녀는 어떻게 처신을 해야 할지 모르겠다는 듯 안절부절못하고 있었다.

나탈리에가 문가에 우뚝 멈춰 섰다. "안녕하세요." 그녀가 먼저 인사를 건넸다.

침대 옆의 여자가 고개를 들었다. "안녕하세요." 그녀도 당황한 표정으로 인사를 했다. "혹시 당신이 나탈리에인가요?"

"네, 맞습니다."

"마리아예요." 여자가 손을 내민 채 나탈리에에게 다가오며 말했다. "요한네스의 엄마예요. 요한네스에게 아가씨 이야기를 들었어요." 악수를 하는 그녀의 손아귀는 놀라울 정도로 단단했다. "오늘 아침에서야 무슨 일이 생겼는지 들었어요."

"제가 밤새 지켰어요. 요한네스를 혼자 두지 않았어요." 나탈리에가 말했다. "물론 제가 아니어도 혼자 있을 리 없지만……."

그녀가 간호사를 흘깃 보았다. 간호사는 뭔가 기록을 하며 두 사람에게 아무 관심도 기울이지 않는 듯했다.

"늪에서 넘어졌다고 하던데, 정말이에요?" 마리아가 물었다. "요한네스가 달리기를 하고 있었나요? 이 아이는 항상 달리기를 해요. 그런 애가 어쩌다가 넘어졌을까요? 경찰 말로는 누군가에게 공격을 받았을 수도 있다던데. 아는 게 좀 있어요?"

나탈리에가 그녀를 바라보았다. 그녀는 중간 정도 길이의 검은색 머리를 뒤로 묶었고 옷은 단순한 디자인이지만 신경 써서 입은 듯한 차림이었다.

"저도 그 정도밖에 몰라요." 나탈리에가 대답했다.

"요한네스와 잘 아는 사이인가요? 같은 학교를 다녀요?"

나탈리에는 선뜻 대답이 나오지 않았다. "말하자면 우리는 막 알아가는 중이었어요." 그녀가 바닥을 보며 말했다. "저는 늪지 바로 옆에 살아요. 거기서 요한네스를 발견했어요. 늪지 안으로 꽤 들어가 있었어요. 완전히 의식을 잃은 상태였고요."

"도대체 무슨 변을 당한 걸까요? 이해가 안 돼요. 발목도 부었네요." 그녀의 두 눈이 점점 빛났다. 마치 매달릴 것을 찾기라도 하는 듯 그녀의 시선이 나탈리에를 불안스럽게 훑었다.

"요한네스가 의식을 되찾고 직접 말해주기 전에는 알 수 없을지도 몰라요." 나탈리에가 말했다.

"의사 선생님 말이." 마리아가 침을 꿀꺽 삼키며 말했다. "앞으로 며칠이 고비래요. 경과를 보고 수술 여부를 결정할 거라고 하더군요. 그곳이 더 부어오르면 그때는…… 그때는 압력을 낮춰야 한대요. 그러니까…… 두개골을 열어서."

마리아가 말을 이으려 하자 나탈리에가 그녀의 팔을 살짝 쥐었다.

"아마도 의식과 잠을 조절하는 부위를 다친 것 같아요. 그래서 상태가 악화되지 않는다고 해도 한동안 깨어나지 못할 수 있대요.

내가 이해하기로는요."

마리아가 시선을 피했다.

나탈리에도 더는 할 말을 잃고 말았다. 이 모든 일이 자신과 아무 상관도 없는 것처럼, 어딘가 먼 곳에서 모두와 단절된 듯한 기분이 들었다.

"네." 그녀가 말했다. "우리는 그저 기다리는 수밖에 없어요."

나탈리에가 자리에서 일어나 요한네스와 그의 어머니를 번갈아 바라보았다. "저는 그만 가봐야겠어요. 요한네스를 혼자 두고 싶지 않았어요. 하지만 어머님이 오셨으니……"

마리아가 나탈리에를 꼭 안았다. "고마워요. 정말 고마워요."

"요한네스가 당장 의식을 되찾지 않으면." 나탈리에가 말했다. "원하시면 저도 병실을 지킬게요. 혹시 깨어나면 연락을 주시고요. 그러니까 의식을 되찾을 때요. 간호사들이 제 휴대폰 번호를 알아요."

나탈리에는 문으로 가다가 문가에서 돌아섰다.

"그런데." 그녀가 온화한 목소리로 말했다. "경찰이 요한네스의 운동복과 운동화를 가져갔어요. 그리고 작은 주머니가 있었는데…… 10크로나 동전이 가득 들어 있었대요. 한 100개 정도 된다고 했어요."

마리아가 영문을 모르겠다는 표정으로 그녀를 바라보았다.

"요한네스가 발견되었을 때 주머니에 들어 있었나 봐요."

마야가 산 펭에르스코그의 집은 크고 오래된 건물이었다. 그곳은 원래 기계 제작소가 들어서 있었다. 1930년대에는 자전거를 만드는 곳이었다. 1980년대에 들어 생산이 중단된 후로, 그곳을 거쳐 간 여러 주인들은 적어도 건물의 이곳저곳을 가정적인 공간으로 꾸며보려고 애를 썼다.

그 집은 실내가 널찍하고 외형이 으리으리한 전통적인 달슬란드 시골집 양식이었다. 붉은색으로 칠한 이층 목재 건물로 전면에는 중간문설주가 있는 커다란 창문들이 달려 있고 흰 글씨로 이렇게 적혀 있었다. 'C. W. 하랄손. 기계 제작소.'

마야는 자신에게 놀랐다. 그도 그럴 것이 고향 근처의 옛 동네에 다시 터를 잡게 되리라고 꿈에도 생각하지 않았기 때문이다. 그녀는 오몰에서 자랐는데, 새집에서 고작 20킬로미터밖에 떨어지지 않은 곳이었다. 하지만 아버지가 위중했고 그런 상황에 어머니를 혼자 두기는 싫었다. 뿐만 아니라 최근 몇 년 동안 이곳으로 이주한 다수의 예술가들 가운데 가장 친한 친구도 있었다. 그 친구도 얼마 전 펭에르스코그로 이사를 왔다.

마야는 베네른 호수의 북서쪽에 위치한, 달슬란드와 베름란드의 경계를 둘러싼 지역을 '베넬란드'라고 즐겨 불렀다. 그 베넬란드 전역을 떠나는 사람들이 꾸준하게 늘어날 때도 펭에르스코그의 작은 공동체는 이런 흐름에 역행했다. 물론 공예학교가 이곳에 수십 년째 터를 잡고 있다는 이유도 있지만, 최근 들어 이 지역이 1년 내내, 밤이고 낮이고 생기 넘치게 된 데는 다른 요인이 있었다. 2년 전 진

보적 성향이 두드러지는 순수예술학교가 이곳에 개교했다. 학교와 함께 기숙사가 만들어지고 게스트하우스도 우후죽순으로 문을 열었다. 그 결과 스웨덴만 아니라 세계 각지에서 6개월마다 새로운 예술가들이 이곳으로 유입되었다.

학교는 인근의 버려진 제지공장을 인수해 전시와 연극, 파티를 비롯한 각종 공연을 열 수 있는 대형 공간을 점차 확충했다. 이 지역에는 오랫동안 카페가 한 곳뿐이지만, 최근 바와 작은 레스토랑도 한두 곳씩 문을 열었다. 이곳으로 이주하는 학생들과 더불어 교사들의 수가 점점 늘어났다. 마야처럼 오래전에 이곳을 떠났던 예술가들도 다시 돌아와 저렴한 가격으로 나온 건물을 사고 가정을 꾸렸다.

학교는 1년 내내 방문객을 끌어들였다. 크리스마스 시즌에는 공예시장이, 여름에는 연극제가, 부활절 주간에는 예술제가 열렸으며 그 사이사이 전시회도 다양하게 열렸다. 최근 평가 자료에 따르면 이곳의 문화 센터는 지방자치단체 가운데 세 번째로 관광객이 많이 찾는 곳이었다.


창밖으로 보이는 세상에는 어둠이 내려앉았다. 실내는 아늑하고 양초와 벽난로의 불길이 벽에 비쳐 일렁거렸다. 마야가 몇 달 전 객원 예술가로 펭에르스코그를 찾은 오스카르와 함께 저녁을 먹자며 친구이자 새 예술학교의 학장인 엘렌을 초대했다. 마야는 오래된 제지공장을 개조한 바에서 그를 몇 차례 만난 적이 있었다. 사실 이 저녁 식사 자리는 오스카르가 마야에게 이삿짐 옮기는 일을 도와주겠다고 해 마련되었다.

이삿짐 박스를 옮기고 저녁까지 먹자 오스카르와 엘렌은 소파를 하나씩 차지하고 드러눕고, 마야는 낡고 커다란 동양풍 러그에 그 대로 뻗었다.

"두 사람 늪지에 가봤어?" 마야가 천장에 시선을 고정한 채 물었다.

오스카르와 엘렌이 그녀를 돌아보았다.

"아니." 엘렌이 대답했다. "거기서 일어난 사건 때문에 이야기를 꺼내는 거야?"

"오늘 다녀왔거든. 아마 40년 만일걸."

"그 학교 학생이라던데, 맞죠?" 오스카르가 의미심장한 눈빛으로 엘렌을 바라보며 물었다.

"맞아." 엘렌이 대답했다. "집 근처에서 그런 일이 일어나다니 소름 끼쳐. 월요일에 학교에 가면 회의를 소집해야 할 것 같아. 벌써부터 해괴한 소문들이 퍼지고 있거든. 하지만 그런 소문 때문에 간 건 아니지?"

마야가 고개를 끄덕였다. "물론 그런 것 때문에 그곳을 떠올린 건 아니야. 거기에는 뭐랄까……. 마법은 적당한 단어가 아니야. 어쨌든 그곳에서 강렬한 감정이 느껴져. 사진을 몇 장 찍었어. 그러니까 개인적 용도로."

"우리가 봐도 되는 사진이에요?" 오스카르가 물었다.

"그냥 스케치 같은 거야. 나중에 기회 되면 보여줄게." 마야가 대답했다. "혹시 그림을 그리거나 다른 작업으로 그곳에 간 학생은 없을까?"

"내가 아는 한은 없어. 그나저나 그거 괜찮은 생각인데, 마야."

엘렌이 말했다. "이번 가을 학기에 기초 회화 강좌는 그 주제를 거의 다루지 않거든. 자연을 주제로 뭔가 해볼 수도 있겠어."

그 순간 마야는 괜히 늦지 이야기를 꺼냈다는 생각이 들었다. 그곳에 예술 전공생들이 우글거리는 것만큼은 절대 보고 싶지 않았다.

와인병이 거의 비어갈 즈음 엘렌이 뉴욕에서 당시 미래의 남편이자 현재의 전남편을 실수로 만난 이야기를 꺼냈다.

"더 정확히 말하면 마야의 실수였지." 엘렌이 오스카르를 위해 설명했다. "우리는 같은 주에 뉴욕으로 자기를 찾아간 거야. 전남편과 나 말이야. 그때 우리는 함께 어울리거나 통성명도 하기 전이었거든. 마야가 나를 초대해놓고 같은 주에 그 사람까지 초대했지 뭐야. 그 정도 불운으로는 부족하다는 듯이 마야는 다른 일정을 잡아버렸더라고."

"그래서 어떻게 됐는데요?" 오스카르가 물었다.

"음, 마야는 우리와 같이 보낼 시간이 별로 없었어. 그래도 우리는 서로가 있어서 다행이라고 생각했지." 엘렌이 마야를 노려보며 말했다.

"그래, 다행이었지!" 마야가 말했다.

"그래서 우리는 일주일 동안 같이 박물관도 가고 화랑을 돌아다녔어." 엘렌이 말을 이었다. "그 후 스톡홀름에 있는 그의 집으로 내가 들어갔지. 아들을 하나 낳고 10년 가까운 세월을 함께 살았어. 우리 관계는 4개월 전에 완전히 끝났어. 남편이 여름 별장에 웬 남자와 함께 있더라고. 어쩌면 그런 식으로 살 수 있었을지도 몰라. 그럴 만한 가치가 있었거든. 그 사람이 정말 사랑에 빠지지만 않았어도 그랬을 거야."

"이제 어떻게 하실 건가요?" 오스카르가 물었다.

"내가 이 집으로 들어올 수도 있지."

"환영해." 마야가 미소를 지었다. "내가 실수를 했으니 죗값을 치러야지. 집세는 청소기 돌리고 유리창 닦는 걸로 대신해도 돼. 이 집은 유리창이 빌어먹게 많거든."

"저도 들어오면 안 될까요." 오스카르가 말했다. "게스트하우스가 너무 좁아서요."

"농담은 이쯤에서 그만하고." 마야가 말했다. "나는 혼자 사는 게 더 좋아."

"반자는 어떻게 하고?" 엘렌이 물었다. "반자는 어디서 살 건데?"

"반자가 누구죠?" 오스카르가 물었다.

"뉴욕에서 같이 일한 내 조수야. 우리는 같이 살지 않을 거야. 그녀도 여기서 멀지 않은 곳에 싼 집을 샀거든."

"아, 맞아요. 그런 이야기를 들은 것 같아요." 오스카르가 말했다.

"반자는 내일 도착해. 그래서 말인데 앞으로 며칠 동안 일손이 또 필요할 것 같아." 마야가 엘렌을 돌아보며 말했다. "너희 학생들 가운데 관심 있는 사람 없을까? 짐을 정리하기만 하면 되는데. 게시판에 구인 공고를 붙여볼 생각이었거든."

"그러지 마세요." 오스카르가 말했다. "공고는 붙이지 마세요. 제가 할게요."

"네가? 하지만 이건 공짜인데?"

"상관없어요."

마야가 레드 와인이 담긴 자신의 잔을 입으로 가져가며 미소를 지었다. "좋아." 술기운이 돌면서 슬슬 졸리기 시작했다. "저기 치즈 남은 게 있을 텐데."

오스카르가 벌떡 일어나서 주방으로 갔다.

엘렌과 오스카르가 돌아가자 마야는 재빨리 샤워를 하고 잠옷을 입은 후 이불 속으로 파고들었다. 그녀는 신문을 몇 페이지 읽다가 옆에 내려놓고 창밖을 물끄러미 바라보았다.

그녀의 머릿속에서 어떤 아이디어가 뿌리를 내리고 있었다. 크바그미레 저택 쪽의 늪지에서 연작 사진을 찍어보겠다는 발상이었다. 다양한 풍경을 차분하고 단순한 이미지로 담고 싶었다. 탁 트인 공간들. 봐서 민가도 몇 채. 가능한 피사체를 축소해서 그곳의 분위기가 사진 전체에 빛나도록 하고 싶었다.

마야는 노트북을 꺼내 사진 한 장을 전체 화면 크기로 불러냈다. 구조가 완전히 다른 드넓은 늪지와 하늘이 맞닿은 모습을 찍은 사진이었다. 그 사진 자체로는 예술적 가치가 없을지 몰랐다. 하지만 그녀는 아이디어가 있고 그 아이디어가 결실을 맺게 할 방법도 알고 있었다. 흑백에 정사각형 포맷. 도발적이면서 아름다울 것 같았다.

그녀는 다른 사진을 불러내고 또 다른 사진을 불러냈다. 슬슬 노트북을 끄려는 찰나, 화면 속의 뭔가가 관심을 끌었다.

늪지를 직선으로 가로지르는 보행로에서 찍은 사진이었다. 화면 오른쪽에는 나무 몇 그루가 서 있었다. 그런데 멀리 뒤쪽으로 나무와 덤불에 가려진 어떤 형체가 보였다. 꼭 사람이 서 있는 것 같았다.

그곳을 연속으로 찍은 다른 사진들도 얼른 살펴보았다. 처음 몇 장에서 문제의 형체가 앞으로 이동하는 것 같았다. 그다음 사진들 몇 장에서는 멈춰서 카메라를 향해 몸을 돌리는 것처럼 보였다. 흐릿하지만 몸을 웅크리고 있는 듯했다. 마치 등이 굽은 것처럼 말이다. 여자일지도 몰랐다. 남자일 수도 있었다.

이어지는 사진들을 보니 그 형체는 이미 자취를 감추고 없었다.

마야는 사진들을 순서대로 다시 훑어보았다. 자연을 감상하러 나온 사람이겠지. 아니면 운동을 하러 나왔거나. 그게 아니라면 거기 왜 나와 있었겠어? 그녀는 그렇게 생각했다.

"방해가 되었다면 미안해요." 저택 지배인 앙네타가 말했다. "요즘 어떻게 지내는지 궁금해서 들렀어요. 어떻게 된 일인지도 궁금하고요."

앙네타가 문 앞에 서 있었다. 차분해 보이지만 호기심을 숨기기에는 역부족이었다. 그녀는 늪지에서 무슨 일이 일어났는지 알아내고 싶어 좀이 쑤시는 게 분명했다. 게다가 해답을 줄 수 있는 사람이 나탈리에라고 믿는 듯했다.

"저도 잘 몰라요." 나탈리에가 대답했다. "그 사람이 아직 의식이 없거든요. 어쨌든 들어오세요. 뭘 좀 드시겠어요?"

나탈리에는 빵 한쪽에 완숙 계란을 얹은 오픈 샌드위치를 먹으려고 막 식탁에 앉은 참이었다. 그녀는 커피와 빵, 버터, 주스 한 통이 놓여 있는 식탁으로 손짓을 하며 권했다.

"당신이 어딘지 낯이 익어요." 앙네타가 집으로 들어서며 말했다. "처음 본 순간부터 그런 생각이 들더라고요."

"그런 말 많이 들어요." 나탈리에가 대꾸했다. "뭘 좀 드시겠어요?" 그녀가 다시 권했다.

"아뇨, 고맙지만 괜찮아요." 앙네타가 대답했다. "그것보다도 당신이 그 남자를 발견했을 때 무슨 일이 있었는지 좀 더 말해주지 않을래요? 아는 사이였죠?"

"아뇨. 안다고 할 정도는 아니에요. 그 사람은 이 근처를 달리는 걸 좋아했어요. 그것 외에는 몇 번 만난 게 다예요."

"하지만 병원에서 밤새 간병을 했잖아요?"

그랬다. 어쩌다 그렇게 되고 말았다.

두 사람은 식탁을 사이에 두고 마주 앉았다. 나탈리에는 어쩌다 늦지에 나가게 되었는지 앙네타에게 말해주지 않을 도리가 없었다. 점점 불안해져서 결국 요한네스를 찾으러 나가게 된 이야기를 들려주고 말았다.

"당신이 신속하게 조치를 취하지 않았다면 그 사람은 죽었을지도 몰라요." 앙네타가 무거운 어조로 말했다. "당신이 그 사람의 목숨을 구했어요."

나탈리에가 시선을 피하며 말했다. "음…… . 그럴지도요. 다 운이 좋았던 거겠죠."

"도무지 이해가 안 되는 부분이 있어요." 앙네타가 눈을 날카롭게 빛내며 말했다. "그 사람은 당신이 걱정을 해야 할 만큼 늦지에 오래 있지 않았잖아요? 감이 온 거죠, 그렇지 않아요? 뭔가 변고가 일어났다는?"

　나탈리에는 상대의 노골적인 질문에 선뜻 대답하지 못하고 우물
쭈물했다.

　"잘 모르겠어요. 글쎄요. 그럴지도 몰라요. 뭔가 이상하다는 생
각이 퍼뜩 들었거든요. 게다가 날씨가 험악했잖아요."

　"음, 어떤 경우든 별일 없기를 기원해야겠군요." 앙네타가 말했
다. "그 청년은 지난 1년 동안 거의 하루도 빠지지 않고 이 근처를
달렸어요. 날씨가 어떻든 개의치 않았죠. 참 대단하다 싶었는데."
그녀가 자리에서 일어서며 말했다. "아무튼 대단한 일을 했어요,
나탈리에. 그런 일을 감지하다니. 그런 걸 나는 통찰력이라고 부르
죠."

　"글쎄요." 나탈리에가 대꾸했다.

　"그나저나." 누군가 엿들을지 모른다는 듯이 앙네타는 목소리를
낮췄다. "이 지역의 평판을 해칠 만한 사건이 더 이상 일어나지 않
으면 좋겠네요. 그렇죠?"

　'결국 이 이야기를 하러 온 거군.' 앙네타가 가자 나탈리에는 그
런 생각이 들었다.

　세상은 아무 일 없었던 것처럼 흘러갈 것이다.

　그 모든 일이 일어난 후에도 모스마르켄의 명성이 더럽혀지지 않
은 것처럼.

　사무실로 쓸 공간을 비롯해 가장 필요한 방들에는 가구를 다 들

여놓았다. 나머지 공간에 대한 재건축 작업은 이번 주부터 인부들이 오면 시작할 예정이었다. 마야는 작은 홈 바와 전시 공간이 딸린 사진 스튜디오와 함께 전통적인 흑백 사진을 현상하기 위해 암실도 만들 생각이었다.

마야가 침대 옆 바닥에 놓인 노트북을 힐끔 보았다. 노트북을 가져와 늪지에서 찍은 노란색 풍경과 구부정한 형체를 한 번 더 봐도 좋겠지만 어쩐지 기운이 소진된 느낌이었다. 어느 월간지의 기자가 사진가를 대동하고 찾아와 귀국과 장래 계획에 대해 인터뷰를 하고 간 참이었다. 펭에르스코그 대 뉴욕.

재미있는 인터뷰였다. 기자인 톰 쇠데르베리는 책을 많이 읽은 듯했고 최근에 그녀가 참여했던 프로젝트 대부분에 대해 잘 알고 있었다. 톰이 그녀의 사진을 심층적으로 분석했다는 사실에 마야는 우쭐했고 그의 예리한 의견이 즐겁기까지 했다.

마야가 톰을 인정한 이유는 그가 호감을 얻기 위해 공치사만 늘어놓지 않았기 때문이다. 그는 어떤 부분에서는 튼튼한 근거를 바탕으로 한 비판으로 그녀를 도발하기도 했다. 그녀는 그런 도전이 신선했다. 그런 모습이 적어도 그의 지성에 대해 일시적으로 마야의 관심에 불을 지폈다. 그녀는 미소를 지으며 유연하게 비판을 받아들일 수 있었는데, 톰이 자신에게 매료되었다는 사실을 알아차렸기 때문일 것이다. 그는 마야의 예술관과 경력에 대해 읽으면서 이미 그녀에게 호감을 품게 된 것 같았다.

이런 경우가 처음은 아니었다.

인터뷰가 다 끝나갈 무렵 사진가가 도착했다. 사진가는 약간 긴장한 것 같았고 자신감도 없어 보였다. 그녀는 마야에게 집 안 곳곳에서 포즈를 취해달라고 했다. 밖으로 나가 목초지 한가운데와 헛간으로 가는 길을 배경으로도 찍고 싶어 했다. 톰도 따라왔다. 사진가가 카메라를 조작해 셔터를 누르는 동안, 마야와 톰은 서로 미소를 지으며 말없이 눈빛을 교환했다.

인터뷰가 다 끝나자 마야는 톰에게 자신에 대한 기사들 가운에 그가 구하지 못한 두 편을 빌려주겠다고 했다.

마침내 모두 돌아가고 혼자가 되자 마야는 냉장고 속의 재료로 간단히 점심을 만들었다. 커다란 식탁에 앉아 창밖의 갈색 소 두 마리를 멍하니 바라보았다. 들판의 소들도 그녀를 빤히 바라보았다. 맞은편 벽에 걸어놓은 커다란 거울에 비친 자신의 모습이 보였다. 문득 오래전 책에서 읽은 구절이 떠올랐다. "몸이 음식과 음료, 그간 살아온 세월로 꽉 찬" 것처럼 보이는 사람에 대한 묘사였다.

마야는 아버지를 닮아 얼굴이 둥글고 목이 짧았다. 아버지로부터 물려받은 얇은 입술과 밤색 머리카락이 쉰을 넘기자 희끗희끗 희어졌다. 주름살조차 아버지와 똑같은 자리에 들어섰다. 수면 아래로 서서히 가라앉는 상(像)처럼 아버지의 얼굴이 그녀의 얼굴에 있었다.

그녀는 자신의 육체 그래프의 선이 윤회의 우아한 움직임처럼 아래를 향해 움직인다는 사실을 처음 알아차린 때를 거의 날짜까지 정확하게 기억했다. 물론 그 과정은 훨씬 일찍 시작되었다. 단지 그녀가 그 과정을 스스로 알아차린 날을 기억한다는 뜻이다. 자신의 외모가 어떤 식으로 못생겨졌는지부터 피부가 탄력을 잃고 아래로 처지기 시작했다는 깨달음에 이르기까지 모든 것을 기억했다. 고개를 돌리면 목살이 어떻게 아코디언처럼 접히는지도 잘 알았다.

그리고 거울에 비친 자신의 모습을 관찰했다.

그녀는 지구에 사는 다른 생명체처럼 자신의 육체도 부패하는 유기물로 이루어졌다는 깨달음으로 의식이 충만해졌던 느낌을 기억했다. 그 사실을 깨달은 순간 그녀는 완전한 자유를 느꼈다. 위에서, 내면에서, 모든 것을 놓아버리라고 속삭이는 것처럼. 그 순간 자신이 나뭇가지에서 떨어져 나와 미끄러지듯 지면으로 낙하하는 잎사귀가 된 기분이었다. 그리고 마침내 지면에 도착하면 부패가 시작되리라.

자유로운 나뭇잎처럼.

거칠 것 없이 추락하기.

"단순한 나뭇잎처럼 부패하는 법을 가르쳐줘요." 언젠가 어느 시인이 이렇게 썼듯이.

굳이 배울 필요는 없었다. 태어날 때부터 알고 있었으니까.

나탈리에는 별채의 창문 앞에 붙어 서서 바깥 풍경을 바라보았다. 숲과 익숙한 황량함.

너무나 많은 감정이 되살아나는 중이었다.

하지만 너무나 많은 것들이 전과 달랐다.

그녀는 자신이 전보다 더 초조해하는 것 같았다. 어쩌면 마음을 더 연 것인지도 몰랐다. 마음의 한 겹 한 겹마다 일어나는 움직임. 뭔가가 필요해 잠에서 깨어났지만, 잠을 깬 그 필요가 이내 사라졌다. 더 이상 그녀가 이 과정의 주인이 아닌 것 같았다. 과거에는 그러했다 하더라도 말이다.

등유 램프에서 나오는 빛에 뾰족한 그림자들이 벽을 가로지르며 자리를 잡고 밤하늘의 박쥐처럼 가만히 자리를 지켰다.

실내의 온기가 통나무 벽으로 새어 나갔다. 바닥에는 긁힌 자국이 있는데, 아마도 잎사귀 더미나 땅굴에서 돌아온 쥐들의 소행 같았다.

나탈리에는 앙네타의 질문에 대답하지 않았다. 그때 나탈리에는 정곡을 찔려 어찌할 바를 몰랐다. 사실 두 사람은 만난 적이 있었다. 두 사람은 아주 오래전 장원 저택에서 자주 마주쳤다. 말하지 않은 것은 그게 다가 아니었다. 요한네스를 찾으러 나간 이유도 그녀에게 말한 것이 다가 아니었다. 진짜 이유는 날씨였다. 폭풍우가 몰아쳤기 때문이 아니었다. 오히려 폭풍우가 느닷없이 멈췄기 때문이었다.

그녀는 개인적인 경험으로 그것이 무엇을 의미하는지 알았다. 먼 과거 이웃에게 선물로 받은 책을 수도 없이 읽었기에 날씨 변화에 대한 구절이 귓전에 메아리치듯 기억이 났다. 그녀가 신속하게 조치를 취할 수 있었던 이유는 그 책에서 본 구절 때문이었다.

'샘플들.' 그녀가 생각했다. '샘플을 채취해야겠어.'

그녀는 측정 가능한 것을 찾아서 분석을 맡기고 결과를 받아야 했다. 마음속에서 거칠게 파도치는 바다를 고요하게 잠재우기 위해 분석 결과가 실린 서류가 필요했다. 문자와 표. 그것들로부터 이끌어낼 수 있는 결론들. 상황을 스스로 통제하기 위해 뭐라도 해야 했다. 적어도 자신이 상황을 통제하고 있다는 자신감이라도 느끼기 위해서 말이다.

그릇에서 오트밀을 떠 입으로 가져가는 손이 떨렸다. 건조한 오트밀에 혀가 까끌까끌했다. 그녀는 물 한 잔을 다 마시고 두꺼운 스웨터를 입고 샘플 채취 장비를 어깨에 멘 후 습한 밖으로 나갔다.

늪지 위로 짙은 안개가 걸려 있었다. 그녀가 발을 내딛자 길이 만들어지는 것 같았고 고작 몇 미터밖에 보이지 않았다.

나탈리에는 요한네스를 찾으러 나갔던 그 길로 갔다. 어느새 그를 발견한 곳에 도착했다. 그곳에도 안개가 끼어 있었지만 그렇게 짙지 않았다.

그곳에서 나탈리에는 쓰러져 신음하는 요한네스를 발견했다. 그는 의식이 거의 없는 눈으로 그녀를 바라보았다. 탈진과 체념이 장막처럼 쳐져 있던 그의 두 눈이 떠올랐다. 당혹감과 어쩌면 놀라움이 뒤섞인 감정들.

나탈리에는 요한네스가 서서히 가라앉는 모습을 보았다. 그 순간 현실이 붕괴하며 뒤틀리고 바스라지고 죽어가는 것만 같았다. 다음 순간 숨을 쉬기 위해 입을 크게 벌리듯 현실이 확장했다. 찰나의 순간 그녀는 그를 보행로로 끌어 올리고 숨을 쉬는지부터 확인했다. 그리고 전화를 걸기 위해 별채로 달음박질쳤다. 잠시 후 그녀는 구급대 상담원과 계속 통화를 하며 서둘러 돌아왔다.

그녀가 돌아왔을 즈음, 요한네스는 의식이 전혀 없었다. 누군가를, 그것도 사랑하는 사람을 곧 잃을지도 모른다는 아찔하고 기막힌 예감이 그녀를 덮쳤다. 그가 더 이상 존재하지 않는다면 이 세상이 아무 의미도 없을 것 같았다. 세상이 쪼그라들어 아무도 기억하지 않아 아무도 닫아주지 않는 창문이 되고, 나탈리에 자신이 그 창문에 달린 얇은 커튼이 되어 휘몰아치는 바람과 빗줄기에 찢기고 너덜너덜해질 것만 같은 감각이기도 했다.

나탈리에는 계속 걸었다. 어느새 안개가 조금 옅어졌다. 보행로가 두 길래로 갈라지자 오른쪽 길을 택했다. 박테리아의 활동성을 체크하기 위해 땅 깊은 곳의 샘플이 필요했다. 이 샘플을 분석하면 부패율에 대해 새로운 정보를 얻을 수 있을 터였다. 그녀는 불안한 기분을 털어내고 구체적인 사실에 집중해야 했다.

잠시 후 GPS가 정확한 지점을 찾아왔다고 알려주었다. 그녀는 가방을 내려놓고 표본 채취기를 꺼내 첫 번째 구역에 박아 넣고 빙빙 돌렸다. 표본 채취기가 땅속으로 충분히 깊이 들어갈 때까지 이런 작업을 계속했다. 마침내 채취기를 땅에서 뽑아낸 후 표본을 꺼내 시험관에 넣었다.

문득 다음 채취 구역이 그리 멀지 않다는 사실이 기억났다. 그곳으로 걸어가며 새 좌표를 입력하려는데 보행로의 오른편에 있는 뭔가가 얼핏 보였다. 다른 곳보다 더 건조한 지점이었다.

그것의 정체를 머리가 제대로 파악하기도 전에 몸이 먼저 이해한 것 같았다.

깊지 않았으며 안은 텅 비어 있었지만 길이가 2미터나 되었다. 그녀의 눈앞에 있는 것의 정체는 의심의 여지가 없었다.

누군가가 늪지에 파놓은 묏자리였다.

"나탈리에 스트룀, 요한네스를 발견한 그 아가씨 말이에요. 그 사람이 늪지에서 뭘 찾았다는군요." 레이프가 말했다. "지금 그곳에서 그녀를 만날 거예요."

두 사람은 또다시 그의 차를 타고 모스마르켄으로 가는 길이었다.

마야는 레이프로부터 전화로 연락을 받았다. 레이프는 늪지에 누군가 파놓은 구덩이가 발견되었으며 예술학교 학생이 의식을 잃은 채 발견된 곳에서 그리 멀지 않은 곳이라고 했다. 레이프는 그곳을 직접 보고 싶다며 마야에게도 함께 가자고 했다. 물론 마야도 호기심이 동했다.

"그 아가씨, 통 말이 없어요." 그가 말했다. "해야 할 말 이상은 말하지 않더군요. 어제도 잠시 만났거든요. 그녀의 입을 열게 만들려면 고생 꽤나 해야 할 거예요."

잠시 동안 두 사람은 아무 말도 하지 않았다. 이윽고 마야가 말문을 열었다.

"그 구덩이는 뭐예요. 늪지에 그런 게 있다고요?"

"그래요."

"무슨 목적으로 구덩이를 팠을까요?"

"모르겠어요. 키우던 개가 죽어서 묻을 작정이었을지 모르죠."

"하지만 그렇게 생각하지 않으시잖아요." 마야가 말했다. "정말 그렇게 생각하신다면 직접 확인하러 가시지도 않겠죠. 제게도 같이 가자고 하실 리 없고요."

"그 사람 말이 구덩이 길이가 2미터는 될 거라고 하더군요. 묘하죠."

"맙소사. 그렇다면 그건 무덤이잖아요." 마야가 말했다. "그 늪지는 흥미로운 곳이에요. 물론 역사적인 관점에서요. 잘은 모르지만 링곤베리 소녀와 그곳에 존재할지 모르는 다른 무덤들이 상상돼요."

"그래요……."

"요즘 시대에 그 늪지를 파보면 뭔가 흥미로운 물건을 찾을지도 몰라요. 그렇게 생각하지 않으세요?" 마야가 물었다.

"그래서요?" 레이프가 그녀를 바라보았다.

"그러니까 거기를 파헤치면 뭐가 나올지 궁금해서 파보러 가는 사람들도 있을 거라는 말이죠. 역사적인 유물을 발견하고 싶어서 땅을 팠을지도 모르잖아요."

"나라면 당장은 유물 어쩌고에 돈을 걸지 않을 거요, 마야. 일단 나탈리에 스트룀과 이야기해보고 그 구덩이를 직접 확인해봅시다. 다음으로는 요한네스가 어떤 인물인지 계속 조사를 해야겠죠. 왜 그를 공격했는지 알아내야 하니까. 무엇보다 왜 그렇게 늦은 시각에 폭풍우까지 몰려오는데 늪지로 나갔는지부터 확인해봐야 해요."

"맞아요. 하지만 그 사람이 거기에 갔다고 이상하게 볼 필요는 없겠더라고요. 거의 매일 나갔다고 하니까요." 마야가 말했다. "학교에서 사람들에게 이야기를 들어봤어요. 피해자는 어딜 보나 평범한 학생이더군요. 거주지는 외레브로, 그 학교에 들어온 지는 1년이 조금 넘었고요. 특별하다고 생각할 만한 구석이 전혀 없어요."

"알아요." 레이프가 한숨을 푹 쉬었다. "그런데 누군가 그를 때려눕혔죠."

나탈리에 스트룀은 늪지 옆 주차장에서 두 사람을 기다리고 있었다. 그녀는 스물다섯 살에서 서른 살 사이로 보였고 본격적으로 야외 활동을 하는 옷차림이었다.

두 사람은 나탈리에를 따라 늪지로 들어가면서 오후에 본 장면에 대해 이야기를 들었다. 나탈리에는 자신이 요한네스를 발견한 곳에서 멀리 떨어지지 않은 곳에 누군가 파놓은 무덤을 봤다고 했다.

"혹시 요한네스에게 무슨 일이 있었는지 알아내셨나요?" 나탈리에가 불안한 기색을 숨기지 않으며 물었다.

"애석하게도 지금은 그 이야기를 할 수 없습니다." 레이프가 말했다. "혹시 짚이는 구석이 있나요?"

"아뇨, 없어요. 왜 길을 벗어났는지 이상하다는 생각이 들어서요. 물론 제가 그를 발견한 곳이 길 근처기는 했지만요. 그래도 그 점이 걸려요."

"혹시 평소 달리던 루트를 반만 달리기로 하고 늪을 가로지르는 지름길을 택한 건 아닐까요?" 레이프가 말했다. "그 무렵 이미 주위가 어두워지는 중이었으니까요."

나탈리에가 고개를 가로저었다. "그렇다고 해도 비가 오고 바람도 심한 날 그 미끄러운 목조보행로를 달리려고 했다는 게 저는 영 석연치 않아요. 평소에 달리던 길보다 더 빠르지도 않을 텐데."

"혹시 그에게 다른 목적이 있었다고 생각하십니까? 단순히 달리기를 하러 나간 게 아니라?"

나탈리에가 어깨를 으쓱했다. "글쎄요, 잘 모르겠어요. 누군가 그를 옮겨 놓은 게 아닌가 하는 생각이 들어요."

레이프와 마야는 길을 벗어나 늪지로 들어가는 나탈리에의 뒤를 따랐다. 요한네스가 발견된 지점을 지나칠 때는 아무도 입을 열지 않았다. 잠시 후 나탈리에가 멈춰 서더니 주위를 둘러보았다.

"여기가 맞을 텐데." 그녀가 빙 돌았다. "잠시만요……. 조금 더 가면 나올 거예요." 그녀가 말했다.

세 사람은 계속 걸었다. 그러나 구덩이는 고사하고 지면이 얕게 패인 곳조차 없었다. 그러자 나탈리에는 점점 당황해 어쩔 줄을 몰라 했다.

"젠장. 좌표를 확인해두는 건데." 그녀가 믿이달리는 눈빛으로 마야와 레이프를 바라보았다. "맹세코 그 구덩이는 여기 있었어요."

"괜찮아요." 레이프가 말했다. "잠시 흩어져서 살펴보면 어떻겠소?"

30분 후 그들은 수색을 포기했다.

"그 구덩이를 다시 찾는 게 이렇게 어려울 줄 몰랐어요." 나탈리에가 말했다.

"방금 한 가지 생각이 났는데." 레이프가 말문을 열었다. "혹시 근처 주민이 집에서 쓸 토탄을 파 간 자리는 아닐까요? 그런 이야기를 들은 적이 있거든요. 늪지 근처에 사는 농부들은 각자 토탄 채굴지가 있다더군요. 물론 그렇다면 당연히 구덩이는 그 자리에 남아 있겠지만요."

"집에서 쓰려고요?" 마야가 물었다.

"그래요. 예를 들면 축사 바닥에 깔려고 파 가는 거죠."

"그럴 리 없어요." 나탈리에가 반박했다. "이곳은 자연보호구역이라 토탄을 파 가면 안 돼요. 게다가 그 구덩이는 토탄을 파는 식으로 작업한 것도 아니었어요. 정당한 이유가 있다면, 구덩이를 팔 때 옆면을 비스듬하게 파요. 그래야 야생동물들이 구덩이에 빠져도 빠져나올 수 있으니까요. 하지만 그 구덩이는 그런 식으로 판 게 아니었어요."

레이프가 발걸음을 멈추고 놀란 표정으로 그녀를 바라보았다. "정말 박식하시군요." 그가 말했다.

나탈리에가 얼굴을 살짝 붉히더니 몸을 돌려 그곳을 떠나기 시작했다. "이제 돌아가야 해요."

"어, 미안합니다. 언짢게 하려던 의도가 아니었어요." 레이프가 말했다.

나탈리에는 상관없다는 듯 어깨를 으쓱했다. "언짢다뇨, 그렇지 않아요."

"그렇다면 이렇게 합시다." 레이프가 말했다. "혹시 그런 걸 또 보면 우리에게 연락을 주세요. 지체 없이요. 아시겠죠? 못 찾았다고 해서 별스러울 것도 없어요. 여기가 워낙 넓잖아요."

나탈리에는 두 사람을 보지도 않고 손을 들어 인사를 하고 그곳을 떠났다.


레이프와 마야가 차로 돌아왔다.

"음, 이게 다네요." 레이프가 말했다. "이런 일도 있죠. 경찰서로 돌아갑시다."

마야가 노트북을 꺼내 다리 위에 올려놓았다.

"나탈리에라는 사람 이 지역 출신이 아니죠?" 그녀가 물었다.

"그래요. 어쨌든 내가 아는 한 아니에요. 그녀는 몇 주 예정으로 저 위 저택의 별채를 빌렸어요."

두 사람은 잠시 침묵을 지켰다. 이윽고 마야가 말문을 열었다.

"그 아가씨, 이상해 보이지 않던가요?"

"나탈리에 말이에요?"

"네."

"특별히 그런 점은 못 느꼈는데." 레이프가 말했다. "하지만 그녀야말로 최근 늪지에서 땅 파는 도구를 들고 있는 모습이 목격된 유일한 사람이죠. 한편으로는 우리에게 신고를 한 당사자기도 하고."

"그건 그래요." 마야가 길을 빤히 바라보았다.

"다시 생각해보니 당신 말이 맞는 것 같아요." 레이프가 수긍했다. "다른 상황에서 그녀와 좀 더 이야기를 나눠봐야겠군요. 여기서 뭘 조사하고 있는지 알아봐야겠어요."

두 사람은 다시 한번 말이 없어졌다. 어느새 시커먼 숲이 도로로 성큼 다가왔다.

"그 동전들 있잖아요." 마야가 말을 꺼냈다. "요한네스가 가지고 있었던."

"그게 왜요?"

"그 동전에 대해서 생각을 해봤어요. 달리기를 하러 가는 사람이 왜 10크로나 동전을 한 움큼 챙겼을까요?"

"로빈은 무슨 모험에 대비해 훈련을 한다면서 매일같이 배낭에 물건을 잔뜩 넣고 달렸어요. 그렇게 6개월을 하더니 질렸다고 집어치웠지만." 레이프가 막내아들 이야기를 꺼냈다.

"네, 무슨 말인지 알아요. 하지만 그건 동전이잖아요? 분명히 특별한 의미가 있을 거예요."

"그럴지도요." 레이프가 말했다.

마야가 한숨을 쉬었다. "이 늪지 전설에는 정말 이상한 구석이 있어요." 마야가 창밖을 바라보며 조용하게 말했다. "이곳 말이에요."

레이프가 싱긋 웃었다. "맞아요. 상대하는 것의 정체를 확실히 모를 때는 다 그런 법이죠."

"수사 초기에는, 그런 뜻인가요?"

"그런 셈이죠."

마야가 그를 보더니 노트북을 켜고 저장된 이미지 파일 하나를 열었다.

"저도 보여드리고 싶은 게 있어요. 어제 발견한 거예요. 이걸 보세요." 그녀가 사진 배경에 있는 구부정하고 흐릿한 형체를 가리켰다. "저기 누군가 있어요, 그렇죠?"

레이프가 운전을 하면서 곁눈으로 스크린을 보았다. "지금은 잘 안 보여요. 제한구역 밖이겠죠. 그 주변을 돌아다니면 안 된다는 규칙은 없으니까."

"그 말씀이 맞을 거예요." 마야가 그렇게 말하며 다음 이미지들을 클릭했다. 그리고 사진들을 유심히 바라보다가 지금까지 보지 못한 것을 찾아냈다.

처음에는 연속으로 찍은 사진들 가운데 마지막 몇 장에는 그 사람이 찍히지 않았다고 생각했는데, 그게 아니었다. 남자인지 여자인지 알 수 없는 그 형체는 웅크리고 있었을 뿐이었다. 그것도 덤불 사이에.

　다른 이유들이 있을 수도 있겠지만 마야는 그 사람이 그러고 있는 이유를 알 것만 같았다.

　그 사람은 그녀의 시선을 피해 숨으려 하고 있었다.

　나탈리에는 공부를 하는 동안 숲과 들판에서 보내는 시간이 워낙 많았기 때문에 자연에 나오면 집에 온 것 같았다. 하지만 다른 사람들이 자연에서 고요함과 평정을 추구할 때, 그녀는 자연계에 대한 지식에서 만족과 더 심오한 의미를 찾았다. 다양한 종에 대한 지식. 진화의 법칙에 기반한 행동과 특성에 대한 이해. 그녀는 자신이라는 존재가 전적으로 라틴 학명과 분류 용어, 복잡한 유기적 과정 같은 온갖 과학적 사실에 근거하는 것 같았다.

　그녀는 지구의 모든 생명체가 소위 말하는 세 가지 영역 즉, 박테리아와 고세균류, 진핵생물로 나뉜다는 사실, 무엇보다 이 세 가지 생물군들이 DNA 비교에 근거한다는 사실, 진핵생물이 다시 식물계와 동물계, 균류계, 원생생물계로 나뉜다는 사실, 각각의 계는 다시 문, 강, 목, 과, 속, 종의 순으로 나뉜다는 사실을 알고 있어서 안심이 되었다.

　한때 심리치료사에게 상담을 받던 시절, 치료사는 그녀가 정보로 뇌를 채우려고 작정을 한 것 같다고 지적했다. 그 치료사는 나탈리에가 정보의 부재라는 공허함을 마주하지 않으려 들기 때문일 거라고 추측했다. 그게 아니라면 다른 정보를 차단하고 싶어서일 거라고 했다. 이를 테면 그녀가 감당할 수 없고 예전 삶을 건드리게 될 정보 말이다.

개인적으로 나탈리에는 자신의 감정을 다룰 수 있는 유용한 방법을 찾아냈다고 생각했다. 그녀 주변에서는 그런 방법이 때로는 효과가 없다고 생각했지만 정작 나탈리에는 크게 불만이 없었다.

하지만 지금처럼 모든 것이 뒤죽박죽이 되고 보니 모스마르켄에 돌아오기로 한 결정이 엄청난 실수일지도 모른다는 의구심이 싹텄다. 현실에 대한 인식도 슬슬 희미해져 갔다.

정말 그곳에 구덩이가 있었을까? 두 눈으로 똑똑히 봤다고 확신했는데 왜 찾아내지 못했을까? 왜 그곳에 없었을까?

그리고 요한네스가 있었다. 일에 집중을 못 할 정도로 그녀를 심란하게 하는 사람은 그 외에 아무도 떠올릴 수 없었다. 지금은 의식조차 없는 사람인데 말이다.

그녀는 늪지에서 계속 작업을 하고 싶었지만 마음이 자꾸 칼스타드 병원의 11호실로 향했다. 밤에 잠자리에 들면 그의 두 눈이 떠올랐다. 그의 미소와 늪지에서 그녀를 돕고 싶어 한 솔직한 열의도 기억났다.

그녀가 사랑의 축복을 느낀 때는 아주 오래전이었다.

저주도 마찬가지였다.

요한네스 때문에 집중력을 잃었을까? 아니면 그녀를 사로잡고 있는 다른 것 때문일까?

과거?

아무리 고민해도 그녀 자신에게는 한 가지 선택밖에 없는 듯했다. 일어날 일은 일어나도록 내버려 두는 것이다. 어차피 싸워봐야 소용이 없었다. 과거는 밀리하려고 들수록 더 강해지는 것 같았다.

그 마지막 여름의 기억들이 그녀를 궁지로 몰아넣었다. 머릿속에서 울리는 똑똑 소리도 합세했다. 요즘 들어 그 소리가 점점 강해졌다. 더 커졌다.

나탈리에는 오래전부터 이 증세를 치료하기 위해 병원을 전전했다. 하지만 겉으로 드러나는 증상이 없어서 결국 심리치료를 받았었다. 심리치료사들은 그녀가 스트레스를 받고 있거나 뭔가가 그녀의 마음을 휘젓고 있다고 짐작했다.

"어떤 사람들은 목소리를 들어요." 심리치료사가 그녀에게 말했다. "다른 소리를 듣기도 하고요. 환자분의 경우 노크 소리죠. 우리가 시도해볼 수 있는 약이 있어요."

아마 순전히 분노로 인해 치료를 다 관두고 건강한 것처럼 굴기로 마음먹은 때가 바로 그 즈음일 것이다.

그런데 이곳으로 오겠다는 결심을 그녀가 했던가?

나탈리에는 결정을 내린 순간이 기억나지 않았다. 스스로 내린 결정이었는지조차 자신할 수 없었다. 문득 정신을 차리니 이곳이었다.

그토록 오랜 세월이 흐른 후

다시, 이곳 모스마르켄.

"내가 네 말을 제대로 이해했다면." 엘렌이 말했다. "늪지에서 찍은 사진들로 전시회를 열 생각이라는 거지?"

마야는 반자와 엘렌, 오스카르와 함께 자신의 스튜디오에 있었다. 그들은 생강차 한 주전자를 나눠 마시며 마야가 모스마르켄에서 찍은 사진들을 살펴보았다.

"성대한 전시회와는 거리가 멀어. 하지만…… 벌써 전시 계획까지 짜두었어. 의외로 뉴욕에서 찍은 사진들은 그다지 전시하고 싶은 생각이 안 들어. 작업을 제때 마치려면 서둘러 진행해야 하지만 이쪽이 훨씬 더 흥미로울 것 같아. 모든 게 매혹적이야. 늪지, 습기, 안개까지. 모두 나와 함께 늪지에 꼭 가봐야 해."

"그렇게 매력적으로 보이는 이유가 그곳에서 일어난 기묘한 사건들 때문은 아니고?"

그것도 있다. 부정할 수 없었다. 요한네스 아위에브에게 일어난 일에서부터 모든 것이 시작되었다. 어느 순간 그곳에 나타났다가 다음 순간 흔적도 없이 사라진 무덤. 게다가 사진에서 발견한, 그녀의 시선으로부터 몸을 숨기려 드는 웅크린 사람의 흐릿한 형체.

이 모든 사실들은 설명이 불가능했다. 그리고 그녀는 항상 설명할 수 없는 것에 끌리곤 했다.

"늪지와 관련해서 흥미로운 사실이 또 있어." 그녀는 자신을 합리화하고 싶은 심정에 말문을 열었다. "아주 오래전에 사람들이 그곳에서 제물을 바쳤대. 모스마르켄 근처에서는 사람들이 흔적도 없이 사라진다는 이야기가 항상 돌았어. 그 이야기가 호사가의 잡담인지 진짜 유령 이야기인지는 나도 몰라. 하지만 우리가 어릴 때만 해도 그런 이야기로 친구들끼리 겁을 주곤 했어."

"흥미진진하게 들리는데요." 오스카르가 말했다.

마야는 인터넷에서 링곤베리 소녀에 대한 정보를 검색했다. 늪지의 풍경 사진과 함께 여러 박물관에 소장되어 있는, 늪지에서 발견된 진짜 미라들을 찍어서 전시해도 괜찮겠다는 생각이 들었다. 어쩌면 그녀의 늪지 프로젝트가 영원이라는 꿈과 죽음에 대한 전시가 될 수도 있겠다 싶었다. 그런 소개 글이 달린 프로젝트 말이다.

그녀는 오래전 어느 책에서 비슷한 인물 사진들을 본 기억이 떠올랐다. 이탈리아와 프랑스의 지하 묘지 같은 지하의 매장지에서 방부처리된 시신들이 다양한 사세로 매장되어 있는 사진이었다.

팔레르모의 지하 묘지에 마지막으로 매장된 사람은 로잘리아 롬바르도라는 여자아이였다. 1920년에 두 살이었던 로잘리아는 폐렴에 걸려 사망했다. 딸을 잃은 슬픔에 잠긴 아버지는 알프레도 살라피아라는 교수를 찾았다. 그 교수는 몹시 효과적이라고 판명이 난 기술로 아이의 시신을 방부처리했다. 그의 방부처리약은 박테리아를 죽이는 포르말린과 시신을 건조시킬 글리세린, 곰팡이 균의 성장을 저지하는 살리실산과 조직의 붕괴를 막는 가장 중요한 성분인 아연염을 혼합해 만드는 것이 분명했다. 로잘리아는 보드랍고 통통한 두 볼에 사랑스러운 노란 리본을 정수리에 묶은 채 지금까지 그 지하 묘지에 놓인 열린 관 안에 잠들어 있다. 그 아이를 보고 있으면 지금이라도 일어나 관에서 걸어 나올 것만 같다.

마야는 방부처리가 늪지에서 자연적으로 되었건, 로잘리아처럼 사람의 손에 의해 진행되었건 부패되지 않고 보존된 시신의 어떤 점이 자신의 마음을 유난히 건드리는지 생각해보았다. 늪지의 경우라면 역사적인 배경에서 비롯된 신비로움과 그녀를 강하게 사로잡은 그곳의 매력일 것이다.

로잘리아의 경우 시신을 방부처리하는 과정 자체가 그녀의 흥미를 자아내었다. 사랑하는 사람들이 사라지지 않기를 바라는 열망에서 비롯된 행위 말이다.

미국에서는 시신 방부처리 산업이 반려동물의 방부처리에서 시작되었다. 예전에 마야는 개를 잃고 실의에 빠져 있다가 그 개를 되찾은 주인과의 인터뷰를 지켜본 적이 있다. 그 주인은 포개놓은 앞발에 머리를 내려놓은 채 평소처럼 바구니에 누워 있는 반려견을 다시 보게 되었다. 개가 살아 있는 것 같다거나 옆을 지나가면 개가 곁눈으로 지켜보는 것 같다는 이야기를 하는 내내 그의 음성은 환희에 차 있었다.

인간이 가질 자격도 없고 가져서도 안 되는 지위를 인간의 육신에 기어이 부여하게 만드는 절망에는 예사롭지 않은 것이 있다고 마야는 늘 생각했다. 껍데기인 육신 외에 자신의 본모습을 알아보지 못하는 우리의 무능함을 드러내는 절망. 삶에서건 죽음 앞에서건 그 육신을 놓아버리지 못하는 우리를 보여주는 절망.

마야는 사진이라는 예술에 대해서도 생각했다. 사진술은 과거를 멜랑콜리하게 반영하는 동시에 현재를 드러내는 기술이다. 손가락을 딸깍 움직이는 순간 변화의 흐름이 멈춘다. 범죄 현장을 찍은 사진은 그 나름의 방식으로 망자를 보존했다. 증거로서의 이미지. '이런 일이 일어났다.' '이런 것이 존재했다.' '그 모습은 이렇게 생겼다.' 주방 바닥에 누워 있는 시신. 싱크대 속 절대 씻을 일 없을 접시 한 장. 식탁 위, 저녁으로 다 먹지 못한 미트 스튜가 들어 있는 무쇠 캐서롤 냄비. 대개는 알아차리지 못한 채 그냥 지나치는 소소한 풍경들.

범죄 현장에서 마야의 정신을 파고들어 현기증을 일으키는 것은 언제나 소소한 일상의 풍경이었다. 암흑가에서 최후의 결전이 벌어졌다면 그녀의 마음을 건드리는 것들은 결코 돈이나 코카인, 혹은 무기가 아니었다. 바닥의 피 웅덩이에 쓰러져 있는 남자가 그날 아침 양말을 짝짝이로 신었다는 사실이었다. 그녀는 죽은 남자가 그날 아침이 이 세상에서 맞는 마지막 아침이 되리라는 사실은 꿈에도 모른 채 침대 가장자리에 걸터앉아 있거나 서랍 안을 들여다보고 있는 모습을 상상했다.

"다음에 늪지에 나갈 때 너를 데리고 갈 생각이야. 네가 원하든 말든 상관없어." 마야가 엘렌에게 말했다.

"나도 가고 싶은데요." 오스카르가 말했다.

"좋아." 마야가 말했다. "그러면 좋지."

바로 그때 스튜디오의 벨이 울렸다. 오스카르가 누가 왔는지 보러 나갔다. 그는 잠시 후 맑고 푸른 눈동자에 희미하게 당혹스러운 빛을 띤 채 돌아왔다.

"기자가 왔어요. 톰 쇠데르베리라는데요. 책을 돌려주려고 왔대요. 내가 그 책들을 대신 받을까요? 아니면……?"

"아니야." 마야가 말했다. "내가 받을게." 그녀는 자리에서 일어나며 말을 이었다. "어때, 와인 조금 마실까?"

마야가 톰을 포옹하며 반갑게 맞이했다. 그가 기사의 초안을 읽게 해준 덕에 미리 읽은 그의 글이 얼마나 마음에 드는지 모르겠다는 호들갑스러운 인사말도 잊지 않았다. 다른 사람들은 기자와 자리를 같이 하게 되었다는 사실이 살짝 신경이 쓰이는 것 같았지만, 마야는 조금도 망설이지 않고 그를 초대했다.

그가 어색한 미소를 지으며 길게 기른 지저분한 머리를 손으로 훑어 내렸다. 마야는 술기운 때문인지는 알 수 없었지만, 지난번 만났을 때보다 그가 더 섹시해 보였다. 특히 군살 없는 근육질 몸매에 편안하고 자신감 넘치는 태도가 눈을 끌었다. 그녀는 옷을 입지 않은 그의 몸이, 가슴과 다리의 팽팽한 피부가 상상되었다.

〈크로스타운 트래픽〉을 틀자 실내의 활기가 쑥 올라간 것 같았다. 마야는 지미 헨드릭스가 자연의 힘과 같은 존재라고 생각했다. 그 자체로 하나의 원소인 사람 말이다. 지미 헨드릭스라는 원소는 선이나 악을 넘어서는 개념이다. 불을 선하다거나 착하다고 정의할 수 없지 않은가. 물은 어떤가. 그것은 그 자체로 받아들여야 한다.

"반자, 문자를 몇 통 보내줄래? 사람이 더 모이면 더 재미있을 것 같아." 마야가 그렇게 말하며 한 팔로 톰을 감싸 안고 스튜디오에서 응접실로 안내했다.

"와봐요. 보여줄 게 있어요." 그녀는 오직 그에게만 들려주는 말이라는 듯 목소리를 잔뜩 낮춰 말했다.

그녀는 오스카르가 그녀를 바라보는 눈빛을 직접 보지는 못했다. 하지만 그의 눈빛이 등에서 활활 타오르는 것 같았다. 그 감각은 유쾌한 고통 같았다. 훌륭한 위스키나 독한 술을 마시는 느낌과 비슷했다. '지금'이라는 느낌을 강화해 곧 시작될 저녁을 고대하게 만들었다.

반자의 문자 몇 통에 일이 빠르게 진행되었다. 차례차례 손님이 도착해 그날 저녁은 새 스튜디오의 즉석 집들이가 되었다.

새로 온 손님들 중에는 톰이 아는 얼굴도 몇 있었다. 덕분에 그도 사연스럽게 녹아든 것 같았다. 마야가 보기에 그는 자연스럽고 편안하게 행동하는 듯했다. 예술가들 사이에 끼어 분위기를 맞추려고 일부러 애를 쓰는 것처럼 보이지 않았다.

오스카르와 엘렌을 포함해 몇 사람은 마야의 예술과 그녀가 가장 최근에 연 순회 전시의 다양한 측면에 대해 이야기를 주고받았다. 그녀는 일상에서 마주치는 사물과 존재를 정면으로 찍은 사진 연작을 전시했다. 사진의 소재는 돌과 나무, 집, 개였다. 평범한 사람, 대문, 벽도 있었다. 물질계에서 건져 올린 솔직한 장면들. 전시회의 제목은 '무(無)'였다. 마야는 그 전시회를 통해 사물의 이면에 감춰진 단일성과 영원성을 묘사하고자 했다. 설명 가능하고 구별할 수 있는 모티브의 특성이 아니라 그 특성들을 하나로 통합하는 초월적인 힘에 초점을 맞춘 것이다.

"네 작품들 가운데 가장 강렬한 작품일 거야." 엘렌이 말했다. "내가 전시회 카탈로그의 서문에 쓴 대로야. '이 전시회는 사진들 위로 불어온 미풍에 모든 것이 날아가 버리고 사진 속 이미지를 내면 깊은 곳에서부터 하나로 통합해주는 존재감과 존엄성에 대한 인상만 남은 것 같다.'"

"저는 그 전시회를 오슬로에서 봤어요." 오스카르가 불쑥 끼어들었다. "그리고 엘렌 말에 동의해요. 어떤 사진들은 지금까지도 가끔 생각이 나요. 뭔지 모를 자유로움이 있죠."

마야가 감사의 눈빛을 그에게 보냈다.

"매혹적이죠." 반자도 거들었다. "그 전시회에는 아주 다양한 층위가 겹쳐져 있어요."

톰이 마야를 향해 돌아서며 그녀의 등에 손을 댔다.

"당신이 현실을 묘사하는 방식에는 눈길을 끄는 면이 있어요." 그리고 그녀의 오른쪽 귀에 대고 조용히 말했다. "그것을 보면서 나는 갈망을 떠올리죠. 더 심오한 수준에서 하나가 되고 싶은 갈망. 합쳐지고 싶은 갈망."

마야는 그의 몸에서 발산되는 열기가 느껴졌다. 다른 손님들이 없었다면 두 사람이 일으킨 불꽃은 더욱 강렬했을 것이다.

"연인들이 하나가 되면." 그녀가 그의 귀에 입술을 바짝 대고 속삭였다. "더욱 강렬한 감정을 만들어낼 수 있어요. 왜냐하면 우리가 죽는 순간 내면의 본성과 영원의 존재가 도달할 궁극적인 합일을 엿볼 수 있거든요."

그가 살며시 그녀에게 몸을 기댔다.

"유혹적으로 들리네요."

"어느 부분이요?" 그녀가 속삭였다.

"연인들이 하나가 되는 부분요. 죽음은 우리를 기다려줄 테니까."

그가 그녀의 눈을 응시했다. 그녀는 말없이 그의 눈을 마주 보았다. 이 순간이 가장 흥분되는 단계였다. 아무것도 이루어지지 않았지만 모든 길이 열려 있을 때이므로.


이튿날 아침 지독한 숙취가 가시자 마야는 톰과 다음 주에 다시 만날 약속을 잡은 후 그를 배웅했다. 그리고 큰 잔에 진한 커피를 따르고 노트북을 챙겨서 소파에 앉았다.

그녀는 문화사 박물관의 웹사이트로 들어가 연락처와 개관 시간을 확인했다. 하지만 링곤베리 소녀의 사진을 따로 찾아보지 않았다.

'진짜 링곤베리 소녀를 내 눈으로 직접 봐야 해.' 이런 생각이 들었다.

나탈리에는 조금 전까지만 해도 여전히 망설이듯 걸음을 내딛었지만 어느새 끝까지 가볼 각오가 섰다. 그녀는 늪지를 따라 난 길을 걸어 서쪽으로 갈 작정이었다. 길가에 늘어선 전봇대를 따라 이 모든 것이 시작된 곳으로 갈 터였다. 그 전선을 거꾸로 따라가 볼 것이다. 되돌아갈 수는 없다. 뭔가가 이렇게 할 수밖에 없도록 그녀를 이끄는 것 같았다. 더 이상 선택 사항조차 아니었다.

배낭은 음식과 음료수로 가득했다. 모든 일이 계획대로 된다면 나탈리에는 저녁 즈음이면 별채로 돌아가 있을 것이다.

서두르고 싶지 않았다. 이번만큼은 진득하게 시간을 들이고 싶었다. 공간을 만들고, 그 안에서 머무를 틈을 마련하고 싶었다. 두렵기도 했지만 신기하게도 혼자가 아닌 것 같았다. 새로운 종류의 인식이 그녀를 따라오는 것 같았다. 그림자처럼 그녀를 뒤따르는 존재. 어쩌면 반대일지 몰랐다. 그 인식이 그녀를 이끌고 있을지도 몰랐다.

길 한쪽에 늘어선 숲의 가장자리에는 소나무가 대부분이었지만 사시나무와 야생능금나무, 헤더도 자라고 있었다. 땅에는 날카로운 부리처럼 생긴 것에 찔린 상처가 있는 사과들이 반쯤 썩은 채 여기저기 떨어져 있었다. 갈까마귀와 까마귀들은 종종 이곳으로 몰려와 왁자지껄하게 소란을 피웠다.

반대편의 늪지는 희뿌연 회색 하늘 아래로 노랗게 물들어 있었다. 늪을 물들인 다양한 색조가 한데 녹아들거나 서로 이질적인 색조로 변해갔다. 사이사이로 뾰족한 암초처럼 시커먼 실루엣이 튀어나와 있었다. 멀리 선 전나무들이었다.

'풀과 이끼의 바다 같아.'

이 지점, 즉 늪지가 시작하는 부분에서 보면 그곳은 늪지라기보다 풀과 나무가 무성한 호수로밖에 생각되지 않았다. 여전히 나무들이 듬성듬성 자라고 지면은 빽빽하게 높이 자란 풀 더미와 깊이를 짐작할 수 없는 물웅덩이로 뒤덮여 있었다. 그런 야생의 자연을 횡단하다니, 아무리 가볍게 말한다고 해도 그것은 도전이었다. 그러나 멀리서 보면 그곳의 풍경은 꿈속처럼 아련하고 유혹적이기까지 했다.


나탈리에는 이곳에 오면 나무들이 어느 정도 성장한 모습을 보리라 내심 기대했다. 물론 머리로는 이런 종류의 소나무 늪지에서는 식물의 성장 속도가 유난히 느리다는 사실을 알지만 말이다. 역시나 그 세월 동안 조금도 자라지 않은 것 같았다. 틈만 나면 그곳을 찾았던 옛 모습 그대로인 듯했다.

조금 더 가자 늪지가 탁 트인 수면으로 바뀌었다. 어렸을 때 나탈리에는 호수 바닥에서 오래된 물건을 하나 찾았다. 알고 보니 그것은 철기시대의 브로치로 몇 세기 후 단추가 발명될 때까지 단추 대신 옷을 여며 고정하는 물건이었다.

나탈리에는 그 발견으로 철기시대에 살았던 사람들에게 관심을 품게 되었다. 그들과 뭔가를 공유하는 듯한 기분이 되었던 기억이 났다. 순전히 그들과 같은 곳에서 산다는 이유 때문이었다. 왜냐하면 그들과 같은 땅을 걷고, 같은 궤적을 따라 하늘을 여행하는 태양을 보고, 똑같이 변해가는 풍경 속에서 계절마다 벌어지는 변화를 따라갔기 때문이다.

그 기억에 마음 깊은 곳이 찡하고 아팠다.

그녀는 눈을 감고 기억이 떠오르도록 내버려 두었다. 그녀를 낳아준 어머니 제시카는 나탈리에의 머릿속에 생겨난 관심을 알아차렸다. 그래서 도서관에서 철기시대에 살았던 어느 소년에 관한 책을 빌려서 딸에게 읽어주기 시작했다. 그 책에 등장하는 아이들은 위험천만한 늪지 근처에 가지 말라고 배웠다. 그 늪지는 온갖 신비로운 영(靈)들의 은신처라고 전해지는 곳이었다.

그 목소리. 책을 읽어주는 어머니의 목소리. '엄마는 그 이야기를 좋아하셨어. 나만큼 좋아하셨지.'

철기시대 소년은 농장들이 모여 있는 작은 촌락에서 살았다. 그곳에서 소년이 산 집은 '기다란 집'이라는 양식이었다. 집의 한쪽에는 커다란 화덕이 있으며 사람들은 새끼 돼지들과 닭들, 개와 고양이와 함께 살았다. 동물들이 있으면 집 안의 온기를 지키는 데 도움이 되었다. 소나 말, 양, 다 자란 돼지들처럼 훨씬 덩치가 큰 가축들도 집에 붙어 있는 한 지붕 아래의 우리에서 지냈다.

나탈리에는 돼지를 키우게 해달라고 부모님에게 조르기 시작했다. 하다못해 닭이라도 키우고 싶다고 했다. 한참을 조른 끝에 작은 앵무새 한 마리를 받았다. 몸통이 전체적으로 연한 푸른색이고 가슴팍이 하얀 새였다. 나탈리에는 그 새에게 재키라는 이름을 붙였다. "이제 우리 가족은 넷이에요." 나탈리에가 들떠서 이렇게 말했다. 나탈리에는 네 번째 가족을 늘 원했다. 항상 여자 형제가 있으면 좋겠다고, 이왕이면 언니면 좋겠다고 생각했다.

며칠 후 앵무새가 나탈리에의 검지를 세게 물었다. 그로부터 두 주 후 앵무새는 열린 부엌 창문으로 날아가 다시는 볼 수 없었다. 나탈리에는 그 새가 도망쳤다는 느낌을 결코 지울 수 없었다.

철기시대 사람들에 대한 이야기는 풍년이나 전투의 승리를 위해 신들에게 제물을 바치는 것으로 끝났다. 이미 받은 것들에 감사하기 위해서도 제물을 바쳤다. 그들은 음식과 도구, 아름다운 물건들을 가장 가까운 늪지에 두었다.

때로는 사람도 제물로 바쳤다.


이제 그곳에 거의 다 왔다. 그들, 나탈리에와 부모님이 함께 살았던 곳 말이다. 제시카와 요나스, 나탈리에.

아직도 그 집이 있을까? 지금은 다른 사람이 살고 있는 건 아닐까?

그녀는 길옆으로 쓰러져 있는 커다란 떡갈나무 옆을 지나쳤다. 땅에서 들려 나온 울퉁불퉁하고 굽은 뿌리들을 사방으로 삐죽삐죽 뻗은 채 벽처럼 누워 있었다. 처음으로 그 나무에 올라가 앉았을 때 얼마나 기뻤는지 모른다. 세상의 꼭대기에 올라간 것 같았다.

목적지가 코앞이었다. 그녀는 발걸음을 재촉했다.

걷다 보니 어느덧 그곳에 도착했다.

지나치는 그녀를 창문들이 공허하게 응시했다. 어떤 창문은 아직도 온전했지만 어떤 창문은 유리가 깨져 가장자리가 들쭉날쭉했다.

나탈리에는 이 순간에 대해 지금껏 아무런 기대를 품지 않았다. 왜냐하면 이런 상황을 상상조차 할 수 없었기 때문이다. 그녀는 마음속에서조차 이 근처는 얼씬도 하지 않았다. 이곳을 다시 찾으리라 생각조차 하지 않았다.

집은 황량했다.

사방에 낙엽이 뒹굴고 있었다.

가을에 그녀의 부모님은 함께 일을 잘 했다. 엄마는 몇 시간이고 갈퀴질을 할 수 있었다. 엄마가 헐렁하고 편안한 옷을 입고 〈빌리 진〉이나 〈맨 인 더 미러〉를 부르면, 모자를 뒤로 쓴 아빠가 다리를 쩍 벌리고 드럼통 옆에 서서 아내를 보며 웃었다. 딸 나탈리에와 함께. 그녀는 햇빛에 빛이 바라고 뒤로 빗어 넘기면 어깨에 닿았던 아빠의 머리카락이 기억났다. 그곳에 서서 불을 쑤시며 정원의 낙엽들이 드럼통으로 들어가 하늘로 사라지는 모습을 즐겁게 지켜보던 아빠의 모습도 떠올랐다.

그리고 가족의 집. 외장재를 옆으로 차곡차곡 쌓은 벽면은 연한 회색이었는데, 그 무렵 갓 페인트칠을 한 것이었다. 나탈리에는 그곳에서 보낸 마지막 여름 저녁마다 공기 중에 실려 온 테레빈유 냄새를 맡았던 기억이 났다. 그러나 지금은 모든 것에 더께가 내려앉

앉고 창문마다 축축한 오물 자국이 묻어 있었다. 미용실에 나가던 엄마가 일자리를 잃고 모아둔 돈이 슬슬 바닥나기 전 가족이 함께 길에 자갈을 깔았다. 그러나 희끄무레한 분홍색으로 빛나던 돌들은 땅에 삼켜지고 먹혀 사라지고 없었다.

나탈리에는 숨이 헉 막혔다. 숨 쉬는 법이 생각나지 않았다. 순간적으로 눈앞이 까맣게 변해 쓰러지듯 주저앉고 말았다. 그녀는 쓰러지지 않으려고 한 손으로 땅을 짚었다. 그리고 피가 돌 때까지 꼼짝도 않고 잠시 가만히 앉아 있었다.

모든 것이 되돌아올 때까지.

나탈리에는 다리를 후들거리며 다시 일어섰다. 마음을 다잡고 안으로 들어갔다.

집에는 아무도 살지 않는 것이 분명했다. 그뿐이 아니라 그들이 떠난 후로 아무도 살지 않은 것 같았다. 그 사실을 당연하게 받아들여야 할지 슬퍼해야 할지 알 수 없었다. 나탈리에가 쓰던 방의 창문으로 물푸레나무 가지들이 파고 들어왔다. 집 앞의 블랙베리 덤불이 부엌 창문을 완전히 가렸다. 그리고 정원에는 이런 일이 가능할까 싶은 풍경이 펼쳐져 있었다. 가족의 낡은 볼보, 그 검은색 볼보가 서 있었다.

나탈리에가 조심스럽게 다가갔다. 창문 하나가 깨져 있었다. 좌석은 모두 갈기갈기 뜯겨 있고 차 안은 쓰레기와 잔가지들로 가득했다. 길고양이들이 비와 바람을 피해 그 차로 숨어든 것 같았다.

문득 기억의 파편들이 그녀에게 쏟아져 내렸다. 엄마와 아빠, 두 분이 이곳에 계신 것 같았다. 여전히 이곳에 부모님이 살고 계신 것만 같았다. 부모님이 정원을 돌아다니는 모습이 보이는 듯했다. 공기처럼 투명하고 가벼워 아무 무게도 없는 형체들이었지만 여전히 존재했다. 그 집을 드나들며 창문을 열고 문을 닫았다.

나탈리에는 자신의 어린 시절을 떠올렸다. 몹시 낯설면서도 여전히 친숙했다. 겨울이, 지붕에 올린 스키들이 생각났다. 멱을 감는 곳으로 가는 길에 땀이 흘러 다리는 끈적끈적하고 손에 쥔 아이스크림은 다 녹아버린 여름도 기억났다. 자동차의 뒷좌석은 어린 나탈리에에게 한참 넓을 정도로 넉넉했다. 그래서 항상 나란히 앉을 언니나 여동생을 바랐다. 아빠는 운전대를 잡고 엄마는 연신 고개를 돌려 그녀가 잘 있는지 확인했다. 엄마의 짧은 금발 머리. 생기로 반짝이던 두 눈동자.

자동차가 여전히 그곳에 있었다. 그 후로 한 번도 그곳을 떠나지 않은 것이 분명했다. 마치 나탈리에를 기다린 것처럼.

그 일이 일어났을 때 나탈리에는 차로 도망쳤다. 먼저 응급전화를 걸고 밖으로 나가 볼보에 앉아 있었다. 경찰이 바로 그 차에서 그녀를 찾았다.

뒷문을 열자 끼익 소리가 나며 툭 떨어졌다. 차 문이 덜렁거리며 차체에 매달려 있었다.

그곳의 모든 움직임이 그녀의 내면에 상처를 주었다. 숨을 쉴 때마다 내면이 더 깊이 깎여 나가는 것 같았다. 그녀는 잔가지를 치우며 조심스럽게 차로 들어가 쿵 하고 앉았다.

귓전이 윙윙거렸다. 현재에서 공기가 빠져나가고 시간이 새어 나갔다. 나탈리에는 숨을 쉬려고 애썼다. 두 눈을 감은 채 뒷좌석에 등을 기대 주위의 모든 것이 그녀를 살펴보도록 내버려 두었다. 고양이들이 주위를 돌아다니고 벌레들이 그녀의 다리 위로 기어 다녔다. 바람이 그녀의 체취를 맡았다.

까무룩 잠이 든 모양이었다. 똑똑 소리에 정신이 퍼뜩 들었다. 천만다행으로 환청이 아니라 살아 있는 사람의 손이 두드리는 소리였다.

얼굴. 그녀는 보자마자 그 남자를 알아보았다.

"예란 아저씨." 그녀가 속삭였다.

그는 한 손을 차 지붕에 올린 채 차 안을 들여다보기 위해 몸을 거의 접다시피 했다. 머리카락이 어느새 하얗게 새었고 얼굴은 주름이 졌지만 두 눈만은 전과 똑같았다. 예리하고, 따스하고, 사람을 반기는 눈.

"나탈리에." 그가 말했다. "맙소사! 네가 언제 돌아올지 늘 궁금했단다."

# 제3부

 

 

사람들이 늪지 시신이라고 부르는 미라는 철기시대에 매장되었
으며 그들의 피부와 머리카락, 손톱, 내장, 옷은 정도는 다 다르지
만 부패하지 않고 보존되어 있다.

그 시절에는 사람이 죽으면 화장이 일반적이었다. 그렇다면 왜
어떤 사람들은 평범하게 장례를 하지 않았을까? 일반적으로 그들
은 어떤 형태의 복을 받거나 최소한 불운을 조금이라도 비켜 가기
위해 신에게 제물로 바쳐졌다고 알려져 있다. 당시의 가치관에 반
하는 범죄나 죄악을 저질러 그곳에 묻혔을 것이라는 가설도 있다.
이를 테면 불륜이나 동성애 말이다. 하지만 과학은 진실을 밝히기
부족했고 어떤 경우에는 조사보다 추측이나 편견에 더 기댄 가정들
이 힘을 얻었다.

세월이 흐르며 늪지는 수수께끼와 같은 신비로운 분위기를 띄게
되었으며 그 결과 제의나 영적 세계와 소통하는 장소가 되었다는

것만은 확실했다. 시간이 흐르면서 늪지는 떠돌이들을 매장할 완벽한 장소로 여겨졌다. 사회와 대중의 의식의 가장자리에 위치한 불모지이자 쓸모없는 땅이었으며 무엇보다 사람들이 찾을 이유가 없는 장소이기도 했다.

중세 독일의 어느 사제는 늪가의 습지를 지옥이라고 부르며 늪에서 익사한 사람들의 장례를 계속 거부하기도 했다. '늪이 데려간 사람은 악마와 나란히 손을 잡고 있다.' 그는 이렇게 주장했다.

마야는 직접 이것저것 알아본 후 사만타 올로프손과 만날 약속을 잡았다. 사만타는 링곤베리 소녀가 전시되어 있는 칼스타드 문화사 박물관의 고고학자였다. 마야는 전화로 자신을 소개한 후 수수께끼를 품은 곳이라는 점에서 늪지에 관심이 많으며 특히 역사 현상으로써 늪지 시신에 각별한 관심이 있는 예술가라고 덧붙였다.

물가에 서 있는 박물관은 사원처럼 생긴 평범한 본관과 증축한 적갈색 별관으로 구성되어 있었다. 그곳에서 멀지 않은 곳에 예전에 댄스 레스토랑이었던 산드그룬드가 있었는데, 요즘은 화가인 라르스 레린이 다른 예술가들과 함께 자신의 작품을 전시하고 있었다.

사만타 올로프손은 60대로, 하얗게 센 머리가 천사의 후광처럼 보였다. 그녀는 품이 넉넉한 하얀 튜닉을 입고 있었으며 자신의 시간과 지식을 마야에게 아낌없이 나눠주려고 했다.

마야의 시선이 사만타의 귀걸이에 머물렀다. 그녀의 양쪽 귀에는 가는 실과 가죽을 꼬아 만든 커다란 링이 달려 있었다. '사미족의 전통 공예품을 거칠게 모방한 귀걸이군.' 마야가 생각했다.

사만타가 마야의 시선을 알아차렸다.

"백랍사(絲)와 사슴 가죽으로 만들었죠." 그녀가 한쪽 귀걸이를 만지작거리며 말했다. "사미족 공예품이에요."

마야가 미소를 지었다.

"음, 한 가지 질문으로 이야기를 시작해보죠." 사만타가 말했다. "이 세상의 역사 중에서 영적 세상과 관련이 없는 문화를 하나라도 알고 계신가요?"

"아마 우리 문화가 그렇지 않을까요?" 마야가 대답했다. "오래 전부터요."

사만타가 큰 소리로 웃음을 터트렸다. "그렇지 않아요. 우리가 알기로 그런 문화는 없어요. 영적 세상과 아무 관계도 없는 민족은 이 세상 어디에도 없어요. 인류는 언제나 다양한 방식으로 다른 차원의 존재와 접촉하려 했죠. 정도는 달라도, 인류는 영적 세계의 메시지에 인도되었어요. 그래서 기도를 하고 제물을 바쳤죠. 그것은 시간을 초월해 사람을 하나로 모으는 방법 중 하나예요. 우리 박물관은 이런 전시를 통해서 철기시대에 이 지역에 살았던 사람들이 영적 세계와 어떤 방식으로 교류했는지 실례를 보여주려고 해요."

조명을 은은하게 밝힌 전시실은 두 공간으로 나뉘어져 있었다. 제물로 바쳐진 공물이라는 설명이 붙은 유물 몇 가지가 유리 전시함에 들어 있었다. 개암나무 지팡이 한 쌍과 세월을 견디며 바스라지고 있는 장신구, 용도가 불분명한 점토 용기 등이었다. 커다란 스크린에는 철기시대 사람들과 당시 주변 환경을 묘사한 영상이 나오는 중이었다.

링곤베리 소녀는 전시실의 한쪽 구석에 놓아둔 커다란 전시함 안에 있었다. 소녀는 마야가 기대한 모습과는 완전히 달랐다. 시신은 헐겁게 연결된 퍼즐처럼 검은색에 가까운 회색의 조각들이었다. 소녀가 매장되어 있던 늪지의 환경을 재현해놓은 구멍에 살짝 웅크리듯 누워 있었다. 얼굴의 조직은 거의 없는 것이나 다름이 없었다. 비교적 보존이 잘된 부분은 머리카락으로, 얼굴을 가리지 않도록 넘겨져 있었다. 중간 길이의 갈색 모직 원피스는 너덜너덜하고 허리에는 가죽을 꼬아 만든 벨트가 여며져 있었다. 생전에 목에 걸고 있었을 타원형 황금 부적은 전시함에 아이와 함께 있었다.

"늪지 시신들 이야기를 해보자면, 이 역사에 스웨덴이 기여한 부분은 극히 제한적이에요." 사만타가 계속 말했다. "유럽의 다른 지역에서 거둔 중요한 역사적 발견들과 비교하면 링곤베리 소녀는 역사라는 페이지의 한쪽에 적힌 곁다리 주석에 불과해요. 하지만 스웨덴에서만큼은 절대적으로 독특한 존재랍니다."

스웨덴에서 발굴된 다른 늪지 시신들은 철기시대 이후에 매장되었다. 가령 바르베리에서 발견된 복스텐 남자는 중세시대의 시신이었다. 다른 시신들은 '진짜' 늪지 시신으로 쳐주지 않았다. 왜냐하면 시신이 대부분 유골만 보존된 상태였기 때문이다. 링곤베리 소녀라는 이름은 1943년 토탄 채굴 기간에 팔셰핑 외곽에서 발견된 5천 년 전 시신인 라즈베리 소녀의 영향을 받아 지어졌다. 라즈베리 소녀의 시신에서 유일하게 남아 있는 연한 부분은 햇살에 무르익은 라즈베리 씨로, 그녀가 생전에 마지막으로 먹은 식사였을 것으로 추정되고 있다.

"링곤베리 소녀는 발견될 당시 상태가 양호했어요." 사만타가 얼굴을 환히 빛내며 말했다. "애석하게도 시신이 발견된 후 적절한 처리가 이루어지기까지 너무 많은 시간을 허비했죠. 아시다시피 이렇게 발견된 유물은 공기에 닿으면 파괴되어버려요. 시신은 수천 년 동안 아무런 변화도 없이 땅속에 매장되어 있었어요. 하지만 밖으로 꺼내는 순간 부패가 시작되죠. 그러니 신속한 처리가 생명이에요."

단단한 떡갈나무 장대가 그녀의 옷과 남아 있는 신체를 관통해 꽂혀 있었다. 사람들은 이 장대로 소녀가 땅에 고정되었을 것이라 추측했다.

"이렇게 꽂은 장대는 시신이 떠오르지 않게 고정하는 기능이 있었을 겁니다. 하지만 미신에 더 가까운 가설들도 있죠." 사만타가 말했다.

"이를 테면?" 마야가 물었다.

"예를 들어, 장대가 매장된 사람이 유령이 되지 않도록 막아준다고 하죠."

"심장에 말뚝을 박으면 뱀파이어를 죽일 수 있다는 믿음과 관계가 있나요?" 마야가 물었다.

"아뇨. 그렇게 추측할 만한 근거는 없어요."

스크린에는 남자와 여자가 힘을 합쳐 토탄에 누워 있는 시신에 커다란 장대를 박는 장면이 나오는 중이었다.

"물론 우리는 링곤베리 소녀를 발견해서 몹시 기쁘고 뿌듯해요." 사만타가 계속 말했다. "하지만 아까도 말했다시피, 그녀는 우리 동료들이 덴마크 각지에서 발견한 시신과 비교하면 상태가 그리 좋지 않아요. 혹시 실케보르에 있는 박물관에 가보셨나요? 톨룬 남자가 있는 곳인데."

마야가 고개를 가로저었다. 사만타가 다시 한숨을 쉬며 링곤베리 소녀를 바라보았다.

"따라오세요." 그녀가 말했다. "보여드리고 싶은 게 있어요."

사만타는 마야를 작은 사무실로 안내했다. 그녀는 블라인드를 내리고 영사기를 켰다. 맞은편 벽의 스크린에 사각형의 빛이 나타났다.

사만타는 마야에게 그라우발레 남자와 홀레모세 여자의 이야기를 들려주었다. 이야기를 하는 내내 그녀의 목소리는 지복(至福)의 상태에 빠져 있다고 착각할 정도로 열정에 차 있었다.

그녀가 들려준 이야기에 따르면, 톨룬 남자는 2천 년이 넘는 시간이 흘렀지만 밀리미터 길이의 수염이 그대로 남아 있었다. 그녀는 1952년 독일의 슐레스비히 남부 늪지에서 발견된 10대의 빈데비 소녀도 얘기해주었다. 빈데비 소녀는 눈 위에 실을 꼬아서 만든 띠가 걸쳐져 있었다. 띠가 어찌나 단단하게 묶였는지 콧대와 목 뒷덜미에 자국이 남아 있을 정도였다. 사람들은 처음에는 왼쪽 머리를 날카로운 칼로 밀었다고 생각했다. 그것을 수치스러운 죄를 저지른 증표라고 추측했다.

"그녀가 부정을 저지른 후 죽임을 당했다고 생각한 사람들이 많았어요." 어둑한 실내에서 사만타가 속삭이듯 말했다. "머리를 깎고 눈을 가린 채 이 아이를 늪지로 데려와 물에 빠트려 죽였다는 거죠."

빈데비 소녀가 발견된 지 며칠 후 몇 미터 떨어진 곳에서 또 다른 시신이 발견되었다. 이번에는 남자의 시신이었다. 사람들은 두 번째 시신의 발견이 부정을 저질렀을 것이라는 설을 뒷받침한다고 여졌다. 두 사람이 잔인한 결말을 맞은 이야기 속의 연인들이었다고 말이다. 이런 설이 나오게 된 데는 당시 독일의 고고학계가 나치의 이데올로기에 영향을 받은 탓도 일부 있었다. 친위대 사령관이었던 하인리히 힘러의 영향으로 당시 독일에서는 사회적으로 일탈을 자행한 개인을 사회에서 배척한 증거로 습지 시신을 제시했다.

그러나 이후 진행된 연구로 빈데비 소녀는 소녀가 아니라 소년이고, 두 명의 죄인은 같은 세기에 살지도 않았다는 사실이 밝혀졌다. 아마도 안대는 머리에서 미끄러져 내려온 머리띠였을 테고 밀어버린 머리는 오랜 세월이 지나면서 시신이 훼손된 결과일 것이다.

"그런데 어떻게 그렇게 훌륭하게 보존이 될 수 있죠?" 마야가 궁금해했다.

"부분적으로는 늪이 산소결핍 상태이기 때문이에요. 그러면 박테리아로 인한 부패가 일어나지 않거든요. 한편으로 늪은 산성이기도 해요. 물이끼가 죽으면 갈색 부식산으로 변하는 물질을 배출하는데, 이 물질이 여러 원소들 가운데 칼슘과 질소를 결합시키죠."

그녀가 얼굴로 흘러내린 은빛 머리를 쓸어 넘겼다.

"시신에서 칼슘이 빠져나가면 시신의 부패를 일으키는 박테리아가 번식을 할 수 없어요. 칼슘이 없으니까요. 그리고 오랜 세월이 흐르면서 질소와 칼슘이 결합한 결과, 피부는 복잡한 화학작용이 연속적으로 일어나 갈색으로 변하죠. 그 외에도." 사만타가 숨을 깊이 들이쉬며 말을 이었다. "시신이 보존되기 위해서는 기본적으로 세 가지 요소가 갖추어져야 해요. 일단 시신이 그곳에 묻힐 때 늪지의 온도는 섭씨 4도가 넘으면 안 돼요. 만약 4도를 넘으면 시신은 금세 부패하죠. 야생동물이 시신을 훼손하지 못하도록 깊이 묻어야 해요. 그리고 신속하게 토탄으로 덮어야 하죠."

사만타는 미소를 지었다. 그리고 자신이 방금 말한 정보를 확인해주기라도 하듯 고개를 끄덕였다.

"게다가 늪마다 구체적인 조건들이 다 다르다는 사실도 감안해야죠. 세상의 습지는 다 달라요."

"그래요, 그렇죠." 마야가 맞장구를 쳤다. "그런데 왜 링곤베리 소녀를 곁다리 주석인가 뭔가라고 하셨죠?"

"제대로 보존되지도 복원되지도 않았기 때문이죠. 하지만 또 다른 설명도 가능해요."

사만타는 지금까지 발견된 늪지 시신들이 대부분 전후에 석탄과 여타 에너지원의 부족으로 토탄의 채굴량이 증가하던 시절 발굴되었다고 말했다. 발견된 시신은 처음에는 대개 현대에 들어 발생한 살인사건의 피해자로 오인되었다. 영국에서는 어떤 남자가 늪지에서 발견된 시신을 대면하자 행방불명인 아내를 자신이 살해했노라고 자백한 사건이 있었다. 훗날 그 시신은 2천 년 전에 살았던 사람으로 밝혀졌다.

후에 연료로써 토탄의 비중이 점점 줄어들고 사람이 아니라 기계가 채굴을 하게 되면서 발굴되는 시신의 수도 저절로 줄어들었다. 물론 시신에 대한 사람들의 관심도 시들해졌다.

"21세기에 접어들어 링곤베리 소녀가 발굴되었을 즈음, 늪지 시신에 대한 관심은 상당히 식은 후였어요." 은은한 불빛 속에서 마야를 바라보는 사만타의 목소리가 점점 낮아졌다. "물론 그렇다고 해서 늪지에 더 이상 시신이 없다는 뜻은 아니에요. 아직 발견되지 않았을 뿐이라는 뜻이죠."

⚜

　예란 달베리의 집은 별로 달라지지 않은 것 같았다. 그 집은 보헤미안풍으로 자질구레한 장식품이 가득했지만 여전히 아늑하고 깔끔했다.

　거실 천장에는 서까래가 드러나 있고 벽마다 책으로 덮여 있었다. 천장에는 환풍기 두 대가 게으르게 돌아가고 있었다. 거실 한구석에 소파 하나와 짙은 색 가죽을 씌운 안락의자가 놓여 있었다. 커다란 창문마다 목재 블라인드들이 반쯤 쳐져 있었다.

　"저는 늘 이곳에 오는 게 좋았어요." 나탈리에가 안락의자에 앉으며 말했다.

　"나도 네가 오면 좋았단다."

　그들은 잠시 아무 말도 하지 않았다.

　"네가 많이 보고 싶었어." 마침내 예란이 말했다. "네가 가장 보고 싶었어."

　"올까 말까 수도 없이 고민했어요." 거짓말이었다.

　예란이 한 손을 저으며 그녀의 말을 물렸다. "네가 왜 이곳에 발도 들이고 싶어 하지 않았는지 내가 어떻게 모르겠니."

　그녀는 심연의 가장자리에 서 있는 것 같았다. 잠든 동안 누군가 그녀를 이곳까지 데려다 놓은 바람에 잠을 깨자마자 눈앞에서 바닥이 없는 심연을 보게 된 것이다.

　'내가 여기서 뭘 하고 있는 거야?' 이런 생각이 들었다. '이 일을

어떻게 감당하려고?'

"그래도 아저씨는 여기 머무르셨잖아요. 그 오랜 세월 동안." 그녀는 대신 이렇게 말했다.

"네 가족이 살았던 집을 산 사람이 나야. 혹시 알고 있었니?"

나탈리에가 고개를 가로저었다. 집이 팔린 후 하리에트가 계좌에 8만 크로나가 입금되었다고 알려줬지만 새 주인이 누구인지 전혀 궁금하지 않았다.

"왜요? 왜 그 집을 사고 싶으셨어요?"

"다른 사람이 그곳에 사는 게 상상이 되지 않았을 뿐이야. 차라리 그 집이 허물어져 가는 모습을 지켜보는 게 낫겠다 싶더구나. 네가 이상하게 여기지 않았으면 좋겠구나."

"저는…… 저는 상관없어요." 간신히 대답이 나왔다. "정말 괜찮아요. 이제 다 잊었어요. 정말요. 곧장 다 잊고 새 삶을 시작했죠."

"잊었다면서 그 차에는 왜 앉아 있었니?" 예란이 그녀를 꿰뚫어 보듯 바라보며 이렇게 말했다. "요즘 어떻게 지내니?"

"모르겠어요. 뭔가에 대해서 계속 생각하고 있는 것 같아요. 끝내 놓아버릴 수 없었던 것들을요."


성인이 되어 어린 시절 이웃의 거실에 앉아 있으니 기분이 묘했다. 나탈리에는 이제 다 과거지사라는 사실을 다시 한번 실감할 줄 알았다. 어린 시절에 벌어진 일들은 강물처럼 모두 흘러가 버렸다고 말이다. 그런데 오히려 그 반대였다. 이렇게 예란의 집에 앉아 있으니 흘러간 줄 알았던 물들이 꽁꽁 얼어붙은 채 그녀가 발을 내

딛어 다시 녹을 날만 기다리고 있었다는 사실만 절절히 느껴졌다.

그녀는 예란에게 생물학을 전공했으며 지금은 논문을 쓰는 중이라고 말했다.

"습지라." 그가 실짝 웃으며 말했다. "이 지역 출신치고 흥미로운 주제 선택이구나."

그녀는 예란의 말이 이해되지 않아서가 아니라 자신이 그에게 크바그미레 장원의 별채를 숙소로 빌렸다는 사실을 말했기 때문에 애매하게 웃었다.

어째서인지 머리 위에 보이지 않는 질문 하나가 걸려 있는 듯한 느낌이었다. 두 사람 다 그 질문은 건드리고 싶지 않았다. 왜냐하면 그것이 무엇을 뜻하는지 누구보다 잘 알기 때문이다.

"그 사람이 처음이 아니야." 마침내 예란이 말했다.

"누구요?"

"누구인지 알잖니. 네가 목숨을 구해준 남자."

"어떻게 아세요?"

"나도 사람들과 이야기를 한단다, 나탈리에. 신문도 읽고. 이런저런 사실 조각들을 끼워 맞춰봤지. 그가 처음이 아니야." 그가 어두운 목소리로 반복했다. "그리고 너는 그 사실을 알고 있어."

나탈리에가 그를 바라보았다.

"그 사람은 운이 좋았어." 예란이 말했다. "네가 발견했으니까. 하지만 네가 떠난 후로 이곳에서 흔적도 없이 사라진 사람들이 한둘이 아니야."

그는 잠시 입을 다문 채 창밖을 내다보더니 이렇게 말했다. "일반적인 수준 이상이야."

마야가 박물관을 나와 차에 올라타자마자 전화가 울렸다. 톰이 보낸 문자였다. 전날 초대를 해줘서 고맙다는 인사말과 예술비평가인 존 버거의 글이 있었다.

우리가 보는 것과 우리가 아는 것의 관계는 결코 하나로 정해지지 않는다. 매일 저녁 우리는 해가 지는 모습을 본다. 우리는 지구가 태양으로부터 고개를 돌려 멀어진다는 사실을 안다. 그러나 그 지식은, 그러니까 그런 설명은 우리가 목격한 모습과 들어맞지 않는다.

욕망의 대상이 되는 것은 사람이 이 삶에서 불멸의 느낌에 가장 가까이 다가간 상태일 것이다.

그녀는 문자를 확인한 후 답장은 피곤이 풀리면 보내자고 기억을 해두었다.

두 사람은 몇 번의 밤을 함께 보냈다. 그때마다 순서는 늘 똑같았다. 톰이 여섯 시경 그녀의 집으로 와서 차를 세워 두었다. 두 사람은 함께 산책을 하며 공장 구역 너머에 있는 슬로터하우스 레스토랑까지 갔다.

그 레스토랑은 테이블이 다섯 개뿐으로, 예전에 도축장이었던 곳을 리모델링한 호텔에 문을 연 곳이었다. 슬로터하우스라는 이름도 건물의 원래 용도에서 연유했다. 그 레스토랑은 가장 세세한 부분까지 기능적인 인더스트리얼 스타일을 구현했으며 메뉴는 한 가지뿐이었다. 건물의 역사에 응수라도 하듯 채식 요리였다.

두 사람은 배불리 먹고 취할 정도로 마시며 온갖 형이상학적인 토론에 흠뻑 빠졌다가 다시 걸어서 집으로 왔다. 톰은 매번 그녀의 집에서 밤을 보냈다. 그와 보내는 밤은 좋았고 아무 의문도 들지 않았다. 하지만 모든 것 위에 어떤 기대감이 보이지 않는 베일처럼 자리 잡기 시작했다. 두 사람의 섹스는 처음의 신선함이 사라지며 점점 경직되고 단조로워졌다.

이미 일어나고 있는 일이 일어나지 못하도록 안간힘을 쓰는 톰을 보며 마야는 마음이 편치 않았다. 톰은 두 사람의 관계가 지핀 불꽃을 지키려고 애를 썼지만, 그럴 때마다 상황은 더 나빠지기만 했다. 그는 이 관계를 위해 자존심을 버린 것 같았다. 그녀가 더 신선한 물에서 수영하지 않고 계속 그곳에서 머무르도록 자신의 지성을 심사숙고해 간간히 던지는 미끼로 삼는 순간, 이미 그 지성의 날카로움은 무뎌져 버렸다.

전날의 대화는 칸트의 선험적 관념론에 대한 쇼펜하우어의 비판에서 계속 맴돌았다. 마야는 두 사람이 이렇다 할 결론에 도달하기는 했는지조차 기억나지 않았다. 하지만 음식을 떠올리면 여전히 감정이 살짝 고양되었다. 염소젖 치즈로 속을 채우고 구운 붉은 고깔양배추에 맛있게 양념을 한 시금치와 다진 호두를 뿌려 큰 그릇에 먹음직하게 담아낸 요리였다. 디저트로는 블랙커런트 파르페가 나왔고 뒤이어 프랑스산 숙성 코냑이 나왔는데, 이 술은 레스토랑의 주인이 지난여름 개인적인 여행에서 구입한 것이었다.

차를 몰아 집으로 돌아오는 동안 그녀의 생각은 계속 다른 곳을 떠돌았다. 라디오에서 아르보 패르트의 〈알리나〉가 흘러나오고 있었다. 처음 서곡의 지루한 음조가 지나가면 2분 동안 절대적인 완벽함으로 조합한 선율이 이어진다. 음과 음 사이의 침묵이 중요한 부분이었다. 음악적 분자 사이의 공간, 긴장된 비어 있음.

패르트의 음악은 모든 형태의 재능 있는 예술의 근원을 구체화했다. 그 근원은 평화로운 존재였다. 시간을 초월하는 존재. 모든 사람의 내면 깊은 곳에 있는 공간. 그 공간은 패르트의 곡을 구성하는 음과 음 사이의 침묵에 반영되었다.

그녀는 그것을 '무(無)'라고 생각했다.

'무'였던 것이 아니라 무'이었던' 것에 대해 생각했다. 버려짐이 아니라 열려 있음에 비유할 수 있는 예리한 공동(空洞). 그것은 모든 것이었다. 그리고 무였다. 동시에 둘 다였다. 물리적 세계에서 쉼 없이 형태를 바꿔 자신의 모습을 드러내고 다양성을 위해 유머와 상냥함을 동시에 갖춘 우주가 품은 단 하나의 생명력. 가령 딱정벌레는 30만 5천 종이나 된다. 어떤 종류는 앞으로 걸어가며 뒷다리로 똥을 굴린다. 이마에 커다란 뿔이나 깃털처럼 생긴 안테나를 달고 있는 종류도 있다.

이런 물리적인 외형은 단지 현실의 가장 바깥쪽 외피일 뿐이었다. 고갱이에 해당하는 근본적으로 통합된 현실을 숨기고 대신 환상을 보여주듯 끊임없이 형태를 바꾸는 베일이었다. 마야는 그렇게 생각했다. 힌두교의 신비주의 사상에서 이 베일을 '마야'라고 부른다. 그녀는 바로 이 개념에서 자신의 예명을 땄다. 그리고 어느새 본명인 막달레나 대신 예명인 마야로 불리게 되었다.

마야는 방금 박물관에서 목격한 물리적 형태를 떠올렸다. 늪지 시신들. 저 위의 지상에서 시대가 바뀌는 동안 내내 지하에 누워 있었던 이들. 생명을 잃은 채 필멸로부터 보호를 받았던 것처럼 지금은 밀폐된 상자에서 전시되고 있는 이들. 그 모습이 가장 기본적인 수준의 인간이 아닌 것은 너무나 분명했다.

그 느낌은 시신을 볼 때마다 드는 감정과 동일했다. 슬픔에 잠긴 가족과 친구들을 볼 때마다 그녀는 이렇게 외치고 싶었다. '잠깐만요. 당신들은 아무것도 몰라요. 죽은 건 육신뿐이라고요!' 동시에 우리 주변에서 흥망성쇠를 겪고 밝게 명멸하는 모든 다른 형태만큼 신성한, 영원 속에서 특별하게 빛나는 불빛인 그 특별한 시신이 받은 애정을 느꼈다.

'우리가 얼마나 밝게 빛나는지 알았더라면.'


주위가 어둑어둑해질 무렵, 그녀는 집에 도착했다. 그리고 차에서 내려 느긋하게 정원으로 들어갔다. 요 며칠 밤나무 두 그루는 넓적한 잎사귀들을 다 떨어뜨렸다. 덕분에 정원이 거대한 황금색 담요를 덮고 있는 것 같았다. 그녀는 낙엽들이 그대로 썩도록 내버려둘지 누구를 시켜 치우게 할지 고민하며 한참 땅을 바라보았다. 집과 정원이 생기다니 그녀에게는 새로운 경험이었다. 그러다 보니 미처 대비하지 못한 것들이 많았다.

그녀는 집의 한쪽 면을 따라 길게 놓인 낡은 나무 벤치에 앉아, 과거 오랜 세월 일터로 돌아가기 전에 그곳에 앉아 해를 쬐며 쉬는 시간을 즐겼을지도 모를 일꾼들을 떠올렸다. 그녀는 가운뎃손가락에 긴 반지를 빙빙 돌리며 앞으로 뺐다가 뒤로 밀어 넣기를 반복했다. 오래전 친구에게 받은 반지였다. 가느다란 뱀이 그녀의 손가락을 칭칭 감고 관절을 향해 기어 올라가는 모양의 은제 반지였다.

"너는 그 뱀에게 물렸어, 마야. 다시는 전과 같지 않을 거야. 이제부터 너는 너 자신이 될 거야. 언제나 너였던 모습 말이야."

낮부터 받았던 인상들, 부드러운 땅과 강력한 충격에 대한 이야기들이 그녀의 안으로 들어와 흘러가자 인식이 열리며 뇌가 휴식을 취하는 것 같았다. 이유도, 어디에서 오는지도, 그녀에게 무슨 말을 하려는지도 몰랐지만 그녀의 몸속에서 메아리치는 소리가 실제로 들리는 듯했다. 그녀의 몸을 통과하며 울리는 소리가 들렸다.

통, 통, 통.

다음 순간 햇빛이 작은 공터를 환하게 밝히듯 어떤 깨달음이 퍼졌다.

'장대.'

얼마 전 늪지에서 사진을 찍다가 불쑥 튀어나온 것에 발이 걸려 머리부터 처박혔을 때, 마야는 그것이 나뭇가지나 튀어나온 뿌리처럼 보이지 않았다. 그보다 더 크고 단단한 물체였다.

'장대처럼.'

그 생각이 의식의 수면으로 올라오기까지 몇 시간이 걸렸다. 일단 수면 위로 고개를 내민 이상 도저히 진득하니 기다리고 있을 수 없었다. 그녀는 그런 종류의 인내심은 없었다. 당장 의문을 확인해야 했다.

'링곤베리 소녀는 장대에 꽂혀 있었어. 2천 년이 넘게.'

그녀는 벌떡 일어나서 차고로 갔다. '여기 연장 같은 게 있을까?' 그녀는 이전 소유주들이 무엇을 남기고 갔는지 확인조차 해보지 않았다는 사실이 떠올랐다. 차고 안쪽에 물건 몇 개가 버려져 있었던 것만 기억났다.

마야는 차고 한구석에서 갈퀴 몇 개와 쇠스랑 한 개, 도끼 한 자루 등을 찾았고…… 삽이 한 자루 있었다. 그녀는 삽을 얼른 챙겨서 차로 돌아갔다.

시간이 어떻게 흘러갔는지도 모르게 마야는 어느새 늪지 옆 주차장에 도착했다.

&#8766;

섬세한 눈꺼풀 아래로 그의 눈이 움직였다. 나탈리에는 그의 윗입술이 씰룩거리는 모습을 놓치지 않았다. 그녀는 두 시간이 넘게 그의 곁을 지켰다.

요한네스의 어머니가 시간표를 짜서 매일 대부분의 시간을 그의 지인들이 돌아가며 병실을 지켰다. 학교 친구들도 동참했다.

나탈리에는 아들이 수술을 받을 필요가 없다는 이야기를 전하는 마리아가 불안과 안도감을 동시에 느끼고 있다는 인상을 받았다. 의료진은 붓기가 가라앉기를 기다리는 것 외에 할 수 있는 일이 없다고 했다. 붓기가 가라앉아 의식만 되찾으면 영구적인 손상 없이 깨어날 것이라고 했다.

그가 스스로 깨어날 때까지 의료진은 그의 신체 기능이 정상적으로 이루어지도록 도울 뿐이었다. 체온조절과 수분과 염분의 균형, 신장과 폐 기능, 혈액순환 같은 것 말이다. 신체 기관이 필요한 것을 제대로 공급받고 있는지, 혈액이 산소를 받고, 이산화탄소를 제대로 배출하고 있는지 확인해야 했다.

나탈리에는 일주일에 사흘, 한 번에 세 시간 씩 칼스타드 병원의 집중치료실 11호실을 지켰다.

처음 며칠은 그의 침대 옆에 말없이 가만히 앉아 있기만 했다. 그곳에 앉아 그의 얼굴을 바라보았다. 그러다가 일어나서 창가로 가 주차장을 내다보았다. 잠시 후 자리에 다시 앉았다. 이따금 간호사가 와서 수액을 갈아주거나 바이탈 사인을 체크했다. 때로는 간호사 두 명이 와서 그를 돌려 눕혔다. 그들은 방문객들과 환자들의 품위를 신성하게 숭배하기라도 한다는 듯 조용한 영혼처럼 움직이며 아무런 관심도 요구하지 않았다.

며칠 후 그녀가 침묵을 끝냈다. 더 이상 그런 상태로 버틸 수 없었다.

"우리는 서로를 제대로 알지도 못했어요." 그녀가 이렇게 속삭이며 이야기를 시작했다. "하지만 당신과 함께 있는 시간이 무척 즐거워요."

병실에서는 침대 주변에 설치된 기계가 돌아가는 소리밖에 들리지 않았다.

"지금까지 많은 사람들을 만났지만 그런 식으로 느낀 적은 없었어요."

그녀가 침을 꿀꺽 삼켰다.

"결코 많지 않았죠." 그녀가 다시 말했다.

거기까지 말하자 다음 말이 떠오르지 않았다. 그래서 지금까지 일어난 일에 대해 전부 말하기 시작했다. 그가 왜 칼스타드 병원의 병실에 누워 있는지. 어떻게 그녀가 그를 늪지에서 끌어냈는지. 그녀가 목격했지만 얼마 후 사라져 버린 무덤까지 다 말했다.

"경찰은 이해하지 못할 거예요."

나탈리에가 한숨을 쉬었다.

"옛 친구를 만났어요. 이 동네에 사는 분이에요. 그분은 내가 당신을 살렸다고 했어요."

그녀는 눈을 감고 의자에 깊숙이 앉았다.

"오, 요한네스. 당신은 아무것도 몰라요." 그녀가 심호흡을 했다. "그분은 그 늪지에서 사람들이 영영 사라져 버렸대요. 당신도 그런……."

나탈리에가 그의 얼굴과 이마, 투명한 피부를 물끄러미 바라보았다.

"당신 친구들 말이에요." 그녀가 주제를 바꾸었다. "당신이 깨어나면 파티를 열려고 준비하고 있어요. 당신은 벌써 그 계획을 알고 있을지도 모르겠네요. 그 사람들이 여기에 매일 오니까요."

그녀는 자신의 작업에 어떤 진척이 있었는지, 가장 최근에 한 측정에 대해서 말해주었다. 말을 꺼내고 보니 그가 그녀의 연구에 얼마나 흥미를 보였는지 떠올랐다. 그게 아니라도 그가 그랬으리라 믿고 싶었다. 그때는 그렇게 보였으니까.

"씨앗을 분석하면 습지의 여러 지층이 형성된 시대를 알아낼 수 있다는 이야기를 했던가요? 나는 예전에 석기시대의 씨앗을 발견한 적이 있어요. 사실, 늪지에 파묻혀 있는 물건을 찾으면 그 물건이 묻혀 있던 토탄층의 꽃가루를 확인해봐야 해요. 그러면 그 물건의 제작 시기를 짐작할 수 있거든요. 식물이 살았던 시대를 알아낼 수 있으면 시대의 기후와 시기를 알 수 있죠. 물론 탄소동위원소법이 훨씬 더 정확하기는 해요."

그녀가 다시 입을 다물었다.

'내가 왜 이런 이야기를 하는 걸까요? 당신은 그곳에서 목숨을 잃을 뻔했는데. 다시 돌아오기 위해 사력을 다해 싸우고 있는데.'

그녀는 조용히 앉아 있었다. 잠시 후 의식의 수면 위로 여러 얼굴이, 과거에서 온 얼굴들이 떠올랐다. 그녀의 부모님과 친구, 알고 지내던 사람들. 그들이 말을 했지만 제대로 알아듣지 못하고 오로지 억양과 분위기만 짐작할 수 있었다. 따뜻한지 차가운지, 애정이 담겼는지 긴장하고 있는지 말이다. 처음에는 온몸이 딱딱하게 굳어버렸지만 요한네스와 그의 감은 눈에 의식을 집중하자 그런 느낌이 사라졌다.

나탈리에는 몸을 숙이고 속삭임에 가까울 정도로 목소리를 낮췄다. "요한네스, 당신에게 이 이야기는 하지 않았어요. 사실 나는 모스마르켄에서 자랐어요. 늪지 옆의 집에서 열두 살까지 살았죠. 늪지에서의 삶이 어떤 것인지, 실제로 어땠는지 당신에게 들려주고 싶어요. 그곳에서 무슨 일이 일어났는지 당신에게 말하고 싶어요."

마야는 주차를 한 후 차에서 내렸다. 주차장은 텅 비어 있었다. 주위가 고요하고 정지된 것처럼 보였다. 그녀는 헤드램프를 쓰고 트렁크에서 삽을 챙겨 숲으로 걸어 들어갔다.

지난번과 같은 길로 갔다. 먼저 조깅 코스를 따라 걷다가 길을 벗어나 늪지 쪽으로 가서 예술학교 학생이 발견된 곳을 지나쳤다. 물안개의 장막이 산란광처럼 그녀의 발치에서 회오리쳤다.

그녀도 마음 깊은 곳에서는 자신이 지나친 열의 때문에 막무가 내로 행동하고 있다고 생각했다. 이곳에 와서는 안 될 일이었다. 혼자, 야간에, 사건이 일어난 후에는 더욱 말이다. 하지만 그녀도 어쩔 수 없었다.

마야는 자신이 무엇에 발이 걸려 넘어졌는지 확실히 해두고 싶었다. 당시에는 당연히 나뭇가지나 나무뿌리겠거니 단순히 생각했다. 하지만 지금은 섣부른 판단이었다고 확신했다. 분명히 다른 것이라는 예감이 있었다. 그녀는 분재를 닮아 키가 작고 옹이가 졌으며 윗부분이 일직선인 작은 소나무를 찾기 시작했다. 축축한 습지에 널브러져 조심성 없는 자신을 원망할 때 그 나무를 똑똑히 보았기 때문이다.

달빛에 비친 주변 풍경은 그때와 너무 달랐다. 당연하게도 밤 그림자는 낮의 그림자와 조금도 비슷하지 않았다. 달에 비친 모습은 비율도, 형태도 왜곡되어 있었다.

마야는 보행로에서 내려와 늪지로 조금씩 걸어 들어갔다. 멀리서 볼 때는 풀로 덮인 땅이 무척 폭신하고 아름답게 출렁거리는 것처럼 보였다. 하지만 막상 그곳에 서 있으니 보이는 것과 완전히 달랐다. 50센티미터 높이까지 한데 무리지어 자란 단단한 풀 무더기들을 다리를 크게 벌려 징검다리처럼 디뎌야 하는데, 그 사이에 자리 잡은 물에 발이 빠지지 않도록 균형을 잡기가 보통 힘든 일이 아니었다. 그녀는 30초 만에 숨이 차기 시작했다. 풀 무더기가 그녀의 발로부터 도망치고 싶은지, 밟히고 싶지 않은지 계속 까닥거리고 요동을 쳤다.

그녀는 호흡을 고르려고 잠시 멈췄다. 그런 후 다시 힘을 내어 나무가 더 많이 보이고, 땅이 좀 더 단단해 보이는 곳으로 비틀거리며 옮겨 갔다. 그곳에 도착하자 일단 웅크리듯 주저앉아 깊은 숨을 내쉬었다. '이상한 건 없어.' 그녀가 생각했다. '이곳은 평범하고 오래된 늪일 뿐이야.'

그러나 얼마 전에 읽은 구절이 마음속에서 메아리쳤다. 그 늪이 몇천 년 동안 무엇으로 정의하고 분류하기 어려운, 무언가에 사로잡힌 장소로 여겨졌다는 내용이었다. 사람의 힘으로는 통제할 수 없는, 물에 잠긴 쓸모없는 땅. 이곳에 숨어 있는 힘의 근원은 자신이 필요한 것을 취하고, 사람들이 원하는 것을 주며 그들을 통제하고 유혹했다.

육지와 바다 사이의 경계이자, 마른 곳과 젖은 곳의 경계이자, 부드러운 것과 단단한 것 사이의 경계였다. '삶과 죽음 사이의 경계이기도 하고.'

새 한 마리가 정적을 깨고 까악 소리를 냈다. 그녀는 눈을 감고 숨을 가다듬었다.

다시 고개를 들자 그 소나무가 눈에 들어왔다. 옹이가 심하게 지고 위쪽이 평평한 그 소나무는 마야가 있는 곳에서 곧장 앞으로 50미터 떨어진 곳에 서 있었다. 그녀는 엄습해오는 불안을 애써 떨쳐버리고 헤드램프로 근처의 지면을 밝히며 앞으로 나갔다. 이상한 것은 보이지 않았다.

'내가 너무 호들갑을 떨었나.' 이런 생각을 하자마자 그것이 눈에 들어왔다. 그녀의 짐작대로였다.

그녀가 발을 걸려 넘어진 것은 나뭇가지도 뿌리도 아니었다. 그보다는 장대처럼 보이는 물체였다. 기다란 원통형의 나무 막대로 지름이 몇 센티미터는 되어 보였고 지면 위로 비죽 솟아 있었다.

그녀는 황량한 풍경을 훑어보며 자신의 생각을 정리했다.

헤드램프의 불빛이 하얗고 차가워 보였다. 그러고 있으니 사방에서 소음이 들리는 것 같았다. 자신이 작은 존재가 된 것 같았다. 마야는 자신을 이런 식으로 느끼는 경우가 흔치 않았다. 마치 자신이 연약하고, 감시당하고 있고, 어둠에 에워싸인 것 같았다. 두려움이 슬며시 발을 옮기며 피부 위와 아래를 기어 다녔다. 어느새 두려움이 발톱을 박아 넣기 시작했다. 서서히 그러나 거침이 없었다. 그녀는 마음속으로 자신에게 소리쳤다. '여기까지 왔다면 절대 물러날 수 없어…….'

그녀는 장갑을 끼고 장대를 꽉 잡은 후 잡아당기기 시작했다. 장대가 꼼짝도 하지 않자 이번에는 그 주변의 풀을 뽑기 시작했다. 풀과 나뭇가지를 잡아 뽑고 토탄을 파헤치다가 마침내 삽을 들고 힘껏 땅을 파기 시작했다. 단단히 각오를 한 모습이었다. 시간이 사라져 버린 것 같았다. 그녀는 시간이 얼마나 흐르든 제 갈 길을 가도록 내버려 두었다. 마침내 시간이 되돌아왔을 때, 장대 주위로 지름과 깊이가 50센티미터가 넘는 구덩이가 파여 있었다.

삽이 단단한 물체에 부딪혔다. 그러자 마야는 삽을 내려놓고 조심스럽게 손으로 땅을 파기 시작했다. 잠시 후 그녀는 전기충격이라도 받은 것처럼 뒤로 나자빠졌다. 그곳에 뭔가가 있었다. '뭔가가 있어…….'

그녀가 몸을 숙여 방금 손에 닿은 물건이 뭔지 살펴보았다. 차갑고 뻣뻣하고 길쭉한 것이 마치…….

손가락 같았다.

*하나, 둘, 셋, 넷.*

사람의 손이 땅 위로 비죽 튀어나와 있었다.

～

　어릴 때 나탈리에는 예란 달베리의 정체를 짐작할 수 있는 두 개의 실마리를 알고 있었다. 한 가지는 그가 교수님이나 교수님처럼 근사한 일을 하는 사람이라는 엄마의 이야기였고, 다른 한 가지는 나탈리에가 그의 집 거실 창문으로 살짝 들여다봤을 때 눈에 들어온 책장 위의 박쥐 박제들이었다. 나탈리에는 그 두 가지 단서를 조합해 예란이 드라큘라 백작과 발명왕 발타자르를 합쳐놓은 사람이라고 상상했다.

　그러던 중 어느 봄비 내리던 날, 당시 여덟 살이었던 나탈리에는 처음으로 그와 이야기를 나누었다. 그날 나탈리에의 부모는 부부싸움을 했다. 한바탕 싸운 후 아빠는 문을 쾅 닫고 차를 타고 어디론가 가버렸고 거의 동시에 엄마는 코트를 입고 숲으로 들어갔다. 두 사람 중 누구도 나탈리에를 두고 나왔다는 사실을 떠올리지 못했다.

　나탈리에가 집 밖의 계단에 앉아 나무 막대기의 껍질을 긁어내고 있는데, 예란이 다가와 자신의 집에 가지 않겠냐고 물었다. 그는 "불쌍하게도"라거나 "무슨 일이니?"라는 말조차 하지 않았다. 기다리는 동안 자신의 집에 와서 차라도 들지 않겠냐고 물었을 뿐이었다. 한 번도 차를 마신 적이 없는 나탈리에는 그날 처음 차를 마셔보았다.

　나탈리에는 자신이 예란을 이상한 아저씨라고 생각했다는 사실을 어느새 잊어버렸다. 그리고 여름이 시작될 무렵 나탈리에는 늘 다친 새들이며 지렁이들을 담은 유리 항아리를 들고 그의 집을 찾아갔다. 그는 다른 사람을 대할 때와 똑같이 나탈리에를 대했고 나탈리에가 어른이라도 되는 듯 말했다. 그녀는 예란이 남들과 다르다고 단언할 수 있었다. 그는 엄마나 아빠나 다른 어른들과 같지 않았다. 그는 상냥했다. 때로 그는 이야기를 하다가 문득 말을 멈추었다. 그럴 때는 다른 생각에 빠져 있는 듯했다. 나탈리에는 그런 모습이 좋았다. 주위 어른과는 다른 예란의 태도 덕분에 나탈리에도 솔직하게 자신을 드러낼 수 있었다.

4학년이 시작되는 날, 엄마는 처음으로 예란이 유령에 관심이 있다는 이야기를 해주었다. 독일인 중년 관광객이 베네른 호수 근처 퇴세에서 휴가를 보내던 중 실종되었다. 실종 당일 그 관광객이 늪지를 찾아갔다는 정황이 있었다. 그래서 경찰은 근처를 돌며 집집마다 탐문조사를 했다. 나탈리에의 엄마도 경찰과 이야기를 나눈 후 친구와 파티오에 앉아 담배에 불을 붙였다.

"어머나, 경찰이 지금 예란의 집 문을 두드리고 있어." 나탈리에의 엄마가 말했다. "그 사람이라면 분명히 유령이 그 독일인을 잡아갔다고 말할걸."

"유령이요?" 나탈리에가 물었다.

그러자 엄마의 친구가 엄마에게 나무라는 표정을 지었다.

"그렇다니까. 우리의 친애하는 이웃은 유령의 존재를 믿어." 나탈리에의 엄마가 담배 연기로 굵은 고리를 만들어 후 불고는 친구를 바라보았다. "예란은 유령이 자신의 아내도 데려갔다고 해. 아내가 사라진 이유가 그거라고 생각하는 거지." 그녀가 담배를 끄며 말했다. "내 의견이 궁금하다면, 그의 아내는 따뜻하고 살기 좋은 외국의 어느 바에서 유령을 쫓으려고 교수 자리를 내팽개치지 않은 남자와 술을 마시고 있을 거야."

그녀의 친구가 웃음을 터트렸다.

그날 오후, 나탈리에는 예란의 집에 갔다. 그는 책상에 앉아 일을 하고 있었다. 나탈리에 쪽으로 등을 돌린 상태였다.

"유령을 믿으세요?" 나탈리에가 물었다.

그는 고개를 든 채 그대로 얼어붙어 아무 말도 하지 않았다.

"아저씨가 유령을 믿으신다고 엄마가 그랬어요. 정말이에요? 유령이 진짜 있어요?"

그가 몸을 돌리고 안경을 벗었다. 그리고 한참 동안 나탈리에를 응시했다. 그러더니 다시 몸을 돌려 계속 글을 썼다.

"아니, 나탈리에. 그런 건 없어." 그가 대답했다.

"아저씨가 유령이 정말 있다고 말하신다고 엄마가 그랬어요."

다시 침묵.

"유령은 존재하지 않아, 나탈리에. 그게 바로 유령이야." 그가 말했다. "존재하지 않는 것 말이야. 그러니 유령이 존재하느냐는 질문은 그 자체로 모순이야."

"그게 무슨 뜻이에요? 그렇게 어렵게 말하지 마세요. 왜 유령을 봤다고 말해주지 않으셨어요? 유령은 위험해요? 어떻게 생겼어요?"

그가 다시 몸을 돌렸다. 그러더니 책상에서 펜과 종이 한 장을 들고 이불을 뒤집어쓰고 쇠사슬에 묶인 채 하늘을 나는 유령을 그렸다.

"아마 이렇게?"

"아저씨가 본 유령은 그렇게 생겼다고요?" 나탈리에는 잔뜩 실망한 것 같았다. "아무렇게 지어내시는 거잖아요. 사실대로 말씀해주세요."

그가 나탈리에 앞에 쭈그리고 앉아 눈을 빤히 바라보았다.

"정말 알고 싶니?"

나탈리에가 힘껏 고개를 끄덕였다.

영원처럼 느껴진 잠깐 동안 예란의 서재는 공기 중으로 전기가 흐른 것 같았다. 나탈리에는 위대한 지식 즉, 유령 세계에 대한 진실이 곧 손에 들어올 것만 같았다.

하지만 예란은 다 부질없다는 듯 고개를 숙이며 시선을 피하더니 다시 책상으로 돌아갔다.

"유령이 어떻게 생겼는지는 중요하지 않아, 나탈리에. 네가 그들을 어떻게 대하는지가 중요하지."

그것으로 끝이었다.

나탈리에는 그곳에 서서 말 없는 그의 길고 좁은 등을 한참 바라보았다. 하지만 대화가 끝났다는 것을 나탈리에도 알았다.

그 후로 나탈리에는 예란에게 솔직한 답을 들으려고 해봐야 소용이 없다는 사실을 깨달았다. 적어도 유령에 대해서라면 포기해야 했다. 예란이 해준 이야기는 그가 털어놓은, 아니 엄밀히 말해 털어놓지 않은 유령들만큼 이해가 될 듯 말 듯 알쏭달쏭할 뿐이라는 사실을 인정해야만 했다.

그 후 1년이라는 시간이 흐른 후에야 두 사람은 다시 유령 이야기를 나누었다. 이번에는 예란이 먼저 그 주제를 끄집어냈다. 이야기는 두 사람이 함께 늪지를 돌아보던 중 시작되었다. 나탈리에는 혼자 늪지에 나가면 안 되었지만, 예란과 함께라면 괜찮았다.

"너와 하고 싶은 이야기가 있어." 각자의 보온병에 준비해 온 커피와 핫초콜릿을 마시려고 앉았을 때, 예란이 말을 꺼냈다. "네가…… 유령 같은 주제에 관심을 보였으니까 말이야."

'드디어.' 나탈리에는 이렇게 생각하며 말없이 고개를 끄덕였다.

"우리, 그러니까 너와 내가 살고 있는 집 근처…….." 그가 이야기를 시작했다. "그곳…… 그곳을 뭐라고 부르면 좋을까? 그곳에 대해서 네가 꼭 알아두어야 하는 사실들이 있어."

그는 가방에서 책 한 권을 꺼냈다.

"네게 이걸 줄게. 적어도 5장은 꼭 읽어봐. 그리고 다른 사람에게는 이 책을 보여주지 않는 게 좋아. 어차피 그 사람들은 이 책의 내용을 믿지 않을 테니까."

그는 나탈리에를 진지한 눈빛으로 바라보았다.

"하지만 너는 이 책을 읽어보겠다고 약속해줘. 꼭 읽겠다고."

그로부터 두 시간 후 레이프가 동료 형사와 검시관, 과학수사관 두 명을 데리고 늪지에 도착했다. 마야가 놀라운 발견을 한 현장을 잠시 떠났다가 되돌아온 직후였다. 그녀는 사람들을 기다리는 동안 얼른 차를 몰고 가 핫도그 가판대에 들러 음식을 샀다. 결국 음식에는 손도 대지 않았지만 덕분에 잠시 동안 조명이 환한 제대로 된 좌석에 앉아 있을 수 있었다.

"자, 이제 말해봐요. 여기는 왜 온 거예요?" 레이프가 염려와 어느 정도 짜증이 섞인 목소리로 물었다. 그녀는 자신이 이곳에 혼자 와서 그가 화가 났다는 사실을 알았다. 하지만 그도 당장은 그 이야기를 하고 싶지 않을 터였다.

그래서 레이프에게 그날 찾아간 문화사 박물관에서 과거에 인신 공양을 할 때 장대로 제물을 땅에 고정했다는 이야기를 들었다고 했다. 그러다가 불현듯 늪지에서 무엇에 걸려 넘어졌는지 깨달았다고 말이다.

"그게 장대였다는 거예요?" 레이프가 눈을 가늘게 뜨고 그녀를 바라보았다.

마야가 고개를 끄덕였다. "그런 식으로 시신을 고정했지만 한편으로는 망자의 부활을 막는 일반적인 방법이기도 했어요." 그녀는 자신의 말에 함축된 묘한 뉘앙스를 퇴색시키기라도 하듯 피곤해 보이는 미소를 지었다. "그 방법이 통했는지는 모르겠지만요."

"흠, 매일 새로운 지식을 습득하고 있군요." 레이프가 말했다. "내일 여기 다시 와서 좀 더 자세하게 말해줘야 해요." 그가 장대 주위를 힐끔 보았다. 장대는 보호용 천막 아래로 반쯤 가려져 있었다. "요는 우리가 이번에도 철기시대의 시신을 찾아냈느냐 아니냐겠죠. 박물관의 고고학자에게 연락을 해뒀어요. 최대한 서둘러서 이곳으로 올 거예요."

'사만타겠군.' 마야가 생각했다.

늪지에서 꺼낸 시신을 살펴보던 검시관이 레이프의 말을 듣고 허리를 펴며 말했다. "그 고고학자에게 올 필요 없다고 말해도 될 것 같은데요."

일순 정지.

"형사님은 좀 더 최근의 미신을 조사해보셔야 할 것 같아요." 그 검시관이 말을 이었다. "이 사람은 H&M의 가죽 재킷을 입었으니까요."

나무에 앉아 있던 새 떼가 후드득 날아올랐다. 마야는 레이프의 안색이 변하는 모습을 놓치지 않았다.

"그렇군." 그가 말했다. "그래."

과학수사대 한 명이 가죽 재킷 주머니에서 뭔가를 끄집어냈다. 레이프가 한 걸음 다가갔다.

"그게 뭔가?"

과학수사대원이 마스크를 벗고 막 찾아낸 물건을 들어 손에 올리고 무게를 가늠했다. 바로 그때 습한 바람이 캔버스 텐트를 거세게 쳤다.

"10크로나 동전 주머니네요. 못해도 500그램은 되겠어요."

예란이 나탈리에에게 준 책의 제목은 《제물을 부르는 늪, 과거와 현재》였다. 이 책에는 무엇보다 철기시대 사람들이 어떻게 늪지의 신들에게 제물을 바쳤는지 잘 기술되어 있었다. 그 책에 따르면, 이런 의식은 기독교가 전래된 후에도 여러 지역에서 지속되었다. 그런데 당시 사람들은 아마도 몰랐을 문제가 한 가지 있었다. 그 시신들은 부패하지 않기 때문에 매장된 사람들은 안식을 얻을 수 없었다. 늪지는 새로운 제물에 굶주려 있다는 말이 떠돌았다. 그래서 사람들이 흔적도 없이 사라진다는 것이다. 그것은 현대에 들어서도 마찬가지였다.

이런 이유들로 제물을 부르는 늪은 성스러우면서도 위험한 곳으로 여겨졌다. 공포와 경배의 장소였다.

나탈리에는 5장에 적혀 있는 구절을 달달 외워버릴 정도로 읽었다. 알파벳의 모음이나 그 지역을 흐르는 강들의 이름을 적어 내려갈 때처럼 막힘없이 그 구절을 암송할 수 있었다.

제물을 원하면 날씨가 험해진다. 제물이 정해지면 분노는 평화가 된다.

책을 받고 한 주 정도 지난 어느 저녁, 나탈리에가 예란의 집에 가보니 그가 부엌에 있었다. 불 위에서는 감자가 익고 있었다. 냄비에서 김이 올라와 열어놓은 창문으로 새어 나갔다. 식탁에 앉아 있던 예란은 나탈리에를 보자 그곳으로 불렀다.

"너도 알아차렸는지 모르겠지만." 그가 말문을 열었다. "모스마르켄의 길을 잃은 영혼들이 새로운 제물을 원하는…… 그런 늪지 중 한 곳이라고 믿을 만한 이유가 있어."

그 말을 듣는 순간 나탈리에는 말문이 턱 막혔다. "그 이유가 뭐예요?" 갈라지는 목소리로 속삭였다. "왜 그렇게 생각하세요?"

"여기서 사람들이 흔적도 없이 사라지기 때문이야." 그가 근엄한 목소리로 대답했다. "오래전부터."

그러더니 그는 가을에 토탄을 캐러 갔다가 다시는 돌아오지 않은 19세기의 늙은 농부에 대해 들려주었다. 그 후로도 늪지를 보러 갔다가 사라진 관광객들이 있었다.

나탈리에는 예란의 아내에 대해 묻고 싶었지만 차마 입이 떨어지지 않았다. 그가 어떻게 반응할지 무서웠기 때문이다.

"퇴세의 독일인." 예란이 한참이나 나탈리에를 바라보더니 이렇게 말했다.


그 책에 따르면 폭풍우가 느닷없이 잦아들면 경계를 늦추지 말아야 했다. 늪에 깃든 존재가 제물을 정했다는 뜻일 수 있으므로 반드시 안전한 장소를 찾아야 했다. 무엇보다 제물을 부르는 늪지 근처에는 얼씬도 하지 말아야 했다.

책은 놀라울 정도로 건조한 문체로 기술되어 있었다. 이런 이야기들이 이 세상이나 적어도 이 늪지가 돌아가는 방식이 틀림없다는 투였다.

예란은 이 지역 사람들이 수 세기 전부터 이런 지식을 알고 있었다고 말해주었다. 그런 지식이 대를 이어 전해졌으며 주민들이 늪지를 달래기 위해 얼마나 필사적으로 노력했는지 알려주는 이야기들까지 있었다. 그들을 만족시킬 방법 말이다. 물론 사람들이 공공연하게 나눌 성질의 이야기가 아니었다. 왜냐하면 다른 사람을 제물로 바치는 이야기였을 테니 말이다. 낯선 사람들, 방문객들을 희생시키기. 예를 들어, 마을 사람들이 모의해 끈질긴 세금징수원의 목숨을 빼앗고 늪지에 묻어버렸다는 소문이 있었다.

어릴 때 나탈리에는 자신이 가지고 있는 장난감을 전부 합친 것보다 그 책을 더 소중하게 여겼다. 밤이면 이불 속에서 손전등으로 그 책을 읽고 부모가 오면 얼른 책을 숨겼다. 그 책에 대해 털어놓은 사람은 친구인 율리아뿐이었다.

율리아네는 늪지 건너편에 살았다. 두 아이는 같은 계층이며 함께 핸드볼을 했다. 그런데 율리아가 먼저 늪지에서 묘한 경험을 했다. 독특한 종류의 존재랄지, 뭔가…… 다른 것 말이다.

그 일은 두 아이가 6학년이던 해 어느 오후에 일어났다. 그날 두 아이는 늪지에 함께 지은 오두막에서 만나기로 했다. 부모들은 아이들의 행동에 대해서 전혀 몰랐다. 알았다면 그곳에서 절대 놀지 못하게 했을 것이다.

토요일이었던 그날, 나탈리에와 율리아는 나무 사이에 앉아서 말없이 차가운 핫도그를 먹고 초코 우유를 마셨다.

간식을 다 먹은 후 두 아이는 각자 소나무에 등을 기대고 앉았다. 그러다가 나탈리에는 깜박 잠이 들었다.

얼굴을 때리는 거센 바람에 나탈리에가 잠에서 퍼뜩 깼다. 처음에는 자신이 어디에 있는지 기억이 나지 않았다. 주위를 살펴보니 율리아가 보이지 않았다.

나탈리에가 주변 풍경을 눈으로 훑는데, 이상한 기분이 들었다. 뭐랄까. 그때는 말로 표현할 수 없었지만 자신이 주변 풍경에 녹아들어 하나가 된 것만 같았다. 어떤 기운이 자신을 가득 채우는 것 같았는데, 절대 선한 기운이 아니었다.

다음 순간 책에서 읽은 것과 똑같은 상황이 벌어졌다. 강풍이 느닷없이 잦아든 것이다. 그 순간 늪지로 걸어 들어가는 친구가 눈에 들어왔다. 몇 번이고 친구를 불렀지만 율리아의 귀에는 아무것도 들리지 않는 것 같았다. 율리아는 늪으로 계속 들어가 제대로 걷지도 못할 정도로 질척이는 곳까지 걸어갈 뿐이었다.

"율리아!" 나탈리에가 소리쳐 불렀다. "멈춰!"

그리고 친구에게 달려가 한쪽 팔을 잡고 있는 힘을 다해 끌어당겼다.

"잠에서 깨!"

율리아가 눈을 깜박거렸다. "잠에서 깨?" 율리아가 웅얼거렸다. "그게 무슨 말이야?"

"거기로 가면 안 돼. 마치…… 마치 네가 잠이 든 것 같았어."

"그랬을지도 몰라……. 어떻게 된 일인지 나도 모르겠어." 율리아가 말했다.

여름이 막 시작되었을 때 일어난 일이었다. 모든 것이 변해버린 그 여름 말이다.

그 마지막 여름.

나탈리에가 열두 살이 된 여름.

그로부터 일주일 후 링곤베리 소녀가 늪에서 발견되었다.

라르손의 토탄 채굴장이 호황을 누린 시기는 70년대였지만, 21세기에 접어든 후에도 단기 집중 채굴 기간에는 일꾼을 스물다섯 명까지 고용했다.

마을에서 온 젊은 일꾼이 오래된 시신을 발견하고 율리아의 아버지를 불렀다. 그들은 모두 시신 주위를 파기 시작했다. 누군가 경찰에 신고를 했고 고고학자들이 도착했다. 그렇게 한바탕 소동이 시작되었다.

시신은 철기시대의 것으로 밝혀졌다. 후에 연구자들은 발굴된 소녀가 풍작을 기원하며 다산의 신들에게 제물로 바쳐졌을 것이라고 추측했다. 시신이 발견된 근처에서는 개암나무 지팡이와 점토 항아리들도 발견되었다.

나탈리에는 그 일로 뿌듯함이 벅차올랐다. 예란이 옳았다. 사람들이 정말로 제물이 되어 오래전에 그곳에 묻힌 것이다.

그 직후 여름이 끝나갈 무렵 비극이 차례로 찾아왔다.

하나, 그리고 또 하나.

그리고 모든 것이 끝났다.

레이프와 마야는 생각에 잠긴 채 경찰 본부 내 카페에 앉아 있었다. 주방에서는 접시와 냄비가 달그락거리는 소리가 들렸고 불투명한 유리 너머로 행인들의 모습이 흐릿하게 보였다.

늪에서 발견된 시신은 마흔여덟 살의 스테판 비크라는 남성으로 밝혀졌다. 브롤란다에 살았던 비크는 2012년 3월 15일 새벽에 자취를 감추었는데, 늪에서 고작 몇 백 미터 떨어진 곳에 사는 여자 친구의 집에 왔다가 돌아가던 길이었다.

행방불명자의 시신이 늪에서 발견되었다는 사실만으로도 충분히 놀라웠다. 하지만 피해자가 동시대인이며 장대로 고정되어 있다는 사실 때문에 이 사건은 다른 차원에서 접근해야 했다. 게다가 요한네스에게서 발견된 것과 같은 10크로나 동전이 잔뜩 담긴 천 주머니가 스테판 비크의 옷에서도 발견되었다.

'또 10크로나 동전들이라니.'

다시 말해서 요한네스 아위에브의 피습과 스테판 비크의 피살은 별개의 사건이 아니었다. 두 사건은 4년의 시간차를 두고 벌어졌지만 동일 인물 혹은 인물들에 의해 저질러진 것 같았다.

장원의 별채에 머무르고 있는 그 생물학자는 스테판과 같은 최후를 맞이할 운명으로부터 요한네스를 구해주었다. 그녀가 봤다고 생각했던 구덩이는 요한네스를 묻기 위해 판 것이 분명했다. 하지만 누군가 다시 메울 시간이 충분했다.

레이프가 음울한 표정을 지었다.

"트롤헤탄에 스테판 비크의 신원 정보를 요청했어요. 지금으로서는 이 사건이 암흑가의 거래와 관련이 있을 가능성밖에 떠오르지 않네요. 이렇게 야만적인 범행 수법을 설명할 방법이 그것밖에 없으니까. 그런데 그렇게 생각하면 전체 그림에서 요한네스가 들어갈 자리가 없어요. 혹시 약물일까요? 그 학교에 약물 문제가 심각합니까?"

"저는 잘 모르지만." 마야가 말문을 열었다. "지난번에 말씀드렸듯이, 요한네스는 어느 모로 보나 평범하기 짝이 없는 학생 같아요. 나탈리에, 그 아가씨와 다시 이야기를 해보셔야 할 것 같아요. 요즘 요한네스의 병실을 지키고 있대요."

"그래요. 우리가 그녀와 제대로 된 대화를 나눠봐야 할 것 같아요." 레이프가 목덜미를 긁적이며 말했다. "그리고 그 동전들 말이에요." 레이프가 창밖으로 지나가는 흐릿한 형체들을 멍하니 바라보며 나직한 목소리로 말했다. "그건 뭘까요?"

마야가 의자에 등을 기댔다. 짚이는 구석이 있지만, 털어놓아도 될지 확신이 서지 않았다. 그러자 레이프가 그녀의 망설임을 알아차리고 재촉했다.

"말해봐요. 당신에게 뭔가 생각이 있는 것 같은데."

그녀가 카페를 한 번 둘러보더니 그를 똑바로 보았다.

"제 가설이 마음에 드실지 모르겠어요. 형사님과 생각의 방향이 완전히 다르거든요."

"괜찮아요. 말해봐요."

"제물이 아닐까요?" 그녀가 말했다.

레이프가 그녀를 바라보았다. "그게 무슨 뜻이죠?"

"사람들이 오래전에 하던 일이죠." 마야가 대답했다. "신들을 만족시키기 위해 옛사람들은 최대한 귀한 것들을 늪지에 묻었어요. 음식이나 도구 같은 것들은 공물 목록의 가장 아래쪽에 있었을 거예요. 그 목록의 제일 위에는 사람이 있었겠죠. 신들을 확실하게 만족시키기 위해서 제물로 바칠 사람들에게 아주 좋은 옷을 입히거나……."

"입히거나?" 레이프가 검지를 컵의 손잡이에 넣으려고 애를 쓰다가 결국 포기하고 손으로 컵을 감싸듯 잡았다.

"아니면 주머니에 귀중품을 가득 채워 넣었을지도 몰라요."

"박물관에서 그런 이야기를 듣고 온 거예요?" 레이프가 물었다. "그런 황당한 생각을 계속 발전시켜 나갈 건 아니죠?"

"음, 그냥 가정일 뿐이에요." 마야가 인정했다. "하지만 스테판 비크의 무덤은 제물로 바쳐진 것처럼 보여요."

레이프가 고개를 끄덕였다. "그러니까 당신은 우리가 지금 미신에 사로잡힌 사람을 상대해야 한다고 생각하는 건가요? 공양을 믿는 사람을?"

"네. 구체적인 목표가 있는 사람이겠죠. 과거에 전쟁을 이기거나 풍작을 거두거나 사악한 힘을 물리치기 위해 제물을 바쳤던 것처럼요. 그 목적을 위해 살인을 할 각오가 된 사람."

두 사람이 다시 침묵에 빠져들었다.

"지금 무슨 말을 하고 싶은 거예요?" 레이프는 명확한 결론을 회피하고 싶은 것처럼 보였다. "사람들이 지금까지도 신에게 제물을 바치고 있다? 그런 뜻인가요?"

마야가 그를 바라보았다. "어쨌든 누군가는요." 그녀가 대답했다. "명백한 관련성을 못 본 척할 수는 없어요."

"링곤베리 소녀를 말하는 거예요?"

"네." 마야가 커피를 한 모금 마셨다. "링곤베리 소녀를 말하는 거예요. 그녀도 장대에 꽂혀 있었잖아요. 우리가 같은 늪에서 똑같이 장대에 꽂힌 현대의 시신을 발견했다는 사실이 단순한 우연의 일치일 리 없어요."

오몰 마리나는 나탈리에가 기억하는 모습 그대로였다. 한 학년이 끝나면 그녀의 가족은 그곳에 있는 카페에서 축하했다. 와플과 아이스크림. 나탈리에는 항상 같은 맛을 골랐다. 블루베리와 초콜릿, 피스타치오였다. 딸기 맛을 고를 때도 있었다. 바닐라는 절대 사절이었다.

그 무렵만 해도 나탈리에는 평범하기 짝이 없는 여자아이였다.

다른 시간을 사는, 완전히 다른 사람.

엄마와 아빠는 커피를 마셨다. 그 커피에는 알루미늄 포일 뚜껑이 달린 작고 동그란 플라스틱 컵에 담긴 우유를 탔다. 아빠는 매번 그 뚜껑을 제대로 뜯지 못했다.

"아빠 좀 도와줄래, 우리 딸?"

그 목소리는 상냥했다. 아빠의 음성에, 가끔 들을 수 있는 푸근하고 인내심이 느껴지는 목소리에 들어 있었다. 그녀는 그 상냥한 목소리로 들어가 포근하게 쉬고 싶다고 생각한 기억이 났다.

딸이 한 학년을 무사히 마쳤기에, 무슨 일이 있어도 그들은 한 가족으로 늘 함께일 것을 알기에 그 순간 엄마의 눈빛은 감정으로 충만했다. 따스하고 애정 어린 눈길이었다. 하지만 그 눈길에는 말로 다 못 한 이야기도 들어 있었다. 그 눈빛은 가능성으로 가득 채울 수 있는 기회를 딸에게 마련해주고 싶다고 말하는 듯했다.

그리고 태양. 그녀의 기억에는 언제나 태양이 있었다. 그 시간을 나탈리에는 이렇게 기억했다.

정박된 보트들 사이의 수면에서 가을 햇살이 불꽃처럼 반짝이는 모습은 그때나 지금이나 똑같다. 아이스크림 판매대가 다른 구석으로 옮겨졌지만 나머지는 그대로였다. 물론 의자와 테이블은 전부 새것 같았다. 사실 어땠는지 기억도 없었다.

마리나. 이 도시의 자랑거리. "스웨덴에서 가장 아름다운 곳." 누가 어딘가에 이렇게 썼다. 그 후로 그 말은 틀리는 법이 없었다. 여름에 당신이 와야 할 곳이 바로 이곳 혹은 인근 해수욕장인 외르네스다.

이곳의 여름은 이제 끝났다. 하지만 오몰에 들러 커피를 마시자고 생각했을 때 나탈리에가 떠올린 곳은 여기뿐이었다. 다른 카페는 떠올리지도 못했다. 다른 카페가 분명히 있기는 할 것이다. 알루미늄 포일 뚜껑이 달린 작고 둥근 플라스틱 컵에 담긴 우유가 아니라 번쩍거리는 에스프레소 머신으로 가열한 우유를 탄 커피를 파는 카페들 말이다. 하지만 그녀는 그런 카페를 알지 못했다.

결국 나탈리에는 자신이 학교를 다녔고 그 일이 일어나지 않았다면 계속 살았을 도시인 이곳에 오게 되었다. 그 일이 일어나지 않았어도 결국 떠났을지도 모르지만.

결국에는 이곳을 떠났을 것이다.

똑, 똑, 똑.

지금은 안 돼.

침착하자. 숨을 쉬자.

테이블로 다가오는 그림자를 알아차리자 생각은 거기서 뚝 끊어졌다.

"나탈리에? 나탈리에 맞죠?"

고개를 들어보니 경찰 소속 사진가인 마야가 서 있었다.

"안녕하세요." 그녀가 대꾸했다.

마야는 맞춤용 검은색 재킷 속에 베이지색 티셔츠와 블랙 진을 받쳐 입고 붉은색 운동화를 신고 있었다. 그녀는 물병 하나와 커다란 대니시 페이스트리, 머그잔, 커피가 담긴 유리병이 놓인 쟁반을 들고 있었다.

"익숙한 얼굴을 보니 반갑네요." 마야가 말했다. "전에 여기서 살았어요. 그런데 다시 와 보니 사는 사람들이 다 바뀐 것 같아요."

"무슨 말인지 알겠어요." 나탈리에가 맞장구를 쳤다.

그녀는 어느새 지난번과 똑같은 기분이 되었다는 사실을 깨달았다. 마야와 함께 있으면 어쩐지 마음이 편안해졌다.

"같이 앉아도 될까요?"

"네, 그럼요. 괜찮아요."

마야가 쟁반을 내려놓고 의자에 앉았다. 주위에서 들리는 소리라고는 라디오에서 흘러나오는 광고 소리뿐이었다. 인기 있는 물건들을 사라고 끈질기게 권하는 음악들이었다.

"혹시 그 이야기 들었나요." 마야는 조심스럽게 말을 고르는 것 같았다. "……우리가 늪지에서 무엇을 찾았는지?"

"그 시신을 말씀하시는 건가요?"

"그래요."

"네, 들었어요."

마야가 나탈리에를 바라보았다. "최근 그곳에서 이런저런 일들이 많이 일어났네요. 나는 당신이 헛것을 봤다거나 착각을 했다고 생각하지 않아요. 당신이 그 무덤을 정말 목격했다고 생각해요."

나탈리에가 고개를 숙였다. "고마워요. 그렇게 말해주시다니 친절하시군요."

'어쩌면.' 나탈리에는 불쑥 이런 생각이 들었다. '마야는 진심일지 몰라.' 아니면 단순히 친절하게 행동하고 싶은 것일지도 몰랐다. 나탈리에가 아무것도 아닌 일로 경찰을 늪지까지 불러냈다며 자괴감을 느끼지 않도록 말이다. 사실 그녀가 그렇게 당황한 적도 드물었다.

"그 후로 레이프 형사님과 이야기를 따로 한 적 없죠?" 마야가 물었다.

"네, 두 분과 만난 이후로는. 형사님이 전화로 만나고 싶다고는 하셨어요. 무슨 일로 만나자고 하시는지 감도 못 잡겠지만요."

"레이프 형사님은 요한네스의 친구들과도 만나서 이야기를 했어요……. 요한네스에 대해서 알고 싶은 점들이 좀 있거든요. 새로운 시신을 발견한 후로 궁금증이 더 커졌죠. 그가 어떻게 살았는지 알고 싶어요."

"저는 해드릴 말이 별로 없어요." 나탈리에가 대뜸 대답했다. "저도 그의 평소 생활에 대해서는 사실 모르다시피 하거든요. 우리는 알게 된 지 고작 몇 주밖에 되지 않았어요. 그러니 서로에 대해 잘 몰라요."

"하지만 병원에서 그의 곁을 지키고 있잖아요?"

"네, 어쩌다 보니 그렇게 되었어요. 잘 모르겠어요……. 어쨌든 그러면 그 사람이 병실에 혼자 있지 않아도 되니까요."

나탈리에는 뭔가가 자신을 아래로 끌고 가는 것처럼 몸이 묵직하게 느껴졌다. 왜 예테보리에 남아서 모든 걸 그대로 내버려 두지 않았을까. 왜 다른 곳, 다른 습지를 고르지 않았을까. 왜 과학의 세계에 머무르지 않았을까. 모든 것이 꼼꼼하게 분류되어 있을 테고 습지는 규명된 패턴에 따라 작용하는, 잘 정리된 화학과 생물학적 반응들의 집합체인 세계에 말이다.

늪지는 그냥 늪지일 뿐인 곳에.

망자와 길을 잃은 영혼들의 바다가 아닌 곳에.

'사람들이 그곳에서 사라지고 있어.'

방금 마야가 이 말을 했나? 아니면 내가 마음속으로 한 말인가?

나탈리에는 마야가 몸을 앞으로 내민 채 손에 턱을 괴고 있다는 사실을 깨달았다. 게다가 나탈리에를 바라보는 그녀의 눈빛이 자못 진지했다.

"사라진다고요?"

"네?"

"당신이 그곳에서 사람들이 사라진다고 했잖아요."

"제가요?"

"혹시 뭔가 아는 거예요? 우리에게 말해야 할 뭔가를?"

나탈리에는 순간적으로 당황했다. 자신의 마음을 갉아대는 이 주제에 대해 마야에게 털어놓아도 될까?

"그 늪지에서 사람들이 계속 사라진다고 말하는 사람들이 있어요."

마야가 나탈리에의 눈을 똑바로 바라보았다.

"그게 사실이라면 사람들이 벌써 알아차리지 않았을까요?" 마야가 물었다.

나탈리에는 가슴이 콱 막힌 것 같았다. 진한 피로감과 어쩌면 당혹감일지 모를 감정이 뒤섞여 확 타오르는 불길이 가슴을 채웠다.

"혹시 실종된 남자아이를 염두에 둔 건가요? 언제였더라. 10년 전이었나요?" 마야가 물었다.

"네. 그런데 그 애가 다가 아니에요. 더 있어요……."

둘 사이에 침묵이 내려앉았다.

"사람들이라고 그랬잖아요." 마야가 되물었다. "예를 들면 어떤 사람들이죠?"

"당신이 이야기를 해봐야 할 사람이 있어요. 그분이 모스마르켄에서 실종된 사람들을 수색하라고 자문도 하고 경찰에 단서도 몇 가지 제공했어요. 하지만 아무 소득도 없었죠. 지금까지는."

"그게 사실이에요?" 마야가 물었다.

나탈리에가 고개를 끄덕였다. "예란 달베리라고 해요. 집은 저기 있어요. 그분에게 제가 보내서 왔다고 하세요."

"알았어요." 마야가 놀란 표정으로 대답했다.

그녀는 대니시 페이스트리를 한 입 베어 물다가 빵 부스러기가 우수수 떨어지자 급하게 접시 위로 고개를 숙였다.

"집이 어디에요?" 마야는 모스마르켄이 대화 주제로 너무 민감하다는 듯 주제를 바꾸었다. "그러니까 그 별채를 빌리지 않을 때는 말이에요."

"예테보리에 살아요." 나탈리에가 대답했다. "하지만 여기가 고향이에요." 그녀는 잠시 망설이다 말을 이었다. "적어도 모스마르켄에서 자랐으니까요. 예란은 우리 가족의 오랜 이웃이에요. 아니, 이웃이었죠. 오랫동안."

"그렇군요." 마야가 말했다. "그러면 여기 오몰에 있는 학교에 다녔어요?"

"네, 열두 살까지요."

"어디요?"

"쇠드라. 그러다가 예테보리로 갔어요."

마야가 미소를 지었다. "나도 거기 다녔어요. 하지만 당신보다 25년은 전이었을 거예요. 그리고 여기 살았죠. 한동안은요. 부모님은 지금도 오몰에 사세요. 사실 부모님을 뵙고 오는 길이에요."

그 순간 예의 반응이 튀어나왔다. 마야의 표정이 그대로 얼어붙었다. 그녀의 시선이 허공을 갈랐다.

"잠깐만요. 당신이 모스마르켄에 살았다면…… 혹시 그 애는 아니죠……?"

나탈리에는 아무 말도 하지 않았다.

"부모님이……." 마야가 눈을 휘둥그레 뜬 채 바라보았다.

나탈리에가 천천히 고개를 끄덕였다. "제 아버지가 생각나셨나 봐요." 그녀는 놀라울 정도로 침착하게 말했다. "제 아버지가…… 제 어머니를 쐈고, 자살을 했다는 이야기를요."

마야가 눈을 감았다. "오, 맙소사. 지금도 기억이 선해요. 내가 막 뉴욕으로 떠날 무렵이었거든요. 아마 같은 해일 거예요. 그 무렵 당신에 대해서 많이 생각했어요. 혼자 남겨져서 어떻게 지내나 하고. 당신에게 그게 어떤 삶일지 많이 생각했어요. 그때 늪지에서 사건이 일어나지 않았나요? 부모님이 그렇게 되시기 직전에 말이에요. 젊은 여자가 죽었죠?"

"맞아요." 나탈리에는 저절로 대답이 나오는 것 같았다. "트레이시였죠. 나와 가장 친한 친구였던 율리아의 언니였어요."

나탈리에는 그렇게 감정적으로 반응할 생각은 없었다. 하지만 자신도 모르게 자리에서 벌떡 일어나 재킷을 챙겨 그곳을 떠났다. 마야의 입에서 정신없이 튀어나오는 사과가 연기처럼 나탈리에의 뒤를 서둘러 좇았다.

마야가 예술학교의 교문을 들어가며 보니, 엘렌이 동료와 이야기를 나누고 있었다. 학교 건물은 원래 주민들의 모임 장소로 쓰던 문화회관이었지만 지금은 강당과 사무실, 교실들이 들어서 있었다.

벽마다 전시회와 강연을 알리는 그림과 포스터로 뒤덮여 있었다.

한쪽 구석에는 반쯤 완성된 뒤틀린 자세의 조각들이 자비를 베풀어줄 구원자를 기다리며 그곳을 가득 메우고 있었다.

그날 엘렌은 구불거리는 머리를 정수리에 굵게 틀어 올렸고 두눈에는 검은색 아이라인을 둥글고 가늘게 그려놓았다.

"안녕." 마야가 엘렌과 그녀의 동료에게 인사를 건넸다.

"왔구나."

엘렌이 동료와 대화를 마치고 마야를 돌아보았다.

"바로 갈 거지? 나 배고파."

"그래. 바냐와 다른 사람들은 벌써 레스토랑에 모여 있어."

구 산업지구를 통과하는 좁은 길은 과거 노동자들이 하늘 높이 굴뚝이 솟은 공장의 정문으로 들어가며 지나쳤던 자갈이 깔린 입구에서 시작되었다. 여기저기 사람들이 무리를 지어 다양한 언어로 이야기를 나누고 있었다. 카페의 옥외에 마련된 좌석들 위로 달아놓은 형형색색의 등이 가을 미풍에 이리저리 흔들리고 있었다. 열어놓은 카페 창문에서 보사노바 음악이 흘러나왔다.

"너 또 늪지에 다녀왔다면서?" 엘렌이 말했다.

"그래. 학교에 소문이 돌았다더라. 사실 내가 그 시체를 발견했어."

"정말이야?" 엘렌이 우뚝 멈춰 서서 마야를 바라보았다. "세상에, 소름 끼쳐. 그 일에 대해서 경찰이 밝혀낸 사실 없어? 혹시 기밀을 유지해야 하니?"

"그래. 네게 이야기해줄 수 있는 게 별로 없어. 어차피 나도 잘 모르고."

"전에도 말했지만, 당연히 학생들이 겁에 질려 있어. 온갖 수상한 소문들이 판을 치고 있고."

"어련하겠니." 마야가 말했다.


한 달에 한 번 그 비스트로에서는 연주회가 열렸다. 늘 그렇듯이 만원이었다. 오몰과 세플레, 멜레루드, 근처 여러 마을에서 사람들이 찾아왔다.

마야와 엘렌은 반자와 그녀의 친구가 미리 잡아놓은 좌석에 앉았다. 다니엘 렘마가 한 시간 후 무대에 오를 예정이었다.

마야와 엘렌은 각각 레드 와인을 시키고 페스토와 프로슈토를 올린 사워 도우 피자를 주문했다. 반자와 친구는 이미 식사를 마친 후라 에스프레소와 코냑을 시켰다.

"지금 우리가 정착한 곳에 대해서 이야기를 하던 중이었어요." 반자가 말했다.

"곳?" 마야가 되물었다.

"여기요. 펭에르스코그."

"음, 내 탓은 마." 마야가 말했다. "다 엘렌 탓이니까. 나는 엘렌이 말하는 대로 하는 사람이고, 엘렌이 여기로 오라고 했어."

"사실 요즘 분위기가 좀 불안하긴 해." 엘렌이 말했다. "하지만 펭에르스코그에 무슨 문제가 있는 건 아니야."

"엄밀히 말해 우리가 말한 곳은 그곳이 아니에요." 반자가 말했다. "학교 이야기를 하던 중이었어요. 우리는 예술-공예 어쩌고 하는 게 뭔지 명확하게 그려지지 않아요. 그 운동이라는 게 뭔지 도무지 모르겠어요."

"오, 그거. 학교는 한 번 즐겨보자는 거야." 엘렌이 대답했다. "진짜 예술을 한다면 절대 허용되지 않을 방식이면 돼. 그런 방식이라면 뭘 하든 상관없어."

"진짜 예술이라고요?" 반자의 친구가 이마에 주름살을 지으며 물었다.

"네, 그래요." 엘렌이 말했다. "여기 펭에르스코그에서는 어딜 가나 안락한 유기농적 라이프 스타일을 만날 수 있죠. 하지만 그런 개념은 대체로 진짜 예술과 조화를 이루지 못해요. 좀 더 포괄적이고 누구나 쉽게 접할 수 있는 공예는 예술과는 상관이 없는 평범한 사람조차 예술가가 된 기분을 느끼게 만들죠. 이런 분위기 속에 있으면 진짜 예술은 결코 발전할 수 없어요."

엘렌이 미소를 짓자 보조개가 나타났다.

"이렇게 작은 지역에 두 움직임이 공존하게 만들려는 시도는 큰 착오일지도 몰라요." 그녀가 계속 말했다. "하지만 어떤 이유에서인지 여기 펭에르스코그에는 성공적으로 뿌리를 내리고 있죠. 내 의견은 그래요. 처음에 우리가 이곳에 학교를 열었을 때만 해도 살짝 불안했어요. 영혼과 예술의 방향성을 다 잃을 것 같았거든요."

마야가 와인을 한 모금을 마시고 친구를 한참이나 바라보았다. 이윽고 그녀의 입술에 장난스러운 미소가 걸렸다.

"그러니까 내가 네 말을 제대로 이해했다면." 그녀가 말했다. "진짜 예술, 바로 너와 네 학교가 그걸 표방한다는 말이지?"

엘렌이 의미심장한 표정으로 친구를 바라보았다. "무슨 질문이 그래? 당연하지. 그리고 그건 너도 마찬가지잖아!"

네 사람이 웃음을 터트렸다.

"제 생각을 말하자면." 반자가 말문을 열었다. "다양한 방향의 예술이 모두 다 필요해요. 아니, 좀 더 정확하게 말하자면 만물은 각자의 공간이 있어요."

"내 생각도 그래. 엘리트 의식만 빼고" 마야가 말했다.

엘렌이 큰 소리로 웃으며 잔을 들었다. "위선자들. 여러분도 내 말에 동의한다는 거 알아요. 자, 건배."

"오, 잘 지냈어요?" 오스카르가 그들의 테이블로 다가왔다. 그가 마야의 어깨에 한 손을 올리고 허리를 숙였기 때문에 그녀는 레스토랑의 소음에도 그의 말이 잘 들렸다. 그녀는 그의 손에 자신의 손을 얹었다.

"여기 앉아." 마야가 자리를 만들며 말했다.

그가 마야의 옆에 끼어 앉았다. 두 사람은 한동안 만나지 못했다. 그래서인지 그녀는 문득 그에게 키스를 하고 싶었다. 그는 어딘지…… 훨씬 개방적으로 보였다. 훨씬 새롭기도 했다. 훨씬 점잖고 쉽게 상처받을 것처럼도 보였다.

"오늘 내 생일이에요." 그가 말했다. "다음 술은 내가 살게요."

그 말에 모두 큰소리로 반대를 했다.

"네가 살아 있는 한 안 돼." 마야가 말했다. 그녀는 곧장 웨이터를 불러 테킬라 다섯 잔을 주문했다.

"몇 살이지?" 그녀가 물었다.

"스물일곱." 오스카르가 대답했다.

마야가 가벼운 한숨을 내쉬며 그에게 고개를 숙이고 그의 귓가에 입술을 댔다. "그러면 내 상대로는 너무 어려."

그녀의 스스럼없는 행동에 균형을 잃고 넘어지기라도 하듯 그의 시선이 흔들렸다. 그러더니 고개를 살짝 흔들며 그녀의 다리와 닿을 정도로 자신의 다리를 살짝 옆으로 붙였다.

그때 마야의 전화가 울렸다.

레이프였다. 그가 특유의 저음으로 말하는 것을 보면 급한 것 같았다.

"마야, 당신이 보여준 사진을 생각해봤어요."

"오, 네." 마야가 대답했다. 그녀는 방해를 받지 않고 통화하기 위해 일어나 구석으로 갔다.

"그 사진들을 더 자세히 살펴보고 싶어요." 그가 말했다.

"네, 저도 같은 생각을 하던 중이었어요. 사진을 보내드릴 수는 있는데, 지금 집이 아니에요. 오늘 밤 늦게나 보내드릴 수 있어요."

"괜찮아요. 최대한 빨리만 보내줘요."

"있잖아요." 그녀가 말했다. "오늘 우연히 나탈리에를 만났어요. 그녀와 혹시 이야기를 해보셨어요?"

"아뇨. 아직 거기까지는." 레이프가 한숨을 쉬었다.

"나탈리에가 놀라운 이야기를 들려줬어요. 형사님과 나는 그녀에 대해서 이야기를 해봐야 해요. 그리고 형사님은 그녀와 이야기를 해보셔야 하고요."

"물론이죠. 내일 만납시다. 내일 아침에 크바그미레 장원을 찾아갈 거예요. 가는 길에 태워 갈게요."

"좋아요. 그 사진은 있다가 다시 연락할게요."

"알았어요."


"누구야?" 마야가 테이블로 돌아오자 엘렌이 호기심을 감추지 못하고 물었다.

"아무것도 아냐. 그런데 먼저 일어나야겠어. 당장 집에 가봐야 하거든." 그녀가 말했다. "저녁 시간 즐겁게 보내."

그녀는 오스카르를 보며 말했다. "그리고 너. 죽여주는 생일 보내."

그 말을 끝으로 마야는 재킷을 챙겨 들고 북적거리는 사람들 사이를 지나 비스트로를 나갔다. 바로 그때 밴드가 무대에 오르고 〈헤이즈〉의 인트로가 실내를 채웠다.

병원 방문이 어느덧 일상이 되었다. 나탈리에는 병원에 도착해 요한네스의 어머니와 잠시 이야기를 나누고 무슨 일이 생기면 연락하겠다고 약속을 했다.

지금까지는 아무 일도 일어나지 않았다.

요한네스의 상태는 완벽하게 안정되었다. 그리고 그 상태로 아무 변화도 없었다. 때로 나탈리에는 그가 눈을 뜨면 어떤 상황이 펼쳐질지 상상해보려고 했다. 하지만 상상이 되지 않았다. 서로에게 무슨 말을 할까? 그들은 어떻게 될까?

그녀는 의자에 등을 기댄 채 요한네스를 바라보았다. 그는 여전히 온몸에 관과 줄을 단 채 눈을 감고 반듯이 누워 있었다. 잠시 후 그녀가 앞으로 몸을 숙이고 속삭이는 것과 다름없이 이야기를 시작했다. 방의 반대편에 앉아 있는 간호사가 귀를 쫑긋 세우고 있을지 모른다고 의심해서 그런다기보다 이런 식으로 말을 건네는 것이 어느새 익숙해져 버렸다.

"그해 여름에 제일 먼저 일어난 일부터 당신에게 들려주고 싶어요." 그녀가 말문을 열었다. "우리는 대체로 우리끼리만 놀았어요. 나와 율리아 말이에요. 내가 율리아와 시간을 그렇게까지 많이 보내고 싶었던 이유는 그 애의 언니 때문이었어요……. 트레이시. 그냥 그렇게 부를게요. 그저 이름만. 나는 너무 부러웠어요."

주말이면 종종 그러듯이 그날도 나탈리에는 율리아의 집에서 잤다. 일요일 아침 일찍 눈이 떠졌다. 아마 화장실에 가고 싶었거나 방을 나가야 할 다른 이유가 있어서 나탈리에는 아무에게도 들리지 않도록 살금살금 계단을 내려갔다.

어쩌면 여름에는 가끔 그러듯이 욕실 바로 옆 트레이시의 방문이 살짝 열려 있기를 바랐을지도 모른다. 열린 틈으로 자연스럽게 그녀를 훔쳐볼 수 있도록 말이다.

트레이시는 열일곱 살이었고 가끔 자고 가는 남자 친구가 여럿 있었다. 그녀는 피임약을 먹었고 주말이면 파티에 갔다. 그 파티들은 여름이면 공원에서, 겨울이면 비센보리의 디스코텍에서 열렸다. 그 파티가 나탈리에가 추구하는 세상이었지만, 아직은 여전히 낯설었다.

트레이시는 그런 세상을 대표하는 전형적인 아이였다. 나탈리에에게 트레이시는 아직 발견되지 않은 영역을 암시했다. 트레이시는 완벽했다. 구불거리는 갈색 머리를 중간 길이로 길렀고 1년 내내 피부를 태웠다. 화장을 예쁘게 했고 파란 눈이 보석처럼 반짝거렸다. 청바지는 찢어져 있어야 할 곳이 찢어져야 할 방식대로 찢어져 있었다. 그녀는 근사했다. 도저히 손이 닿지 않는 곳에 있었고 재능까지 겸비했다. 그녀는 사랑과 섹스, 술, 담배에 대한 시를 썼다. 나탈리에와 율리아는 그 시들을 몰래 읽었다. 나탈리에는 대부분 잘 이해할 수 없었지만 읽고 나면 왜인지 기분이 울적해졌다. 트레이시는 거의 웃지 않았다. 그녀는 범속한 것들 위에 있는 존재 같았다.

나탈리에와 율리아에게는 이런 신비로운 분위기가 전혀 없었다. 두 아이는 1학년 때부터 알았고 흔해 빠진 10대 여자아이로 자라는 중이었다. 두 아이가 트레이시의 발끝도 따라가지 못하리라는 사실은 불을 보듯 뻔했다.

나탈리에는 한 번은 의도치 않게 트레이시와 어머니인 위본네가 다투는 모습을 목격하게 되었다. 계단에 앉아 율리아를 기다리고 있다가 부엌에서 벌어진 불화의 한 장면을 우연히 본 것이다.

"다시는 거기 가지 마, 내 말 듣고 있니?" 위본네가 날카로운 목소리로 다그쳤다.

"엄마는 저를 못 막아요." 트레이시가 엄마와 똑같이 분노를 터트리며 대답했다.

"할 수 있고말고."

처음에는 두 사람 다 아무 말도 없었다. 하지만 트레이시의 어조가 점점 부드럽고 애원조로 변해갔다.

"엄마, 제발요. 꼭 가고 싶단 말이에요."

위본네가 현실을 받아들이는 동안 또다시 침묵이 이어졌다. 다음 순간 두 사람 다 받아들일 수 있는 타협에 도달하자 모녀는 포옹을 했다. 짧은 연극의 피날레를 의미하는 타협이었다. 그 연극이란 폭풍처럼 휘몰아치는 10대 시절의 감정과 힘이 충돌하는 덧없고 격앙된 드라마였다.

그 일요일 아침, 나탈리에는 화장실을 가던 중이었다. 바람대로 트레이시의 방문이 살짝 열려 있었다. 좁은 틈 같았다. 희미한 아침 햇살이 블라인드의 틈새로 새어 들어와 방바닥에서 너울거렸다. 좁은 문틈으로도 맨살을 드러낸 트레이시의 갈색 등을 어렵지 않게 훔쳐볼 수 있었다. 등에는 비키니의 끈 자국이 하얗게 남아 있었다. 트레이시와 누군가가 반쯤 몸이 얽힌 채 잠들어 있었다. 둘 다 거의 나체였다.

나탈리에는 뭔가가 자신을 빨아들이는 것 같았다. 발밑에서부터. 내면으로부터.

트레이시처럼 되고 싶은 욕망. 그 욕망을 이루지 못하면 자신의 삶이 절대 완벽해지지 않을 것 같았다.

나탈리에는 율리아에게 자신이 트레이시를 얼마나 숭배하는지 한 번도 말하지 않았다. 아마 모두가 그런 식으로 느낀다고 생각했을 것이다. 그것은 너무나 자명했다. 둘은 트레이시가 제 방에서 가끔 섹스를 한다는 이야기를 자주 했다. 급기야 그런 일을 떠올릴 때마다 섹스를 몰래 훔쳐보거나 엿들을 방법을 끊임없이 궁리하게 되었다. 두 아이는 몇 번이나 밤에 방을 몰래 나와 아래층 트레이시의 방문에 귀를 꼭 대어봤지만 아무 소득이 없었다.

그날 아침에는 율리아도 일찍 일어났다. 아이는 살금살금 계단을 내려가 친구 옆에 섰다. 두 아이는 아무 말도 하지 않았다. 그저 작게 벌어진 틈 앞에 나란히 섰다.

잠시 후 두 육체가 움직이기 시작하더니 벗은 몸이 이불 속으로 사라졌다. 대신 소리가 새어 나왔다. 격하게 숨 쉬는 소리가 다른 것으로 변해갔다. 처음에는 부드럽다가 점점 거칠어졌다.

다음 순간 침묵. 숨죽인 웃음소리.

언젠가 나탈리에도 그런 걸 하게 될까? 율리아를 바라보았다. 모든 것이 비현실적이었다. 절대 일어날 리 없을 것 같았다.

그날 아침 두 아이는 방으로 올라가 꼭 붙어 누웠다. 그리고 서로의 몸을 어루만졌다. 서로의 피부를 만지고 체취를 맡았다. 둘은 이 일을 아무에게도 말하지 않기로 맹세했다.

마야와 레이프는 주변을 잠시 돌아본 후 크바그미레 장원의 저택으로 들어갔다. 푹신한 적갈색 양탄자들과 안락의자들, 응접실 맞은편의 소파들 위로 샹들리에의 은은한 불빛이 퍼지고 있었다.

"우리가 오는 걸 지배인도 알아요?" 마야가 물었다.

"그럼요."

두 사람이 안을 둘러보았다. 왼쪽에 식당이, 오른쪽에 응접실이 있었다. 식당과 응접실 사이에 양쪽으로 커다란 아치가 달린 넓은 로비가 자리 잡고 있었다. 응접실의 한쪽에는 벽난로가 있었고 그 앞으로 안락의자 네 개와 책과 테이블이 놓여 있었다. 그 테이블 위에는 책과 잡지가 잔뜩 쌓여 있었다.

두 사람은 게시판으로 다가가 그곳에 압정으로 꽂아 둔 종이의 글을 읽기 시작했다.

# 항상 바라왔던 삶을 창조하라

더 진실한 삶을 살고 싶은가? 언제나 꿈꿔왔던 일을 하고 싶은 가? 아니면 앓고 있는 병에서 완쾌되거나 꿈에 그리던 반려자를 만나고 싶은가? 아니면 이웃으로부터 부러움에 찬 시선을 즐기고 싶어서 근사한 스포츠카를 장만하고 싶은가? 당신의 소원이 뭐든 현실이 될 수 있다. 그 과정의 주인이 바로 당신이다! 당신의 생각이 꿈을 현실로 바꿀 것이다! 불가능은 없다! 아무것도 없다! 매트릭스 마인드(MatrixMind)를 알면 당신이 원하는 삶을 살기 위해 일상에서 끌어당김의 법칙과 양자물리학을 활용할 수 있다.

앙네타 본 스포레를 찾으세요. - 요가 강사 겸 개인 개발 코치, 응용양자물리학 분야의 공인 강사.

(가격 : 개인 상담과 개인별 전략 행동 계획은 시간당 1,200크로나)

두 사람이 눈빛을 주고받았다. 마야가 눈썹을 치켜 올리며 손으로 입을 막아 웃음을 가렸다. 한편 레이프는 눈을 가늘게 떴다.

"하나도 안 웃겨요, 젠장." 그가 몸을 숙여 그녀에게 말했다. "요즘은 어딜 가나 아무 음식에나 케첩을 뿌려대듯이 걸핏하면 양자물리학을 꺼내서 자신들이 들먹이는 영적 운동에 발라대는 뉴에이지 멍청이가 있다니까요. 생각으로 물리적 세계를 바꿀 수 있다고 믿고 있다니. 개도 안 믿을 거예요. 허튼수작이지."

마야가 주위를 둘러보더니 미소를 지으며 소곤거렸다. "지금 그런 식으로 말씀하시면 형사님도 야바위꾼 레이디 앙네타 본 스포레보다 더 나을 게 없다고요. 그녀의 주장에 대해 아무것도 모르면서 다 지어낸 헛소리라고 하시면 저 레이디와 같은 수준에서 노시는 거잖아요. 같은 편에서 치고 박고 싸우는 것밖에 더 돼요?" 마야가 윙크를 했다. "그냥 알고 계시라고요."

그가 마야를 돌아보았다. "같은 편이라고? 그게 무슨 말이에요?"

"표현을 고민해보세요, 레이프 형사님. 그러니까 형사님도 그럴 듯한 말을 만들어보세요. 레이디 양자-스포레처럼요. 저 여자나 저 여자와 같은 부류의 어중이떠중이들요. 그 사람들은 자신들의 헛소리로 헛소리를 돌려 막듯 떠들고 있어요. 형사님도 똑같이 해보세요."

"미안하게 됐군요. 그렇지만 내가 뭐라고 하겠어요?"

"더 적절한 방식으로 의견을 표현해보세요. 아니면 이런 문제에 대한 형사님의 입장을 '내 한정된 지식과 이 우주의 논리에 대해 현재까지 알려진 바를 고려할 때, 나는 사고의 힘이 엉터리라고 판단한다'라고 요약할 다른 방법을 찾아보세요."

그녀는 그에게서 떨어져 잠시 돌아다니다가 돌아섰다.

"형사님이 알아내리라 기대하거나 알고 싶은 진실의 일면이 하나 정도는 있을지도 모르잖아요. 쓰레기를 버린다면서 귀중품까지 같이 버리면 안 되잖아요?"

"진실의 일면이라니……." 그가 눈을 굴리더니 한숨을 쉬며 그녀를 바라보았다. "마야, 당신도 똑같아요. 뉴욕에 그렇게 오래 살았다는 사람이 왜 그래요……. 어쨌거나 저런 소리가 쓰레기라는 걸 모르는 사람이 어디에 있어요."

마야는 키가 큰 여자가 다가오자 목소리를 낮춰 소곤거렸다. "표현법이요, 형사님."

"레이프 베리그렌 씨인가요? 경찰서에서 오신?" 그 여자가 물었다.

"그렇습니다." 레이프가 손을 내밀며 대답했다.

"앙네타 본 스포레입니다." 앙네타는 이렇게 말하며 상체를 아래로 살짝 숙여 인사를 했다. 그리고 마야에게도 같은 식으로 엄숙하게 인사를 했다. "앙네타입니다."

"마야입니다."

"하시는 일이?" 앙네타가 물었다.

"사진가예요. 저도 이 지역을 좀 알아요. 그래서 레이프 형사님에게 이 지역을 조금 소개해드렸어요."

"그러셨군요. 그리고 제 강의에 관심이 있으신 것 같던데요." 그녀가 게시판으로 몸을 돌리며 말했다. "말하자면 저의 소소한 부업이랍니다."

앙네타가 두 사람을 빤히 바라보았다. 마야는 앙네타의 표정에서 그녀가 자신의 주장을 믿는 척하려는 게 아닌가 하는 의심이 들었다.

"저기, 제가 그 일에 대해서 생각을 좀 해봤어요." 앙네타가 말했다. "어쩌면 경찰에 도움이 될지도 몰라요!" 그녀가 눈을 감았다. "그것이 지금 제게 다가오고 있어요. 두 분도 모든 범죄를 해결하는 일종의 '그림'을 배우실 수 있어요. 그러면 우주의 기운이 들어와서." 앙네타가 한 손을 들어 둥글게 흔들었다 "그림을 보여줄 겁니다. 그런 것을 끌어당김의 법칙이라고 하죠. 자연의 힘이에요. 순수 과학이죠."

레이프가 목청을 가다듬었다. "우리는 부인과 이야기를 나눠보려고 왔습니다. 가능하다면 직원들과도 이야기를 해보고 싶고요." 레이프는 자신의 자제력을 남김없이 끌어내려고 작정했는지 목소리가 좀 딱딱했다. "그리고 저택 주위도 돌아봤으면 합니다."

"오, 이곳은 정말 아름다운 곳이에요." 앙네타가 말했다. "여기는 대형 회의실이 두 개예요. 그리고 고객들에게……."

"고맙습니다." 레이프가 말을 잘랐다. "그런데 지금 투숙객들이 저택에 있을까요?"

앙네타가 눈썹을 모으며 말했다.

"지금은 없을 거예요. 별채 아가씨라면 지금 있을지 모르죠."

"그분과는 이미 연락을 취했습니다." 레이프가 말했다.

"오, 그래요? 그렇다면 사무실로 가서 이야기를 하죠."

"자, 자, 심호흡을 하세요." 주차장에 도착하자 마야가 한 손을 레이프의 등에 대며 말했다. "'항상 바라왔던 삶을 창조하고' 싶지 않으신 거 확실해요, 형사님?"

"두말하면 잔소리." 그가 딱 잘라 말했다.

"좋아요. 적어도 그 레이디의 도움은 필요 없으시다는 거군요." 마야가 나탈리에가 머무르고 있는 별채를 바라보며 말했다. "저 근처는 벌써 컴컴하네요."

"지금쯤 병원에 있을지도 모르겠군요." 레이프가 말했다.

"그럴지도요." 마야가 말했다. "그나저나 그녀에 대해서 좀 알아보셨어요?"

"그랬죠. 확인해봤어요. 그 아가씨가 그 아이였다니, 깜짝 놀랐어요. 좀 더 조심스럽게 대해야겠어요."

"그녀가 제게 한 말에 대해서는 어떻게 생각하세요?" 마야가 물었다.

"어떤 이야기 말이에요?"

"안 들으셨어요?" 그녀가 한숨을 쉬었다. "그 소문들. 사람들이 모스마르켄에서 감쪽같이 사라진다는. 흔적도 없이 말이에요."

레이프가 미심쩍어하는 눈빛으로 그녀를 보았다. "그런 소문들은 늘 있었어요."

"하지만 어떤 남자 이야기를 했잖아요. 이름이."

"예란 달베리!" 레이프가 껄껄 웃었다. "그래요. 나도 그 사람을 알아요."

"나탈리에는 그 사람이 형사님과 이야기를 해보려고 애를 썼다던데요."

"그래요, 그랬죠." 그가 한숨을 쉬었다. "우리는 그의 이야기를 들었어요. 그가 알려준 정보를 확인해봤고요. 그 남자아이의 경우, 실종 당시 이 근처에서 목격한 사람이 있었다는 걸 확인했어요. 하지만 그 아이를 제외하면 종적을 감출 당시 확실히 모스마르켄에 있었다고 말할 수 있는 실종자는 고작 한 사람뿐이었어요."

"그 사람이 누구였죠?"

"예란의 아내. 그녀는 오스트레일리아인지 뉴질랜드인지 어디에 살고 있어요. 모습을 감춘 때로부터 지금까지 몇 십 년 동안. 그녀는 친구들에게 더 이상 남편을 견딜 수가 없다고 대놓고 말했어요.

이런 헛소동이 다 링곤베리 소녀와 함께 시작되었다는 사실을 염두에 둬야 해요, 마야. 라르손네 사람들이 그녀를 찾아내기 전에는 모스마르켄에 관한 소문이 전혀 없었어요. 하지만 그 후로 봇물 터지듯 그런 소문들이 범람했죠."

마야가 얇은 장갑을 꼈다.

"어쨌든 예란 달베리와 이야기는 해보실 작정이죠?" 그녀가 물었다.

"그를 한 번도 만난 적이 없죠, 마야? 그 사람은…… 뭐라고 하면 좋을까? 독특해요. 그 사람 머릿속에서 온갖 일들이 다 벌어져요. 마치……." 그는 그렇게 말하며 장원 저택을 가리켰다.

"하지만 저는 아직도 이해가 안 돼요." 마야가 말했다. "우리가 스테판 비크를 발견했기 때문에 사건이 새로운 국면을 맞았잖아요. 아닌가요? 스테판은 4년 전 브롤란다에서 자취를 감췄는데, 이곳에 나타났어요. 묘하다는 건 인정하세요."

레이프가 늪을 바라보며 말했다. "맞아요. 하지만 그 헛소동으로 다시 돌아가기 전에 요한네스와 스테판 사이에 어떤 접점이 있는지부터 살펴봐야 해요."

"알았어요." 마야가 말했다. "그런데 제가 보내드린 사진은 살펴보셨어요? 그 쭈그리고 앉은 형체?"

"봤어요." 레이프가 몸을 데우려는 듯 양손으로 팔을 문질렀다. "나도 당신 생각에 동의해요. 확실히 그곳에 몸을 숨기려 하거나 당신을 몰래 훔쳐보려는 사람처럼 보여요. 하지만 당신도 말했다시피 세부적인 것까지 판별하기는 힘들어요."

"네, 그래서 확대를 해봤어요." 마야가 말했다. "그랬더니 더 흐릿해지더라고요."

"이곳으로 사람을 보내서 탐문을 해보려고요." 레이프가 말했다.

마야가 어깨를 으쓱했다. "제가 할게요. 어차피 개인적인 프로젝트로 이 일대를 찍어볼 생각이거든요. 지역 주민들과 주변 풍경을 사진에 담고 싶다고 하면 돼요. 그럴듯한 구실이잖아요. 그러면 경찰을 보내시지 않아도 돼요."

"당신은 경찰이 아니에요, 마야."

"바로 그걸 활용하는 거죠."

"하지만 당신은 경찰에 고용되어 있어요. 그러니 간단히 원하는 대로 할 수 없어요."

그녀가 다시 어깨를 으쓱했다. "요 정도." 그녀는 이렇게 말하며 두 손가락을 1센티미터가량 벌렸다. "제가 경찰 수사에서 담당하는 부분은 아주 미미하잖아요. 용의자들과 어울리거나 하지 않을 거예요, 약속해요."

레이프가 미소를 지었다. "그런 일은 절대 허락하지 않을 거예요. 어쨌든 뭘 하든 조심해요. 그리고 무엇보다도." 그가 엄한 눈빛으로 그녀를 보며 말을 이었다. "내가 알고 싶어 하는 건 꼭 말해줘요."

마야가 자신의 가슴이 손을 얹고 말했다.

"약속해요."

마지막 여름이 오기 1년 전, 나탈리에와 율리아는 비밀 클럽을

결성했다. 이름하여 유령 사냥꾼 협회였다. 그리고 늪지에 비밀 기지를 만들기로 했다. 율리아의 집에는 건축자재가 많았다. 조금 없어진다고 누가 신경 쓸 것 같지 않았다. 율리아의 아빠는 엄청난 수집가였다. 하지만 아무리 자잘한 자재를 분류하는 실력이 뛰어나다고 해도 그가 자신의 집에 있는 못과 판자를 모두 파악할 수는 없을 것이라고 두 아이는 생각했다.

어느 날 모두 외출하고 율리아의 집에는 율리아와 나탈리에만 남았다. 부모님은 오몰에 갔는데, 하루 종일 집을 비울 예정이었다. 두 아이는 집에서 숙제를 하고 영화를 볼 거라고 했다. 적어도 말은 그렇게 했다. 하지만 곧장 작업장과 보관창고로 달려갔다. 그곳에는 건축자재 무더기에 전자장치와 전기용품들이 산더미처럼 쌓여 있었다. 선반마다 온갖 잡동사니들도 그득했다.

"이걸 좀 봐." 율리아가 근처에 놓인 판자를 주섬주섬 모으며 말했다. 들고 가기 편하게 끈으로 판자들을 한데 묶었다. 율리아는 짐을 두 개씩 나눠 들도록, 똑같은 판자 묶음을 세 개 더 만들었다.

"여기 망치가 있어!" 나탈리에가 연장을 들었다. "적어도 열 개는 더 있어. 되돌려 놓지 않아도 되겠어."

나탈리에는 물건들을 살피며 상자에 온갖 크기의 못을 다 찾아내 담았다. 그리고 그 상자를 배낭에 넣었다.

두 아이는 흡족한 표정을 주고받은 후 마침내 늪지로 출발했다. 그런데 자재가 너무 무거웠다.

"잠깐만 있어 봐." 율리아가 말했다. 잠시 후 율리아는 수레를 찾아와 짐을 모두 실었다. 마침내 두 아이가 함께 수레를 끌며 늪지로 향했다. 배가 고플 때를 대비해서 가방에 주스와 초콜릿 바도 챙겨 넣었다. 덕분에 오후 내내 늪지에서 놀 수 있었다.

"여기에 벽을 세우는 것부터 시작하자, 어때? 유령 사냥꾼 동지?" 미리 점찍어둔 장소에 도착하자 율리아가 말했다. 그곳은 키 낮은 소나무들 사이로 움푹 들어간 곳이었다. 율리아가 판자를 들어 자신의 의도를 보여주었다.

"좋아, 유령 사냥꾼 동지." 나탈리에가 맞장구를 쳤다. 두 아이는 곧장 망치질을 시작했다. 망치 소리가 사방으로 울렸다.

몇 시간 후, 벽과 지붕을 갖춘 작은 오두막이 완성되었다. 두 아이는 자신들의 작품을 바라보았다.

"다 지으면 좀 더 클 줄 알았는데." 나탈리에가 말했다.

"나도." 율리아가 지붕을 보며 대꾸했다. "게다가 물을 막지도 못하겠어. 비가 샐 거야."

그때 뒤에서 목소리가 들렸다.

"도움이 필요하면 내가 도와줄 수 있는데."

나탈리에와 율리아가 화들짝 놀랐다. 예란이었다. 두 아이는 그가 다가오는 기척을 듣지 못했다.

"근사하게 잘 만들었네." 그가 벽 하나를 손으로 두드리고 감탄하듯 한쪽 눈썹을 들어 올렸다.

율리아가 겁에 질린 표정으로 나탈리에를 바라보았다. "우리는…… 우리는 이제 집에 가봐야 해요."

"내가 좀 더 손을 봐놓으마. 어디를 손보고 싶은지 말만 해."


다음 날 오두막 기지에 다시 가 보니 완벽하게 탈바꿈해 있었다. 아이들이 상상한 모습 그대로였다. 튼튼한 네 벽에 지붕은 비 샐 틈이 없는 데다 크기도 알맞았다. 아이들은 율리아 집의 창고 하나에 숨겨져 있던 소가죽을 찾아와 기지에 깔았다. 젖은 양말을 널어놓을 빨랫줄도 걸었다. 그리고 예란이 한구석에 만들어놓은 작은 캐비닛에 종이와 펜, 음식, 게임이 든 바구니들을 넣었다.

두 아이는 쌍안경으로 밖을 살폈다. 그리고 자신들이 관측한 내용에 대해 의견을 주고받았다. 아이들은 유령의 활동으로 의심되는 현상을 일지에 기록했다.

'오후 여섯 시 사십 분. 차가운 바람이 4분간 지속. 사악한 영이라 의심됨.'

그리고 예란이 나탈리에에게 선물한 책을 함께 읽었다.

순수하고 아무에게도 해가 되지 않는 놀이일 뿐이었다. 이듬해 여름 지옥의 문이 열리기 전까지는. 그리고 그 일이 벌어졌을 때 나탈리에는 모든 것이 자신들의 탓 같았다. 그들이 영들을 유혹하고 잠에서 깨웠다고 말이다.

# 제4부

집을 몇 채나 지나치면서 계속 이어지는 자갈길은 늪지의 북쪽 가장자리를 빙 둘러 나 있었다. 마야는 이미 몇 번이나 그곳을 천천히 지나가며 운전대에 몸을 바짝 붙인 채 휙 지나가는 손전등 불빛처럼 주위를 유심히 살폈다.

민가 몇 채는 비어 있었다. 거주자들이 집을 숲과 식물에게 맡겨두고 불쑥 떠난 것 같았다. 한쪽 길가에 선 우편함들은 뚜껑이 열려 있어서 빗물에 흠뻑 젖은 신문과 안내문 등이 잔뜩 꽂혀 있었다. 그녀가 사는 세상에서 집은 대단한 가치가 있었다. 하지만 이곳에서는 얼른 도망을 쳐야만 하는 대상처럼 보였다.

마야가 불구르(밀을 데쳤다가 빻아서 만든 곡류-옮긴이) 샌드위치와 스피루리나 스무디를 바리스타들로부터 받아 나온 펭에르스코그의 카페에서 이곳까지 차로 걸린 시간은 단 10분이었다. 그런데도 그곳과 이곳은 완전히 다른 세계였다.

그녀는 이곳에 오기 전에 미리 조사를 해보았다. 이 길을 따라 서 있는 민가 네 채는 여전히 사람이 사는 것으로 되어 있었다. 그녀는 그 집 중 두 채의 주인이 짐작되었다. 모퉁이를 돌아가는 길의 끝에 서 있는 집은 예란 달베리의 집이었다. 그리고 길이 시작하는 부근의 집은 라르손 가족의 집이었다.

나머지 두 집은 각각 세금을 내지 않는 부업을 몰래 하는 50대 농부와 소를 키우는 가족이 살았다. 그 두 집은 길에서는 보이지 않았다. 그녀는 폐가들은 물론 주민들이 아직 살고 있는 집과 농장을 전부 다 방문해볼 작정이었다. 시작은 라르손 가족의 집이었다.

지대가 약간 높아 늪지가 한눈에 들어오는 곳에 있는 그 집은 좋은 시절은 벌써 지나갔지만 여전히 예쁘장했다. 길의 가장자리에는 '라르손의 토탄'이라고 빛바랜 글씨가 적힌 하얀 금속 표지판이 서 있었다. 부지는 비스듬하게 경사가 져 커다란 토탄 헛간으로 이어졌다. 잿빛 판자로 만든 헛간은 썩어가는 거대한 괴물 같았는데, 가파른 경사에 작은 선로가 깔려 있었다. 마야는 과거에 늪에서 캔 토탄을 운반해 와 헛간에 내려놓았을 것이라고 짐작했다.

집으로 이어진 자갈 진입로의 가장자리는 개와 놈(땅의 정령으로, 노인의 외모를 한 작은 꼬마처럼 생겼다-옮긴이) 모양의 작은 입상들이 늘어서 있었다. 1층 창문이 열려 있었다.

마야는 앞마당으로 반쯤 들어가 차를 세웠다. 차에서 내리자마자 커다란 창고 같은 곳으로 향했다. 문이 살짝 열려 있었다. 안에서 무슨 소리가 들렸다. 누군가 망치질을 하는 것 같았다.

"안녕하세요?" 그녀가 말을 걸었다.

아무 대답이 들리지 않았다.

그녀는 안으로 들어가 둘러보았다. 바닥에서 천장까지 각종 연장과 전동 기구들이 갖춰져 있었는데, 이렇게 엄청난 규모는 난생처음 보았다. 밖에서 들은 소리는 헛간 안쪽에 달린 문 뒤에서 나는 것 같았다. 그녀의 눈이 벽에 걸린 물건들과 바닥에 쌓인 물건들을 떠돌았다. 그 규모가 어찌나 엄청난지 눈에 보이는 대로 받아들이기 쉽지 않았다.

이 가족 중 누군가는 물건을 찾는 사람이거나 쓰레기 수집가거나 둘 다인 것이 분명했다. 헛간 한구석에는 욕조가 차곡차곡 쌓여 있었다. 천장에는 자전거 바퀴와 체인이 나란히 걸려 있었다. 아무도 이 물건들을 쓸 만한 곳을 찾아내지 못할 것이다. 냉장고들과 고릿적 오븐들, 상자들, 깡통들, 물병들, 드럼통들. 가히 충격적이었다.

"누굴 찾아오셨소?"

그녀는 누군가 헛간으로 들어오는 소리를 미처 듣지 못했다.

작업복을 입은 남자가 문가에 서서 애써 의심을 억누르는 표정으로 그녀를 지켜보고 있었다. 남자는 턱수염을 단정히 길렀고 야구모자를 쓰고 있었다.

"안녕하세요." 그녀는 서둘러 인사하며 자신을 소개했다. "맘대로 들어와서 죄송합니다. 인사를 했는데 못 들으셨나 봐요."

"오, 들었어요. 들었죠."

"저는 마야라고 합니다. 펭에르스코그에 살아요. 사진작가죠. 마침 이 지역의 연작 사진을 찍는 중이거든요. 본격적으로 들어가기 전에 인사부터 드리고 싶었어요. 수상한 사람이 여기저기 돌아다 닌다고 생각하실까 봐요."

"사진이요? 여기에 사진을 찍을 만한 게 있다는 말인가요?"

"여기는 무척 아름다운 곳이에요. 이곳 특유의 아름다움이 있죠. 평화롭고 신비로운 구석도 있고요." 마야가 슬쩍 찔러보았다.

그는 마야의 생각에 동의하지 않는 것 같았다. "평화롭다는 말은 못 하겠군요. 그 사진이 최근에 이 근처에서 벌어진 일들과 관계가 있습니까?"

"그 말씀은."

"폭행을 당한 사람도 있었고 늪에서 시체로 발견된 사람도 있었 지 않습니까." 그가 마야의 말을 끊었다. "그런 일이 벌어진 현장의 한가운데에 산다는 건 솔직히 즐거운 일은 아니죠. 또 무슨 일이 생 길지 누가 알겠습니까? 그렇다면 기자는 아니라는 거죠?"

"절대 아닙니다." 마야가 대답했다.

"좋아요. 기자는 겪을 만큼 겪었거든요." 그가 그녀를 바라보았 다. "사진작가라고 하셨나?"

형광등 불빛에 그의 얼굴이 으스스해 보였다.

"여기서 토탄을 채굴하시나요?" 마야가 대화를 다른 방향으로 바꾸어보았다.

"옛날 일이죠. 이 지역은 보존 구역이 됐습니다. 그래서 채굴은 중단할 수밖에 없었어요. 대신 우리는 숲이 있어요. 숲에서 일을 하 죠." 그가 손수건으로 이마를 닦았다.

"그렇군요." 그녀가 주위를 돌아보며 말했다. "여기 모아두신 소 장품이 어마어마하네요."

"40년이죠." 그가 눈썹을 올려 미소와 비슷한 표정을 지으며 대답했다. "한 번도 이곳을 치우지 않았어요. 그전에는 내 부모님이 수집을 하셨죠. 그분들도 훌륭한 수집가들이셨거든요. 잠시만 둘러보면 없는 게 없을 겁니다."

"그 말씀대로일 것 같네요." 마야가 주위에 쌓인 쓰레기들을 보며 대답했다.

짧은 침묵이 이어졌다.

"저, 있잖아요." 그녀가 말문을 열었다. "제가 지금 진행 중인 프로젝트를 위해서 인물 사진도 찍을 생각이거든요. 늪지 주변에서 사는 분들을 대상으로요."

"인물 사진?"

"네. 이곳에 사시는 분들의 사진요."

"진심입니까? 우리 사진이 무슨 재미가 있다고? 우리는 그저 우리일 뿐이에요. 남겨진 사람들이죠. 이 집에는 나와 아내인 위본네가 살고, 이웃으로 예란과 텍사스가 있죠. 그리고 라일라 가족. 다들 그저 평범한 사람들이에요."

마야가 미소를 지었다. "사람들은 늘 그렇게 말하죠. 하지만 그런 말은 대개 틀리답니다."

"그러면 신문 기사용이 아니라는 거죠?" 그는 여전히 기자들에 대한 의심을 거두지 않은 채 물었다.

"네. 저는 지금 연작 사진 프로젝트를 진행 중이에요."

그가 미소를 지었다. "그러면 내 사진을 찍고 싶다 이거요?"

"그러면 좋겠어요. 그런데 성함이 어떻게 되세요? 여쭤도 될까요?"

"페데르. 지금 찍을 거요?"

"꼭 그럴 필요는 없어요. 다른 날 다시 와도 돼요. 그게 더 편하시
다면요."

그가 몸을 숙여 빈 청량음료 깡통을 집어 유리그릇과 깡통이
쌓여 있는 쪽으로 휙 던졌다. "글쎄요. 잘 모르겠어요. 나는 별
로……." 그가 잠시 말을 멈췄다. "카메라를 가지고 온 거요?"

"네, 가지고 왔어요."

"가서 아내도 데리고 나올까요? 아니면……."

"그래주시면 정말 좋겠어요."


페데르의 아내 위본네는 땅딸막한 체구에 흔들림 없는 눈빛으로
힘주어 악수를 했다. 마야는 자신의 사진 프로젝트에 대해 얼른 설
명을 했다. 남편과 달리 그녀는 우쭐한 것 같았다.

모델로 삼고 싶은 사람들이 종종 이런 식으로 호의적으로 나올
때마다 마야는 놀랐다. 그들은 대개 적극적으로 참여하고 싶어 했
다. 마야와는 잘 아는 사이도 아니고, 마야가 그 사진으로 무엇을
하려는지 아무것도 모르면서 구체적인 요구나 반대를 하는 법도 거
의 없었다.

그러나 가장 묘한 부분은 따로 있었다. 마야가 찍은 사진을 마음
대로 출판하거나 전시회에서 전시할 수 있다는 내용으로 작성한 양
도 계약서에 서명을 거절하는 사람은 극히 드물었다.

"이거 해주시겠어요?" 마야가 서류를 내밀며 물었다. "제 차에
사진집이 몇 권 있어요. 지금까지 제가 어떤 작업을 했는지 궁금하
시면 서명하시기 전에 그걸 보세요."

"괜찮아요." 두 사람이 대답했다. "괜찮겠죠."

형식적인 절차가 다 끝나자 마야는 두 사람에게 창고 한가운데 서달라고 했다. 그녀는 광각렌즈로 실내의 풍경을 최대한 많이 담았다. 그곳은 정말 아름다운 난장판이었다. 일말의 질서가 혼재되어 있으리라 짐작할 여지를 주는 해방된 카오스였다. 가령 욕조의 수도꼭지 컬렉션을 보면 생긴 모습대로 분류되어 있지만 정작 기화기(氣化器)와 자전거 페달 더미에 몽땅 파묻혀 있었다.

마야는 창고에서의 작업을 끝내자 밖으로 나가 토탄 헛간과 늪지를 배경으로 사진을 몇 장 더 찍고 싶었다.

"나중에 이 사진들을 우리도 볼 수 있어요?" 위본네가 통통한 양손으로 허리를 짚으며 물었다.

"물론이죠. 제가 직접 찾아와서 가장 잘 나온 사진을 드릴 건데요." 마야가 대답했다.

"그래주면 좋죠." 위본네가 남편을 힐끗 보며 말했다. "그 사진을 크리스마스카드에 찍어서 친구들에게 보낼 수도 있겠네요."

"그럼요." 마야가 말했다. "크리스마스풍이 아닐지 모르지만, 그래도 재미있을 거예요."

잠시 후 두 사람은 그녀를 차까지 배웅해주었다.

"저는 이 지역의 역사에 대해서도 관심이 많아요." 마야가 말을 꺼냈다. "제가 듣기로 페데르 씨는 이곳에서 늪지 시신을 발견하신 분들 중 한 분이셨다면서요."

"오, 맞아요……." 페데르가 땅을 바라보았다. "그 시신을 발견하고 나서 한동안 시끌벅적했었죠."

마야가 한 손으로 차 문을 잡았다.

"상상이 되네요." 그녀가 말했다. "그런데 요전 날 근처에서 두 분이 아실 만한 사람을 만났어요. 나탈리에. 따님이신 율리아 씨와 가장 친했다더군요. 그렇죠?"

두 사람은 뭘 잘못 들었나 하는 표정으로 그녀를 바라보았다.

"나탈리에 노르스트룀을 만났다고요? 그 애가 여기 있어요?" 위 본네가 물었다.

"생물학 논문을 완성하는 동안 장원 저택의 별채를 몇 개월 빌렸 대요. 원래는 예테보리에 살고요."

"그래요? 세상에, 그 애가 그 후로 어떻게 되었는지 궁금했어 요." 위본네가 말했다. "그냥 사라졌거든요. 모든 일이 순식간에 벌 어졌죠. 오, 그 일에 대해서는 다 아시겠군요…….. 그 애 부모에게 일어난 일 같은 거요."

마야가 고개를 끄덕였다. "네. 저는 그 무렵 오몰에 살았어요. 그 곳에서도 말이 많았어요."

"그럼, 나는 일터로 돌아가 봐야겠군." 페데르가 헛간으로 돌아 가며 말했다.

"한 가지만 더요." 마야가 말했다. "지난 목요일에 혹시 늦에 나 가신 적이 있나요? 의식을 잃고 쓰러져 있던 남자가 발견된 곳 부 근으로요. 저기." 그녀가 손으로 가리켰다.

"늦지요? 아뇨, 내 기억으로는 없는데." 페데르가 말했다. "그렇 지, 위본네? 그건 왜 물어보시는 거죠?"

"제가 그곳에서 사진을 몇 장 찍었는데 우연히 누군가가 프레임 에 잡혔더라고요. 그 사람이 누구인지 궁금해서요. 혹시 아시나."

"우리는 그곳에 갈 이유가 거의 없어요. 대부분 늪지 가장자리를 벗어나지 않죠." 페데르가 마야의 말을 자르며 대답했다. "할 말이 그게 다라면……."

"네, 고맙습니다." 마야가 미소를 지으며 대답했다.


"남편은 저기서 소일하지 않을 때는 늘 뚱하게 굴어요." 페데르가 자리를 뜨자 위본네가 말했다. "아무튼, 내가 무슨 말을 하려고 했더라……. 맞아, 늪지도 찍을 계획이에요?"

"네, 그러려고요."

"그러면 조심해요. 우리는 트레이시라는 딸이 있었어요. 그 이야기도 들으셨겠죠. 그 애가 저 늪에 빠져 죽었어요. 늪으로 나가면 위험한 곳이 많아요. 길에서 벗어나지 말아요. 새겨들어요."

마야는 그녀의 솔직함에 허를 찔리고 말았다. "저도 그 일을 기억해요." 그녀가 말했다. "그 사건도 끔찍했죠."

"그래요." 그렇게 말하는 위본네는 지친 기색이었다. "그런데 또 그곳에 남자가 묻혀 있었다니. 게다가 방금 말한 그 청년 말이에요. 의식을 잃은 채 발견되었다는 사람. 도대체 어떻게 되어 먹은 땅에 사는 거야 싶지 않아요? 이제 누가 우리 농장을 사고 싶겠어요. 아무도 안 살 거예요."

그녀가 고개를 들어 집을 바라보았다.

"하기야 그 전에도 살 사람이 없기는 마찬가지였어요. 이 집을 팔려고 세 번이나 내놓았거든요. 팔리지 않을 거예요. 우리는 이곳을 절대 벗어나지 못하겠죠."

저 위의 집 현관에서 여자아이 두 명이 두 사람을 바라보고 있었다. 한 아이는 다섯 살가량이고 다른 아이는 여덟 살 정도 된 것 같았다.

"율리아의 딸들이에요." 위본네가 손녀들에게 미소를 지으며 알려주었다. "손님에게 인사해야지." 그녀가 큰 소리로 말했다.

"안녕하세요!" 아이들이 한목소리로 인사를 했다.

마야도 인사했다. "아이들을 봐주시는 거예요?" 마야가 물었다.

"봐주냐고요?"

위본네는 그 말을 알아듣지 못한 것 같았다. 그래서 마야가 턱짓으로 두 아이를 가리켰다.

"오, 그 말이었군요. 아니에요, 저 애들은 여기 살아요. 사실상 여기가 집이죠. 거의 내내 여기 있으니까요. 율리아는…… 그 애는 오몰의 은행에 다녀요. 그리고 애를 키우는 일 말고도 혼자 감당해야 할 일이 충분히 많아요. 사위는 별 도움이 안 돼요. 애초에 의지할 만한 사람이 아니죠."

마야는 안절부절못했다. 선의를 가지고 속마음을 터놓으려는 위본네를 자신이 이용하는 셈이라는 사실을 깨달았기 때문이다.

"처음부터 그 애에게 말했어요." 위본네가 고개를 가로저으며 계속 말했다. "당신은 그런 남자 절대 만나지 말아요. 문제만 일으킬 테니까. 사위는 마리화나를 피웠어요. 게다가…… 율리아에게 손찌검을 하는 것 같아요. 하지만 애들에게는 손을 대지 못할 거예요. 우리가 그 점은 확실히 해뒀으니까."

"양육권을 가져오셨어요?"

"아뇨, 그런 건 아니에요. 하지만 율리아도 사위도 애들은 안중에도 없어요. 게다가 노바와 릴리는 이곳에서 사는 게 제일 좋다는 걸 딸 내외도 알죠. 페데르는 하루 종일 일만 하지만 나는 시간이 많아요. 돌봐야 할 아이들마저 없다면 이곳은 텅 빈 곳 같을 거예요."

　비극은 오래된 시신이 발견되면서 시작되었다. 그 시신은 토탄 채굴장에서 한창 작업을 하던 기간에 발견되었다. 한 학년이 막 끝났을 즈음이라 마을의 남자아이들이 율리아네 농장에서 일을 했다.

　그 일이 일어났을 때 나탈리에도 그곳에 있었다. 열두 살이었던 나탈리에와 율리아는 양지바른 곳에 담요를 깔고 앉아 도토리로 카드 게임을 하고 있었다. 나탈리에가 마지막 도토리까지 다 잃었을 즈음 페데르가 마당으로 들어왔다. 얼굴이 벌겋게 상기되고 땀으로 번들거렸다. 그는 손에 누더기를 들고 두 아이에게 다가왔다.

　나탈리에가 고개를 들어 보니 그의 시선은 다른 곳을 향하고 있었다.

　"우리가 뭘 찾았어." 그가 말했다.

　"뭘요?" 율리아가 물었다.

　"엄마는 어디 있니? 경찰에 신고를 해야 할 것 같은데." 그가 집으로 들어갔다.

　신고 즉시 경찰차가 도착했고 문화센터에서도 사람들이 왔다. 그들은 어느새 칼스타드 박물관의 직원들도 불렀다. 결국 신문기자들까지 나타났다. 그때부터 농장에서는 한바탕 소동이 벌어졌다.

율리아의 엄마는 커피를 내리고 페이스트리를 쟁반에 계속 내갔다. 나탈리에는 지역신문의 기자가 어떤 남자와 한 인터뷰를 읽었다.

"지금으로서는 아무것도 단정할 수 없습니다." 그가 말했다. "하지만 여러 증거로 볼 때 아주 오래전에 살았던 젊은 여자의 시신으로 짐작됩니다. 아마 예수의 탄생만큼 오래전이겠죠. 이 지역이 제물을 바치는 늪지였다는 여러 가설이 오래전부터 있었습니다. 아무튼 그런 가설을 뒷받침할 구체적인 증거를 발견한 건지도 모르죠. 우리는 의복과 황금 장신구도 몇 가지 찾아냈습니다. 대단한 발견입니다."

그 소동은 며칠 후에야 비로소 가라앉았다. 나탈리에는 그동안 율리아와 거의 함께 살다시피 했다. 그 소동의 중심부에 있다는 사실이 너무 신났다.

그러나 페데르는 재미있어 하는 기색이 아니었다. 그는 토탄이나 계속 캐고 하던 일을 계속 하고 싶어 했다.

"이만하면 충분해." 그가 말했다. "옛날 시체에 뭔 법석을 그렇게 떠는지."

늪에서 발견된 시신은 박물관에 인수되어 그곳에서 안식을 취하게 되었고 '링곤베리 소녀'라는 이름도 얻었다.

그 즈음 트레이시에게 새 남자 친구가 생겼다. 한참 연상의 남자였다. 서른이 다 되었다는 소문이 돌았다.

"역겨워." 율리아가 말했다. "그 남자는 늙었어."

"흥미진진한데." 나탈리에가 약 올리듯 말했다.

"아니야. 역겨워."

정작 두 아이는 트레이시를 거의 보지 못했다. 새 남자 친구는 모스마르켄에 발을 들인 적이 없었다. 트레이시는 학교 근처에서 살기 위해 오몰에 방을 얻어서 집을 나갔다.

어느 금요일 저녁 나탈리에는 부모님과 함께 오몰에 갔다. 부모님이 그곳에서 친구들과 저녁 약속이 있었기 때문에 나탈리에도 만화책을 잔뜩 챙겨서 따라갔다.

"밖에 나가도 돼요?" 저녁을 다 먹은 후 나탈리에가 물었다.

"어디에 가려고?" 엄마의 목소리는 와인 기운에 부드러워져 있었다. 뒤에서 사람들이 레코드를 틀고 곡에 대해 이야기하는 소리가 두런두런 들렸다. 누군가 담배 연기를 빼려고 파티오 문을 열었다.

나탈리에가 어깨를 으쓱하며 대답했다. "몰라요. 매점이나 가려고요."

엄마가 미소를 지으며 지갑을 꺼냈다. "그래, 매점에 다녀와. 이거 받아." 엄마는 나탈리에의 손바닥에 지폐 한 장을 올리더니 손가락으로 감싸 쥐어주었다. 그러더니 검지를 입으로 가져가 조용히 하라는 몸짓을 하고 윙크를 했다.

나탈리에는 거리로 나올 때까지 손을 벌리지 않았다. 50크로나였다. 머릿속으로 계산을 해보았다. 누가 바 하나와 환타, 치즈볼 한 봉지. 그걸 다 사도 돈이 남았다.

광장에는 다양한 사람들이 무리 지어 노닥거리고 있었다. 어떤 사람들은 술에 취했는지 비틀거리며 서로 소리를 지르고 큰 소리로 웃음을 터뜨렸다. 누군가는 울고 있었다.

나탈리에는 우물쭈물했다. 불편한 정도가 아니라 겁이 날 지경이었다. 그래서 사람들의 관심을 끌지 않으려고 매점 뒤쪽으로 향했다.

그곳에서는 오줌과 맥주, 썩은 기름 냄새가 코를 찔렀다.

그때 쓰레기통들 반대편에서 소리를 잔뜩 죽인 채 소곤거리는 소리가 들렸다. 나탈리에는 쓰레기통들 사이로 몰래 훔쳐보았다. 남자와 여자가 서로 부둥켜안고 있었다. 여자가 흐느끼는 소리가 들렸다. 울음소리에 나탈리에는 그 여자가 누구인지 알아차렸다.

'트레이시.'

"나는 자기를 그만 만나고 싶지 않아. 자기가 없으면 어떻게 살 수 있을지 모르겠단 말이야." 트레이시가 눈물 젖은 목소리로 말했다.

"그런 말 하지 마." 남자가 그녀의 머리를 토닥이며 얼굴을 마주보았다. "너는 괜찮을 거야." 그가 속삭였다. "어쩌면 더 좋을지도 모르지. 너는…… 네 인생은 예전과 같지 않아, 트레이시. 나는 네게 좋은 남자가 아니야."

그렇게 두 사람은 얼굴을 가까이 대고 한참을 서 있었다. 잠시 후 두 사람의 입술이 점점 가까워지더니 키스를 했다. 처음에는 감질났지만 서로에게 굶주린 듯 점점 격해졌다. 마침내 남자가 트레이시를 밀어내며 숨을 들이쉬었다. "젠장, 안 돼."

"왜 안 된다는 건데?" 트레이시의 목소리가 들렸다. "벌써 사귀거나 그런 거야?"

침묵.

"그래? 너네 잤어?"

남자는 아무 말도 하지 않았다. 그냥 트레이시만 바라보았다.

"빌어먹을." 트레이시가 말했다. "지옥에나 가. 다시는 보고 싶지 않아."

그녀는 그곳에서 일어나 강둑에 주저앉아 그를 쫓아 보내려는 듯 손짓을 했다.

"트레이시." 남자가 애원하듯 말했다.

"꺼져."

그는 머리를 쓸어 넘기고 한참 동안 그녀를 바라보았다. 그러더니 몸을 돌려 그곳을 떠났다.

나탈리에는 처음에는 꼼짝도 할 수 없었다. 잠시 후 조심스럽게 쓰레기통 뒤에서 나와 강둑을 따라 걷기 시작했다. 그리고 막 그곳에 온 것처럼 행동했다.

"트레이시? 언니야?" 나탈리에가 말을 붙였다.

트레이시가 코를 훌쩍이며 뒤를 홱 돌아보았다. 누구인지 더 잘 보려는 듯 눈을 가늘게 떴다. "세상에……. 너니? 나탈리에?"

"언니, 여기서 뭐 해요?" 나탈리에가 물었다.

트레이시가 눈썹을 치켜 올렸다. "그 질문은 내가 해야 할 것 같은데."

"부모님이 저기."

"집어치워. 여기 와서 앉아. 담배나 한 대 피우자."

나탈리에는 가슴속에서 새 천 마리가 퍼덕거리는 것 같았다. 가슴 안에서 새들이 멀리 날아갔다. 그 순간 그녀는 전보다 훨씬 더 커진 것 같았다.

'여기 와서 앉아. 담배나 한 대 피우자.'

나탈리에가 트레이시의 옆으로 가 마른 풀 위에 앉았다.

"담배 피워본 적 있어?" 트레이시가 물었다. 눈 밑으로 마스카라가 시커멓게 번져 있었다.

나탈리에가 고개를 끄덕였다.

"거짓말. 무슨 상관이야, 한 대 피워."

트레이시가 평소처럼 담뱃갑에서 담배 한 개비를 곧장 입술로 빼어 물고 나탈리에에게도 권했다. 나탈리에도 한 개비를 뽑으며 손가락이 떨리지 않기만 빌었다. 트레이시는 라이터를 꺼내 담배를 불꽃에 가져간 뒤 길게 빨았다. 나탈리에도 따라 했다. 두 대의 담배 끝이 서로 쏘아보며 불타는 두 개의 눈처럼 발갛게 달아올랐다.

나탈리에는 잠시 연기를 입안에 물고 있다가 후 불어냈다.

두 사람은 말없이 강둑에 나란히 앉아 있었다. 마침내 트레이시가 말문을 열었다.

"네가 오기 전에 여기 어떤 남자가 있었어. 내가…… 울고 있던 이유지. 작년 내내 사귀었는데, 이제 끝내자고 하더라."

나탈리에가 눈을 껌벅했다. 조심스럽게 말을 골라야 했다. "그 남자를 사랑해?"

트레이시가 한숨을 푹 쉬었다. "그 이상이야. 내 몸의 세포란 세포가 몽땅 다…… 그 사람에게 빠졌어. 그 사람이 마치 내 머릿속으로, 몸속으로 파고 들어오는 것 같아. 무슨 말인지 알겠니? 나를 완전히 장악해버렸어. 그게 너무 싫어." 그녀가 다시 울음을 터트렸다. "마음이 너무 괴로워."

나탈리에가 꼬물거리듯 트레이시의 옆으로 조금 다가가 한 손을 그녀의 등에 올려놓았다. 자신이 어떻게 해야 좋을지 알 수가 없었다.

"그 사람을 처음 만난 후로 줄곧 이런 식이었어." 트레이시가 말을 이었다. "빌어먹을 지난 1년 내내 말이야. 우리는 밤에만 데이트를 했어. 낮에는 서로 다른 삶을 살았지. 그는 나를 진심으로 원하지 않았어. 그 점이 너무 모욕적이야. 마치 내가…… 유행하는 물건이라도 된 기분이야."

그녀가 코를 훌쩍이더니 손등으로 코를 닦았다. "다른 여자가 생겼어. 안젤리카가 두 사람을 시내에서 봤대."

트레이시가 나탈리에를 돌아보더니 단어 하나하나 힘주어 말했다. "시내에서. 그 여자를 한 팔로 안았더래. 나와는 한 번도 그러지 않았어. 우리는 데이트를 하러 밖으로 나간 적도 없어."

그녀가 말을 멈추고 땅바닥을 바라보았다.

"그래서 마음이 너무 아파. 나는 더 이상 살아 있지 않은 것 같아."

나탈리에는 숨이 콱 멎는 것 같았다. 생각이 사방으로 뻗어 나갔다. "하지만 언니는 살아 있어." 간신히 이렇게 말했다.

'하지만 언니는 살아 있어.' 이런 뻔한 말을 위로라고 건네다니.

트레이시가 간신히 미소를 짓더니 엉덩이를 툭툭 털고 자리에서 일어났다.

"괜찮아, 나탈리에. 너는 좋은 애구나. 이제 가봐야겠어." 트레이시가 나탈리에의 머리를 쓰다듬었다. "또 보자. 잘 지내."

나탈리에는 그곳에 조금 더 앉아 있었다. 잠시 후 담배를 땅에 비벼 끄고 일어나 광장을 둘러보았다.

'이게 꿈이야 생시야? 정말 내가 트레이시와 함께 앉아서 담배를 피우며 남자 이야기를 한 걸까?'

나탈리에는 등을 곧게 펴고 매점으로 갔다. 이번에는 시끄러운 10대들에게 위축되지 않을 것이다. 나탈리에는 매점의 작은 창구로 곧장 걸어가 원래 사려고 했던 것들과 페퍼민트 껌을 샀다.

몇 주 후 밤 링곤베리 소녀를 둘러싼 소동이 거의 가라앉았을 무렵 트레이시가 집으로 돌아왔다. 그녀는 현관으로 들어와 율리아와 나탈리에에게 고개를 끄덕하며 아는 척을 하고는 자신의 방으로 들어가 버렸다. 나탈리에와 이야기를 나눈 일에 대해서는 입도 벙긋하지 않았다.

"그 남자랑 깨졌대." 나중에 율리아의 침대에 앉아 음악을 듣는데, 율리아가 불쑥 말했다. "애초에 두 사람이 사귀기나 한 건지 모르겠어. 분명히 양다리였을 거야."

"세상에." 나탈리에게 말했다. "정말 너무해."

"아니. 나는 오히려 잘됐다고 생각해."

율리아가 머리를 틀어서 올렸다. "그 남자를 만나면서 언니가 얼마나 쌀쌀맞게 굴었는데. 게다가 먹지도 마시지도 않았어. 언니가 얼마나 살이 빠졌는지 못 봤어?"

며칠 동안 날씨가 화창했다. 그런데 잊지 못할 그날은 해가 질 무렵부터 느닷없이 폭풍우가 휘몰아쳤다. 율리아는 금방 잠이 들었지만 나탈리에는 도무지 마음이 안정되지 않았다. 그래서 누운 자리에서 천장을 바라보며 밖에서 들려오는 바람 소리에 귀를 기울였다. 집이 통째로 흔들리는 것 같았다.

바로 그때 모든 것이 뚝 멈췄다.

어떤 예감에 나탈리에는 침대에서 튀어나와 창가로 갔다.

집 밖에는 트레이시가 서 있었다. 그녀는 줄무늬 잠옷 차림에 맨발로 집에서 그리 멀지 않은 곳에 있었다. 쏟아지는 달빛을 받으며 늪지가 수면으로 바뀌는 구역으로 비틀비틀 걸어 들어가는 것 같았다. 어른들이 절대 들어가서는 안 된다고 신신당부하는 곳이었다.

잠시 후 위층 창가에서 위본네의 목소리가 들렸다. 밤공기를 가르는 비명에 가까운 소리였다. "트레이시! 어디에 가니? 조심해, 어서 돌아와!"

이어서 페데르의 묵직한 발소리가 집 안을 쿵쿵 울렸다. 나탈리에가 창문을 열고 율리아를 깨웠다. 율리아는 눈을 뜨자마자 아래층으로 내려가 마당으로 달려 나갔다.

야심한 시각 나무들 사이로 부모의 절규가 점점 크게 메아리치는데도 트레이시는 발걸음을 멈추지 않았다. 그녀는 한 번도 멈추려 하지 않았다. 발이 푹푹 빠지는 습지로 계속 들어갈 뿐이었다. 나탈리에는 위층 창문에서 트레이시의 멀어지는 뒷모습을 바라보았다. 그러므로 그때 일어난 일을 누구보다 잘 보았을 것이다.

잠시 후 트레이시가 늪에 잠기기 시작했다. 처음에는 무릎까지 빠지더니 점점 몸이 잠겼다. 안개가 트레이시를 감싸나 싶더니 달빛을 받은 안개 속에서 그녀의 형체가 일렁이듯 희미해졌다.

늪이 그녀를 받아들이는 것처럼.

늪이 그녀를 포옹하는 것처럼.

늪이 그녀를 아래로 끌어 내리는 것처럼.

잠시 후 그녀는 완전히 사라졌다.

마야가 라르손의 농장에서 위본네와 잡담을 주고받으며 알아내고 싶었던 정보는 트레이시의 죽음만이 아니었다. 하지만 차마 입이 떨어지지 않았다. 그녀는 그 묘한 사건에 자신이 얼마나 관심이 많은지 드러내고 싶지 않았다.

마야는 오른쪽의 숲과 왼쪽의 늪지 사이로 난 좁은 조약돌 길을 달리는 중이었다. 잠시 후 오른쪽으로 버려진 집이 한 채 나왔고 잠시 후 또 한 채를 지나자 길이 끝났다. 그녀는 길가에 주차한 뒤 카메라를 목에 건 채 차에서 내렸다. 하늘은 선명하다 못해 하얗게 보였다.

그녀는 그 집들이 봐달라고 애원을 하는지 아니면 서로를 방패삼아 숨으려는 건지 분간을 할 수 없었다. 그녀가 다가간 정원은 안쓰러울 정도로 망가져 있었다. 땅이 여기저기 파여 있었는데, 가까이 가서 살펴보니 화장실로 쓴 구덩이들이었다.

그녀는 주위를 돌아다니며 사진을 찍고 창문을 부분 부분 가리고 있는 블라인드들 사이로 어떻게든 실내를 들여다보려고 했다. 벽에서 벽까지 이어진 더러운 양탄자와 쓰레기와 싸구려 장식품으로 가득 찬 책장들, 옷 더미가 쌓인 크고 더러운 코너 소파 정도가 눈에 들어왔다.

'인간은 추하게 쇠락하려고 최선을 다하는 존재군.' 문득 이런 생각이 들었다.

그녀는 차로 돌아갔다. 하늘이 점점 검어지더니 1분도 지나지 않아 빗방울이 앞 유리를 후드득 때리기 시작했다. 마야는 라디오를 켜려다가 마음을 바꿨다. 좌석에 앉아 강물처럼 유리를 따라 흐르는 빗줄기 사이로 앞쪽을 똑바로 바라보았다.

잠시 후 그녀는 열쇠를 꽂고 시동을 걸었다.


마야는 500미터를 더 달렸다. 빗줄기가 슬슬 약해질 무렵 손으로 단순하게 '텍사스'라고만 쓴 표지판 앞에서 곁길로 들어섰다. 빗줄기는 어느새 약해져 있었다.

그곳에는 양과 말이 풀을 뜯고 암탉들과 오리들과 수탉 한 마리가 정원을 돌아다녔다. 집에서 음악이 요란하게 흘러나왔다. 곡의 첫 부분을 듣자마자 곡조와 가사를 알아들었다. 크리스 크리스토퍼슨의 〈선데이 모닝 커밍 다운〉이었다. 크리스 크리스토퍼슨 하면 떠오르는 비애감이 노래로 전해졌다.

그녀는 차를 세우고 시동을 끈 후 주위를 둘러보았다. 이곳의 분위기는 단순히 다르다고 말하기 아까울 정도였다. 라르손네와 달리 이 농장은 생기와 에너지가 흘러넘쳤다.

집 앞 계단으로 어떤 남자가 나오더니 그녀에게 다가왔다. 희끗희끗한 머리를 길게 기른 남자로, 입 주위로 수염이 거뭇거뭇하게 나 있었고 청바지와 티셔츠 차림에 지저분한 검은색 앞치마를 두르고 있었다.

그녀도 차에서 내려 그를 향해 다가갔다.

"안녕하세요. 실례가 되었다면 죄송합니다." 그녀가 먼저 말했다. "저는 펭에르스코그에 사는 사진작가예요. 이 늪지에 대한 프로젝트를 진행 중이죠. 그래서 근처에 사시는 분들에게 미리 인사를 드리려고 왔어요."

"아, 네." 텍사스의 대답은 다양하게 해석될 여지를 남겼다. "이번 주에만 당신이 세 번째요. 어쨌든 나는 덧붙일 말이 없소. 바로 말해드리지. 나는 이 모든 소동이 불쾌할 따름이오."

"아니에요." 마야가 얼른 말했다. "그러니까 저는 기자가 아니라 예술가예요. 이 지역을 사진에 담고 싶어요. 이곳에서 최근에 일어난 사건과는 정말 아무 관계가 없습니다."

그 말에 텍사스는 조금 경계를 푼 것 같았다. "오, 그렇다면 다행이네요. 그런 거라면 괜찮아요." 그가 손을 내밀었다. "텍사스입니다."

"만나서 반갑습니다." 마야가 악수를 하며 인사를 건넸다.

그가 자신의 몸을 가리켰다. "그나저나 행색이 이래서 미안합니다. 지금 매주 하는 위생 관리 시간이었거든요. 고양이들이 쓰는 방을 청소한다는 뜻이죠. 가끔 해줘야 해요. 사실 좀 더 자주 해야 하는데. 성함이 뭐라고 하셨죠?"

"마야예요. 그런데 고양이들이 쓰는 방이라고요?"

"그래요. 녀석들이 이 집에서 방 세 개를 차지하고 있죠. 숫제 고양이 아파트 같아요. 어쩌다 보니 그렇게 되었어요. 그 녀석들이 우리를 완전히 몰아내는 중이죠, 말하자면."

"우리?"

"그래요. 나와 내 파트너 마리. 그녀는 여기에 산다고 할 수 없지만요."

마야는 자신이 어떤 사람이고 어떤 프로젝트를 진행하는 중인지 더 자세하게 설명했다. 텍사스는 손으로 머리를 쓸어 넘기며 주의 깊게 설명을 들었다.

"동물 사진 정도는 얼마든지 찍어요. 나를 사진 모델로 세우려면 좀 힘들 거예요. 게다가 마리는 어떻게 나올지 모르겠네요. 그녀는 지금 직장에 있어요. 나는 당분간 장애 수당을 받고 있죠."

"무슨 일을 하시는데요?"

"정신병원에서 조무사로 일하고 있어요. 그런데 몇 주 전에 공격을 받았지 뭡니까. 체중이 130킬로그램이나 나가는 거한에게 머리를 얻어맞았죠. 그 후로 이유 없이 자꾸 몸이 피곤해요. 정말 내 뇌가 흔들렸나 봅니다. 그렇게 되어버렸어요."

수탉이 도저히 기다릴 수 없는 중요한 문제가 있다는 듯이 끈질기게 마야에게 다가왔다. 그녀는 빛나는 깃털과 작은 눈, 커다란 발톱을 유심히 보았다.

"그 녀석은 모건이에요. 당신에게 모이가 있는지 궁금한가 봐요. 손으로 모이를 주면 받아먹을 거예요."

"모건요?" 마야가 웃으며 되물었다.

"네. 울라레드에서 온 남자 이름을 땄죠. 혹시 TV에서 봤나요? 닭들 중에 저 두 마리는 보리스와 올라코니예요. 오리들은 마리 것이죠. 일괄계약으로 산 애들이에요. 대개는 착해요. 스웨덴 오리들이죠."

텍사스가 주머니에서 빵 조각을 꺼내 내밀었다. 그러자 수탉이 훌쩍 날아올라 빵을 낚아챘다.

"훌륭해요." 마야가 말했다. "모건과 함께 있는 사진을 찍으면 재미있을 것 같아요. 괜찮으시다면요."

"그렇게 생각해요? 그렇다면 한번 해볼까요? 어떻게 하면 되는지 말만 해줘요."

마야는 텍사스에게 닭장 옆에 세워놓은 양동이에 앉으라고 했다. 두 사람은 모건을 옆에 잡아두려고 잠시 고생을 했다. 텍사스가 양동이에 앉으니 사람과 닭의 키가 거의 같아졌다.

"정말 매력적인 커플이네요." 마야가 사진을 찍으며 말했다.

"그렇죠?" 텍사스가 말했다. "내 치료사도 치료 성과가 전부 수탉 덕분이라고 하더군요."

"치료사와 수탉에 대해 이야기를 하는 사람은 처음 봤어요." 마야가 말했다.

"누군가는 해야죠. 모건이 저를 암흑에서 꺼내줬어요. 우리 관계는 아주 좋아요." 그는 이렇게 말하며 모건을 토닥였다.

"암흑이요?" 마야가 되물었다.

"그래요, 달리 뭐라고 하겠어요? 인생은 고난으로 가득하죠. 몰랐나요?"

"오, 그렇죠." 마야가 맞장구를 쳤다. "하지만…… 무슨 의미인가요? 구체적으로 말씀해주실 수 있나요?"

텍사스가 고개를 가로저으며 멀리 숲으로 시선을 돌렸다. "때로는 뭘 하든 술을 진탕 마시지 않는 게 가장 중요한 것 같아요. 때로는 술을 진탕 마셔야만 할 것 같죠. 어떨 때는 이 모든 게 술 때문인 것 같다가 다음 순간 이게 무슨 소용인가 싶기도 하고요."

마야가 고개를 끄덕였다. "무슨 말씀이신지 알겠어요. 알 것 같아요. 게다가 130킬로그램의 거구에게 머리를 맞는 일이 삶에 도움이 되지도 않겠죠."

"맞아요. 그 말이 맞아요. 하지만 그게 아니어도 사람들은 노상 뒤통수를 맞고 좌절하기 마련이죠."

마야는 사진을 찍으면서 텍사스와 계속 소소한 잡담을 이어나갔다. 그런데 그가 최근에 늪지에서 벌어진 사건을 먼저 꺼냈다.

"저곳에서 무슨 일이 벌어지고 있는지 되도록 생각하지 않으려고 해요. 감당해낼 자신이 없거든요. 여기도 경찰이 와서 이것저것 묻고 갔어요. 그리고 언론에서도……. 저 덤불에 숨어 있는 사진가에게 모건을 보냈죠. 모건이 날개를 이렇게 펴고 거기 숨어 있던 여자를 쫓아갔어요." 그는 양팔을 들고 앞으로 몇 걸음 성큼성큼 걸었다.

"정말요?" 마야가 물었다.

"그렇다니까요."

"볼 만했겠는데요." 마야가 웃음을 터트리고 대화를 다시 살짝 틀었다. "그건 그렇고 혹시 우연히 저 늪지를 파신 적 있나요?"

"아뇨, 맙소사. 그건 왜 물어요?"

"구덩이가 하나 있었어요. 그런데 금방 사라져 버렸죠."

"사라지는 구덩이?"

"네, 그렇게 말할 수도 있겠네요."

"그 이야기는 어떻게 들었어요?"

"저는…… 경찰 사진가로도 일하고 있거든요." 마야는 그가 언짢아할까 봐 지레 겁을 먹고 자신을 방어하려는 듯 우물쭈물 말했다. 그러나 텍사스는 한쪽 눈썹을 올리며 고개를 끄덕였다.

"오, 그래요. 대단한데요."


그로부터 약 한 시간 후, 커피 한 잔을 마시고 위스키건 맥주건 대접할 음료가 아무것도 없다는 사과를 뒤로하고 마야는 떠날 채비를 했다.

"어쨌든 멋진 곡이에요." 그녀가 말했다. "제가 어릴 때 아빠가 크리스 크리스토퍼슨을 들으셨죠."

"그래요. 알다시피 사람은 하루에 적어도 한 번은 크리스를 들어야 하죠. 안 그러면 아무것도 제대로 끝내지 못할 거예요. 하지만 내 보기에 당신은 그렇지 않은 것 같군요."

그가 코담배 통을 들고 권했지만 마야는 고개를 가로저었다. 그는 코담배를 조금 집어 아랫입술 안으로 집어넣었다.

"크리스가 아니면 대개는 컨트리음악을 들어요. 웨일런과 윌리와 다른 가수들. 타운스. 가끔은 다른 장르도 듣죠. 한동안은 라스 데미안을 듣기도 했어요. 이제 당신이 가봐야 할 시간이군요. 말하자면 현실로 말이에요." 그가 집으로 돌아가며 말을 이었다. "중앙당 출신 총리가 한 번은 이렇게 말했어요. 돼지의 시장가격에서 멀리 떨어져 있지 마라."

"돼지의 시장가격?"

"그래요. 돼지의 가격도 모르고 산다면 현실에서 당신이 무슨 쓸모가 있겠어요?"

그가 한 손을 계단의 난간 위에 올려놓았다.

"이봐요, 잘 들어요. 나는 마이 레이디가 돌아오기 전에 얼른 청소를 해치워야 해요. 나도 오늘 하루 남에게 보여줄 만한 일을 해야 하니까. 아차, 내가 무슨 말을 하려고 했더라? 그래요, 혹시 모스마르켄에 대해서 더 자세히 알고 싶으면 예란 달베리를 꼭 만나봐요. 그 사람은 해줄 이야기가 많을 거예요. 적어도 나보다는."

그들은 너무 늦었다.

나탈리에는 위층 창가에 서서 페데르와 위본네가 트레이시를 찾아 속옷 차림으로 늪지로 뛰쳐나가는 모습을 지켜보았다. 절망에 찬 비명 소리며 두 사람이 비틀거리며 넘어졌다가 다시 일어났지만 결국 딸이 물속으로 사라지는 모습을 망연자실하게 지켜보는 모습을 말이다. 두 사람은 곧장 물에 뛰어들었다. 그러다 하마터면 딸과 같이 익사할 뻔했다.

나탈리에는 율리아가 주저앉는 모습을 보며 창문을 닫았다. 친구가 비명을 지르고 있는 것 같았다. 하지만 아무 소리도 들리지 않았다. 분명히 지난해 새로 해 넣은 창문 때문이었다. 삼중 유리라고 한 아빠의 말이 기억났다. 우리도 경제적으로 여유가 있으면 삼중 창문을 달 텐데. 그러면 전기세가 많이 줄어들 거야. 아빠는 그렇게 말했다.

나탈리에는 조심스럽게 복도로 나가 집으로 전화를 걸었다. 아빠가 잠에 취한 목소리로 전화를 받았다.

"큰일 났어요." 나탈리에가 숨죽여 흐느끼며 말했다. "얼른 데리러 와요."


잠시 후 나탈리에의 부모가 검은색 볼보를 타고 진입로로 들어섰을 무렵 경찰과 구급차도 도착했다. 제시카와 요나스는 집으로 뛰어 들어가 위험에 처한 사람이 나탈리에인 양 꼭 안았다.

이내 잠수부들이 도착했다. 율리아 가족의 친척들도 왔다. 페데르와 위본네는 딸을 마지막으로 본 곳을 그들에게 알려주었다. 그로부터 모두가 숨죽인 몇 시간 동안 잠수부들은 탁한 물속에서 악전고투를 했다.

하지만 트레이시를 찾지는 못했다.

위본네는 우왕좌왕하며 몸에 말라붙은 진흙을 서툴지만 끈질긴 손놀림으로 자꾸 털었다. 페데르는 등을 돌린 채 근처에 쭈그리고 앉아 바지를 무릎까지 걷어 올린 다리 사이로 고개를 떨어뜨렸다.

나탈리에는 현실이 유리 니미에서 벌어지는 듯한 느낌을 내내 느꼈다. 소리를 무음으로 한 화면에서 모든 장면을 보고 있는 것 같았다. 경찰 한 명이 무엇을 봤는지 물어볼 때까지 나탈리에도 제정신이 아니었다.

"저는 잘 몰라요." 나탈리에가 모기만 한 목소리로 대답했다. "트레이시가 걸어가다가 넘어졌어요. 꽤 멀었어요. 그래서 잘 보이지 않았어요. 언니는 그냥 곧장 걸어 들어갔어요."

나탈리에는 트레이시가 결연한 태도로 물속으로 들어가는 것 같았다. 하지만 어째서인지 그런 느낌을 경찰에게 말하고 싶지 않았다. 말이 안 되는 상황처럼 여겨졌기 때문일 것이다.

"넘어졌다고?" 경찰관이 물었다. "뭔가에 발이 걸렸을 것 같니?"

"네, 그런 것 같아요. 거의 그렇게 보였어요."

나탈리에의 가족은 집까지 얼마 되지 않는 거리를 가는 동안 아무도 입을 열지 않았다. 아빠는 매달리듯 운전대를 그러쥐고 있었고 엄마는 숨을 깊이 들이쉬고 내쉴 뿐이었다. 마치 차 안에 공기가 충분하지 않은 것 같았다.

세 사람은 집에 도착하자 한참이나 꼭 안고 있다가 더블베드에 서로 몸을 맞대고 잠에 곯아 떨어졌다.

나탈리에는 율리아에 대한 생각을 멈출 수 없었다. 누가 친구를 안아줄까? 이제 어떻게 될까?

트레이시의 시신은 끝내 발견되지 않았다. 시커먼 늪 속으로 그대로 사라져 버린 것 같았다. 잠수부들은 늪에서 움직이거나 앞을 보기도 힘들었다. 정황상 전혀 예상하지 못한 결과는 아니었지만, 그래도 그들은 시신이 어디에도 없다는 사실에 당혹감을 감추지 못했다.

얼마 후 당국이 더 이상의 수색은 의미가 없다고 판단하자, 사설 잠수부들을 동원해 수색을 계속하기 위해 이웃 사람들이 성금을 걷었다. 그러나 트레이시의 가족도 이런 노력이 부질없다는 사실을 받아들일 수밖에 없었다.

나탈리에와 율리아는 그 일이 있은 후 몇 주 만에 다시 만났다. 나탈리에는 도무지 이해할 수가 없었다. 어서 친구를 보러 가거나 전화를 하고 싶었지만 부모님은 그 가족끼리 보낼 시간이 필요하다고 말했다.

얼마 후 핸드벨 캠프가 시작되었다. 나탈리에와 율리아 모두 캠프에 참가할 예정이었지만, 율리아는 오지 않았다. 그러자 사람들은 트레이시에게 무슨 일이 있었는지 입방아를 찧기 시작했다. 아무도 그곳에 나탈리에가 있다는 사실을 몰랐고 그녀도 굳이 털어놓지 않았다.

마침내 율리아가 전화를 걸어왔고 둘은 다시 함께 어울리게 되었다. 나탈리에는 친구의 마음을 편하게 해주려고 최대한 신경을 썼다. 두 아이는 함께 시간을 보내고 평소처럼 수다를 떨려고 해보았다. 달리기도 하고 함께 하던 일들을 다 해보았다. 하지만 이미 둘 사이는 전과 같지 않았다.

나탈리에는 자신처럼 율리아도 늪지에서 했던 유령 이야기와 게임이 현실이 되었다고 생각한다는 사실을 알고 있었다.

추도식은 너무 슬퍼서 나탈리에는 며칠 동안 아무것도 목으로 넘길 수 없었다. 트레이시의 친구였던 안젤리카가 〈어메이징 그레이스〉를 불렀을 때는 목사조차 흐느낄 정도였다.

그날 나탈리에는 처음이자 마지막으로 아빠가 우는 모습을 보았다. 그 모습에 나탈리에는 몹시 놀라고 두려워져 세상의 종말이 다가오는 것만 같았다. 그때는 아무것도 몰랐지만, 어떤 면에서 그 느낌은 적어도 나탈리에에게 현실이 되었다.

관 대신 교회 앞에 놓은 테이블에 트레이시의 사진들이 놓여 있었다. 페데르와 위본네는 제대로 걷지도 못했다. 두 사람은 숨조차 제대로 쉬지 못하는 것 같았고 서로가 서로를 부축했다. 율리아는 몇 걸음 뒤에서 부모를 따라갔다. 그 모습이 너무나 고독해 보였다. 곁에 서로가 있는 부모와 달리, 율리아는 홀로 슬픔을 견뎌야 하는 것처럼 보였다. 나탈리에는 그들이 진정제를 처방받았다는 이야기를 들었다. 장례식을 어떻게든 견디기 위해서였다. 나탈리에는 율리아가 이 슬픔을 이겨내도록 힘이 되어주려면 어떻게 해야 할지 고민했다.

"그 남자가 저기 있어." 서른 살가량의 남자가 트레이시의 사진에 작별 인사를 하러 오자, 신도석 옆자리의 남자가 소곤대는 소리가 나탈리에의 귀에 들어왔다. "청록색 셔츠를 입은 남자. 그 애가 사귀었던 남자래. 다른 여자를 만났다던데, 그 여자는 설마 안 오겠지. 하느님, 맙소사."

그 남자는 그곳에서 유일하게 눈물을 보이지 않은 사람이었다. 그의 고통은 완전히 다른 종류인 것 같았다.

추도식이 끝난 후, 율리아는 나탈리에를 모른 척하기 시작했다. 다른 여자애와 보내는 시간이 점점 더 길어졌다. 그 여자애는 율리아와 친구가 되어 무척 즐거운 것 같았다. 나탈리에는 두 아이가 함께 자전거를 타고 가는 모습을 몇 번이나 보았다.

나탈리에는 슬픔에 잠겼다. 난생처음 외로움을 실감했다. 인생이 자신에게 등을 돌린 기분이었다. 뭔가 거대한 것이 쏟아지는 빛을 막아버리는 바람에 세상이 차갑고 컴컴해진 것 같았다.

나탈리에는 몰랐다. 트레이시의 죽음이 모든 비극의 시작이라는 사실을.

그때는 몰랐다. 이것이 오로지 초기의 미동이며 저 멀리서 들리는 천둥소리일 뿐이라는 사실을.

마야는 눈이 떠졌지만 여전히 몸이 노곤하니 피곤했다. 전날은 길고 힘들었다. 오늘 그녀는 모스마르켄을 한 번 더 찾아갈 예정이었다. 예란 달베리를 만나기 위해서, 드디어.

지난 밤 아홉 사람이 라일라 뵈리에손의 주방에 둘러앉아 있었다. 라일라와 그녀의 남편 요뉘, 두 사람의 자녀들과 그들의 파트너들 외에도 정원에 자갈을 까는 작업에 손을 보태려고 이웃 마을에서 온 지인까지 있었다. 분명히 오랫동안 라일라가 베푼 수많은 호의에 대한 보답 중 하나였을 것이다.

　마야는 펭에르스코그의 빵집에서 산 크링글(스칸디나비아의 전통 빵-옮긴이)을 가져갔고 모두 빵 주위에 모여 앉았다. 잠시 후 그들은 사진을 찍기 시삭했고 그로부터 한 시간 후 마야는 집으로 출발했다. 라일라와 요뉘는 매일 아침 다섯 시에 일어나 가축의 여물을 주고 일상적인 일들을 처리했다. 그러다 보면 어느새 가축을 다시 보살펴야 할 시간이 찾아왔다. 그것이 그들의 삶이었다.

　마야는 침대 옆 작은 테이블 위로 팔을 뻗어서 휴대폰을 확인했다. 지난밤에 휴대폰 진동음을 몇 번 들은 것 같았다. 역시나 톰의 문자가 네 통이나 와 있었다.

　그녀는 한숨을 내쉬었다.

　첫 번째는 수전 손택의 《사진에 관하여》가 인용되어 있었다.

　〈이 구절들을 읽으며 당신을 떠올렸어요. 당신도 꼭 이런 말을 했을 것만 같더군요.〉

　그녀는 그 책의 중요한 문장을 모두 외울 수 있었다. 그래도 그가 보낸 책 속 구절을 확인했다.


　　사진은 현실을 감금하는 방식이다. 아무도 현실을 소유할 수 없다. 하지만 이미지는 소유할 수 있다. 아무도 현재를 소유할 수 없지만 과거를 소유할 수 있듯이.

나머지 두 통은 점점 비난의 강도를 더해가면서 그녀에게 침묵의 이유를 묻고 있었다.

　〈내게서 뭘 원해요? 왜 이러는 거죠?〉 그는 마지막 문자를 이렇게 보냈고, 문자를 보낸 시각은 오전 세 시 십사 분이었다.

　마야는 답장을 작성했다.

　〈미안해요, 당장 처리해야 할 일들이 많았어요. 당신 기분을 풀어주고 싶어요. 언제 저녁에 와인 한 잔 하러 들를 수 있어요? 우리 단 둘만?〉

　'우리 단 둘만.' 그녀는 톰이 이 미끼를 덥석 물리라 짐작했다. 그가 이 세 마디를 일종의 약속으로, 모든 단어의 의미를 스스로에게 유리하게 해석하리라는 사실을 잘 알았다.

　마야는 몇 주째 장을 보지 못했다. 하지만 다른 사람들이 대신 냉장고를 채워주었다. 냉장고에는 다양한 스프레드와 신선한 채소, 익힌 콩, 숙성 치즈, 즉석으로 열린 늦은 밤 파티에서 남은 저장식품들이 있었다.

　그녀는 빵 한 장을 굽고 올리브 타프나드(빵에 바르거나 찍어먹는 스프레드의 일종-옮긴이)를 바른 후 얇게 썬 아보카도 한 조각과 싹 채소를 접시에 함께 담았다. 그리고 에스프레소를 한 잔 내려 스팀 밀크를 부은 후 신문을 챙겨 거실에 자리를 잡고 앉았다.

　맨 레이가 거실을 가로질러 살금살금 다가왔다. 맨 레이는 엘렌이 집들이 때 마야에게 선물한 노르웨이 숲 고양이였다. 마야는 고양이가 곁에 있어 행복했다.

　약 한 시간 후 그녀는 필요한 장비를 챙겨 차에 싣고 모스마르켄으로 출발했다.

마야는 예란 달베리의 집에 도착하기 직전 급정거를 한 후 차를 돌렸다.

'우편함.' 그녀는 진입로를 무심코 지나쳤다. 예전에 이곳에 진입로가 있었지만 이제 그곳은 관목이 무성하게 자라고 있었다. 그렇지만 그 뒤의 집을 다 가릴 정도는 아니었다. 그곳에는 녹슨 차도 보였다. 풀과 나무가 모든 것을 집어삼킨 듯했다.

우편함에는 희미하지만 '노르스트룀'이라는 이름이 적혀 있었다.

나탈리에가 살았던 집이 틀림없었다. 그녀의 어릴 때 성이 노르스트룀이었다. 마야는 그 집에서 벌어진 살해/자살 사건에 대한 경찰 보고서를 읽었다. 보고서에 따르면 순찰차가 도착했을 때 나탈리에는 집 밖에 주차된 차 안에 앉아 있었다. 그녀의 부모는 총상을 입고 피투성이로 부엌 바닥에 쓰러져 있었다. 그리고 그녀의 아버지 손에는 라이플총이 놓여 있었다.

지역신문의 기사에는 가족의 비극으로만 나와 있을 뿐, 상세한 설명은 없었다. 하지만 마야는 지금도 그 사건이 불러온 충격과 후유증을 생생하게 기억했다. 사람들은 무슨 일이 있었기에 한 가족의 아버지가 자신과 아내를 죽이겠다는 참혹한 결정도 모자라 열두 살밖에 되지 않은 딸을 홀로 남겨두고 갈 마음을 먹었는지 궁금했다.

그녀는 기어를 1단으로 놓고 다음 진입로까지 달렸다. '모스마르켄은 고통의 땅이야.' 문득 그런 생각이 들었다. 그런 종류의 사건은 그것을 경험한 사람들을 절대 떠나지 않는다. 어릴 때 겪었다면 더욱 그랬다. 그런 종류의 경험은 사람의 틀을 만든다. 그 사람의 의식 속에 새로운 길을 뚫어버린다.


예란 달베리는 짙은 갈색의 2층 목조 가옥에 살고 있었다. 그 집에는 시들어가는 식물들로 가득한 넓은 정원이 딸려 있었다. 진입로에 흰색 밴 한 대가 서 있고 우편함에 자전거 한 대가 기대져 있었다.

마야는 차에서 내리는 순간 한기를 느꼈다. 가을이 곧 겨울로 넘어갈 것 같았다.

"안녕하세요."

마야는 깜짝 놀랐다. 그가 집 옆에 내내 서 있었던 것이다. 낡은 니트 카디건과 집과 같은 갈색 색조의 바지를 입은 키가 크고 마른 남자였다.

"안녕하세요." 그녀가 말했다. "죄송합니다. 거기 계신 줄 몰랐어요." 그녀가 한 손을 내민 채 다가가며 말했다. "마야예요."

"예란입니다." 그가 그때까지 녹아 있던 배경에서 빠져나와 한 걸음 다가왔다.

"저는 사진작가예요. 요즘 이 지역을 사진에 담고 있죠." 마야가 말했다. "그래서 이 지역을 다니면서 여기 사시는 분들에게 미리 인사를 드리고 있어요."

"그렇군요." 예란이 대꾸했다.

"이곳은 정말 아름답네요." 그녀가 주위를 돌아보며 말했다.

"보이는 그대로죠. 막다른 골목. 막다른 세상, 그렇게 말하는 사람들도 있어요."

"사람들이 많이 이사를 나간 것 같네요." 그녀가 턱짓으로 길을 가리켰다. "판자로 막아놓은 집들이 많던데요."

"맞아요." 그가 대답했다. "오히려 그렇지 않다면 그게 더 이상하겠죠."

그녀가 당황한 표정으로 그를 바라보았다.

"이곳은 사람이 살 만한 곳이 아니거든요." 그가 딱 잘라 말했다.

"하지만 여기 사시잖아요."

그가 어깨를 으쓱했다. "그래요, 나는 그렇죠. 나는 내 정원 같은 사람이에요. 제멋대로죠. 다른 곳에서는 멀쩡히 살아갈 수 없을 거예요." 그가 그녀를 응시했다. "어쩌다 이 지역의 사진을 찍을 생각이 드신 거죠?"

"저는 경찰 사진가로도 일하고 있어요. 최근에 사건 때문에 이곳에 온 적이 있어요. 무슨 일이 있었는지 아마 아시겠죠."

"물론 알죠. 하지만 경찰 사진가라면 이렇게 가가호호 돌아다닐 이유가 없을 텐데요."

그녀는 볼이 화끈 달아오르는 것을 느꼈다. 자신의 부업을 괜히 밝혔다는 후회가 밀려왔다. 그녀는 비교적 모호한 동기로 위장한 채 편하게 움직이는 편이 더 익숙했다.

"없어요. 그건 그래요. 하지만 저는 사진작가이기도 해요. 지금 어떤 프로젝트를 진행 중이죠. 모스마르켄의 풍경은 매력적이에요. 이곳에 얽힌 역사도 그렇고요. 칼스타드에 있는 박물관에 가서 링곤베리 소녀를 직접 보고 왔어요. 그랬더니 더 알고 싶어지더군요. 그런 점에서 선생님은 이야기를 나누기 적합한 분이었어요."

"그렇다면 링곤베리 소녀를 발견한 페데르 라르손과 나를 혼동한 게 아니군요?"

"그럼요. 나탈리에와 이야기를 했는데, 선생님에게 한번 가보라고 하던걸요."

그의 눈이 가늘어졌다. "나탈리에와 아는 사이인가요?"

"안다고 말할 정도는 아니에요. 몇 번 만났을 뿐이거든요. 좋은 사람이더군요."

그가 고개를 끄덕였다. 마음을 정하지 못해 망설이는 것 같았다. "커피 드시겠어요?"

마야가 최대한 상냥한 미소로 그를 바라보았다. "좋죠."

예란이 그녀를 집으로 안내해 짙은 색 목재 패널로 마감한 벽에 책으로 가득한 책장들이 있는 방으로 들어갔다.

"앉으세요."

그가 주방으로 들어갔다. 뒤이어 커피 메이커에서 커피를 내리는 소리가 났다. 마야는 주위를 둘러보며 책등을 유심히 살폈다. 아라비아어와 히브리어, 스페인어, 러시아어 제목이 눈에 띄었다. 《유령의 해부》와 《미지의 연구》와 같은 영어 제목도 눈길을 끌었다.

잠시 후 그가 머그잔 두 개와 비스킷 한 접시를 들고 들어왔다.

"나탈리에가 바로 옆집에 살았다는 사실을 아나요?" 그가 물었다.

"네."

"그러면 그녀의 부모님이 어떻게 되었는지도?"

"그럼요. 저는 당시 오몰에 살았어요. 소문이 무성했죠. 선생님은 고인들과 아는 사이셨죠?"

"물론 알았죠. 안면은 있었어요. 어쨌거나 이웃이었으니까요. 하지만 내가 주로 이야기를 나누는 이웃은 나탈리에였죠."

"이런 질문을 드려서 죄송합니다만." 마야가 운을 뗐다. "그날 낮에 댁에 계셨나요? 밤에는요?"

"사건이 일어났을 때를 말하는 건가요?"

"그렇습니다."

"나는 곤히 잠들어 있었습니다." 예란이 말했다. "늘 잠이 깊이 들죠. 이튿날 아침까지 한 번도 깨지 않았어요. 그때는 모든 상황이 끝났더군요. 나탈리에는 이미 보호시설에서 보호 중이었고 최근까지 이곳으로 돌아오지 않았어요." 그가 냅킨으로 입을 닦았다.

그녀는 나탈리에와 그 사건에 대해 좀 더 물어보고 싶었다. 하지만 둘 사이에 갓 형성된 우호적인 분위기를 깨트릴 위험을 감수하고 싶지 않았다. 그래서 자신의 사진 프로젝트와 라르손 가족을 만난 이야기를 늘어놓았다. 두 사람은 물건을 수집하거나 창고에 쌓아두는 일의 중요성에 대해 이야기를 나눴다. 그때 마야가 그의 책장을 향해 턱짓을 했다.

"혹시 관심이 있으세요…… 초자연적인 현상에?"

"오, 그렇게 말할 수도 있겠죠." 그가 비스킷을 한 입 베어 물며 퉁명스럽게 말했다.

"전부터 줄곧 관심이 있으셨나요?"

그가 고개를 갸웃했다. "아뇨. 늘 그랬던 건 아니에요. 까마득한 옛날 나는 교수였어요. 이론물리학 교수였죠."

"아하." 마야가 놀라움을 금치 못했다. "전문 분야는요?"

"선이론이었죠. 양자역학."

"흥미롭네요." 그녀가 말했다. "물질은 적어도 99.99퍼센트가 빈 공간이라는 말이 사실인가요?"

그가 미소 지었다. "알고 있군요."

그녀가 코를 찡그리며 고개를 저었다. "그렇지도 않아요."

"음, 그 정도면 다른 사람들보다 많이 아는 셈이죠." 그가 들고 있던 잔을 내려놓으며 말했다. "사실 빈 공간이 100퍼센트에 더 가까워요. 원자핵조차 근본적인 수준에서는 실질적인 부피가 없어요. 당신은 아마 이 원자핵은 예외로 하는 것 같지만요. 원자핵이 '텅 빈' 공동이 아니라는 사실을 꼭 지적해야 해요. 그것은 끓고, 부글거리고, 변해요. 뭔가가 항상 사방에서 일어나고 있어요. 소위 말하는 빈 공간은 입자가 발생할 무제한적인 가능성을 내포하고 있죠. 그것은 모든 것을 품고 있고 동시에 아무것도 품고 있지 않아요. 하지만 이 두 성질을…… 관련지어 생각하기란 조금 어렵죠. 특히나 일상생활에서는요."

마야가 미소를 지었다. "알 것 같아요. 우리가 논리적인 이성의 관점에서 적막한 무로 취급하는 비어 있음이 아니라 만물의 핵심에 존재하는 생기로서의 비어 있음이죠. 모든 존재들. 만물의 비어 있음. 마치 우리의 온 존재가 끊임없이 변동하는 이 비어 있음의 표현이라는 듯 말이죠."

예란은 아무 대꾸도 하지 않았다.

"그 이야기는 마치 단순하게 정리한 양자역학 같군요." 그가 마침내 이렇게 말했다. "물론 나보다 훨씬 정리를 잘했지만요."

"사실, 근본적인 현실로서의 비어 있음을 저는 그렇게 정리해요." 그녀는 이렇게 대답한 후 잠시 입을 다물었다. "불교 철학에서요."

"하하하!" 그가 그녀를 가리키며 웃음을 터트렸다. "한 방 먹었네요!"

"현실과 소통을 하기 위해서는 감각을 고요하게 만들면 되죠." 그녀가 계속했다. "이를 테면 명상을 통해서요. 그리고 양자역학 법칙과 존재의 근본을 직접 경험하려면 자신의 내면을 들여다봐야 할 거예요."

"아마도요." 예란이 눈썹을 치켜 올리고 커피를 마시며 대답했다.

"그건 그렇다 치고." 마야가 말했다. "계속 말해주세요. 물리학은 왜 그만두신 거죠?"

"우리는 여기로 이사를 왔어요. 그리고 내 관심이…… 뭐라고 하면 좋을까? 이동했죠. 그때가 80년대 말이었어요. 세상에, 세월이 쏜살같네요. 벌써 30년 전이라니."

"무슨 일이 있었는데요?"

"무슨 일이 있었냐고요? 음, 뭐라고 할 수 있을까요? 이곳에서 한동안 살다 보니 나는…… 뭔가가 잘 들어맞지 않는다는 사실을 알아차리게 되었어요."

"그게 무슨 뜻이죠?"

"처음에는 그냥 기분 탓인가 했어요. 하지만 시간이 흐르면서 일들이 일어나기 시작했죠. 좀 더 구체적인 사건들이요."

"이를테면?"

예란이 양손을 던지듯 들어 올렸다. "실종들." 그가 마야를 바라보았다. "그래서 당신이 여기에 온 거 아닌가요? 당신이 정말 하고 싶은 이야기 아니에요?"

마야가 머그잔을 저으며 천천히 고개를 끄덕였다.

"나는 오래전부터 이 지역에서 일어난 실종사건이 모두 모스마르켄과 관계가 있을 거라고 짐작했어요." 예란이 말했다.

"네, 그런 의심을 하고 계시다는 이야기를 들었어요."

"경찰에 수도 없이 신고를 했어요. 하지만 그 사람들은 내 말을 듣지 않을 거예요. 내가 미치광이 목록에 올라 있겠죠. 전화기에 내 번호가 뜨면 붉은 램프가 번쩍이기 시작할 거예요. 아니면 지금까지 번쩍거리거나. 공교롭게도 얼마 전에 내가 경찰에게 스테판 비크의 행방을 여기서 확인해봐야 한다고 제보를 했으니까요."

"이곳에서 또 누가 실종되었다고 신고하셨나요? 그리고 어떻게 하필 바로 이곳에서 사라졌다고 믿게 되셨어요?"

그가 일어나더니 거실을 나갔다가 잠시 후 두꺼운 봉투를 가지고 돌아왔다.

"이걸 봐요." 그가 스무 장이 넘는 종이를 테이블에 펼치며 말했다.

페이지마다 이름과 연령, 실종 날짜가 단정하게 적혀 있고 사진과 신문에서 오려낸 기사가 첨부되어 있었다. 마야는 몸을 숙인 채 눈으로 테이블 위의 문서를 훑었다. 그 사진들 가운데 하나가 그녀의 눈길을 사로잡았다.

스테판 비크.

몇 년 동안 땅에 묻혀 있었지만 여전히 얼굴을 알아볼 수 있었다.

"이 아이에 대한 이야기를 들었겠죠." 예란이 환하게 웃고 있는 남자아이의 사진이 첨부된 문서 하나를 들며 말했다. "이 아이는 10년인지 11년 전 소풍을 갔다가 실종된 후로 지금까지 발견되지 않았어요. 그 일이 있기 몇 해 전, 중년 독일 여성이 실종된 사건이 있었어요. 그녀는 실종되기 직전에 모스마르켄을 찾았다고 알려져 있었죠. 하지만 얼마 후 수색은 중단되었고 그녀가 아마도 집으로 돌아갔을 거라고 잠정 결론을 내렸어요. 계속 이런 식이죠. 모스마르켄은 셀 수 없이 많은 사건의 주변에서 어른거렸어요. 하지만 아무도 이 패턴에 주의를 기울이지 않아요."

그가 잠시 말을 멈추더니 낮은 목소리로 다시 말을 이었다.

"하지만 내 눈에는 그 패턴이 점점 또렷해졌죠. 관심이 점점 커지면서 그 현상에 대해서 연구했어요……. 뭐라고 하면 좋을까. 오래된 미신들. 명백히 설명할 수 없는 이야기들. 사악한 영들, 굴(사람의 시체를 먹는다고 알려진 악귀—옮긴이). 유령이라고 부르고 싶으면 그렇게 불러요. 아무튼 나는 그런 것들에 관한 이론들을 닥치는 대로 읽었어요. 당신이 이런 이야기를 손톱만큼이라도 믿는다면 이 실종사건들은 더 이상 불가해한 현상이 아닐 거예요. 당연하게도 화를 자초하고 말았죠. 이런 관심은 나의 학문적인 입장과 완전히 배치되니까요. 그래서 나는 오랫동안 학계에 발을 들여놓을 수 없었어요. 내 명성은 바닥에 떨어졌고요."

마야가 몸을 앞으로 숙였다. 신문 기사와 봉투에 든 서류들 사이에 그가 손을 대지 않은 두툼한 파일이 있었다.

"이건 뭐죠?" 그녀가 그 파일을 가리키며 물었다.

"그건…… 내가 아내에 대해서 진행한 조사 자료죠. 그녀도 사라졌어요. 나탈리에 가족이 이곳으로 이사 온 직후였죠."

"오, 맞아요. 저도 들었어요."

"양해해주신다면 그 이야기는 별로 하고 싶지 않군요. 사람들은 다들 그녀가 떠났다고 생각해요."

"그런데 떠난 게 아니다?"

예란이 그녀를 바라보았다. "아까도 말했다시피 그 이야기는 하고 싶지 않습니다."

마야가 등을 곧게 폈다. "네, 이해합니다. 그런데 더 이상 대학교에서 가르치지 않으시면 생계는 어떻게 유지하시나요? 확실히 돈이 쏟아져 들어올 사업은 아닐 것 같은데요. 유령업 말이에요."

그가 미소를 지었다. "당신은 아무것도 모르는군요. 이 세상에는 다양한 방식으로 초자연현상을 다루는 출간물이 셀 수 없이 많아요. 그 책들의 반은 내가 썼을 겁니다. 여러 언어로요. 돈이 쏟아져 들어온다는 말은 못 하겠지만, 그럭저럭 살 만합니다."

"그렇다면 선생님은, 뭐라고 하면 될까요……. 유령을 믿으시나요?"

예란이 머리를 홱 젖혀가며 큰 소리로 웃었다. "나탈리에도 늘 그 질문을 했어요. 그 무렵 나는 이 주제에 대해서 제대로 아는 것이 없었어요. 그래서 무슨 대답을 해주어야 할지 몰랐죠."

"하지만 지금은 아시나요?"

"오, 나는 지금까지 30년 동안 연구를 해왔어요. 그 세월 동안 이 정도로 집중적으로 뭔가를 파헤치다 보면 결국에는 어느 수준의 지식을 손에 넣을 가능성도 높아지죠. 게다가 나는 이 특별한 지역에 살기 때문에 영들과 관계도 다소 맺을 수 있었어요. 그들은 내 이웃이죠. 오랜 세월 동안 그들은 내가 만난 유일한 존재들이었어요."

마야는 순간 살짝 긴장이 되었다. 그의 광기가 터무니없게 느껴졌지만, 동시에 그의 태도에서 풍기는 분위기에 그녀는 묘하게 불편해지기 시작했다. 어쩐지 그를 전혀 해가 되지 않는 사람이라고 단정 짓기가 망설여졌다.

'지적인 바보들이 가장 위험할 수도 있다.'

이런 말을 어디서 들은 것 같은데 기억이 나지 않았다. 레이프였나?

"그래서 이제는 결론을 내리셨나요?" 그녀가 물었다.

그가 고개를 갸우뚱하고 그녀를 한참 응시했다. 그러더니 일어서서 커피 주전자를 가져와 두 사람의 잔에 커피를 채우고 다시 앉았다.

"살아 있을 때 우리가 아무리 각자 다른 존재라고 해도, 사후에 우리에게 일어나는 일과는 감히 비교가 안 되겠죠. 우리가 유령이라고 부르는 존재는 매우 다양한 현상입니다. 나는 구체적인 장소와 그곳에 얽힌 역사에 따라 그 장소에 머무르게 된 영의 형태가 결정된다고 봐요."

"이곳은 어떤가요?" 마야가 물었다. "모스마르켄을 떠돌 거라고 생각하시는 영혼을 어떻게 묘사하시겠어요?"

"내가 본 그들의 모습은…… 어떻게 설명하면 좋을까? 각 부분이 인간 형상으로 헐겁게 연결된 쓰레기죠."

마야가 의자에 기댔다. "정말요?"

"육신과 영혼이 사라진 사람을 생각해보세요. 남아 있는 것. 그건 쓰레기겠죠."

"그게 무슨 뜻이죠?" 그녀가 물었다.

"집으로 돌아가는 길을 찾을 수 없는, 내용물이 빠져나간 생각들. 고통 없는 영원한 고문. 갇혀버린 지워진 기억들. 그런 것들이에요."

"그렇다면." 마야가 말했다. "지금 설명하신 내용은 전부……
무 아닌가요?"

예란은 기꺼운 듯 보였다. "바로 그겁니다. 정확히 그런 이유로
내가 유령이 존재한다고 말하면 그건 모순이라는 겁니다. 왜냐하
면 유령은 존재에 대한 부정이자 비어 있음이거든요. 하지만 존재
의 부재인 비어 있음은 막대한 힘을 소유하고 있어요. 일종의……
굶주림이죠. 나는 이곳으로 이사 왔을 때 내가 감지한 것, 처음부터
내 관심을 잡아끈 것이 바로 그 힘이라고 믿고 있어요."

"그렇다면 이 죽지도 살지도 못하는 존재가 실종사건에 관련되
어 있다고 보시는 근거는 뭐죠?" 마야가 물었다.

그가 눈을 가늘게 떴다. "당신은 어떻게 생각하죠?"

두 사람 다 선뜻 입을 열지 않았다. 마야는 확실히 그와의 대화가
불편해졌다. 얼른 이곳에서 나가야 한다는 생각이 들었다.

"저는 잘 이해가 안 돼요. 선생님이 말씀하신…… 그들의 굶주림
은…… 살아 있는 사람들을 향한 건가요?"

"그래요. 자신들에게 없는 육체와 영혼을 향한 굶주림이죠."

예란이 그녀에게 몸을 기울여 눈을 빤히 들여다보았다. 빛을 가
리자 그의 동공이 커졌다.

"이 영들은 뇌도 없기 때문에 자신들의 희생양이 죽고 나면 육체
도 영혼도 이용할 수 없다는 사실을 이해하지 못해요. 그게 문제죠.
완전히 비논리적이고요. 하지만 영혼을 상대하면서 논리를 기대할
수 없는 법이죠. 그것만큼은 확실하게 말할 수 있어요."

마야는 눈을 감고 그의 주장에서 논리를 엮어내려고 해보았다.
"그러니까 선생님 말씀은, 저 늪지에 매장되었을지 모르는 사람들

가운데 일부는 링곤베리 소녀처럼 신들을 즐겁게 해주려고 제물로 바쳐졌고, 일부는 이미 죽은 자들이 불러서 땅에 삼켜졌을 거다?"

"그래요. 물론 현대에 들어서는 오로지 후자의 경우만 일어난다고 추측하고 있어요. 더 이상 인간을 제물로 바치지 않는다는 전제 하에 말이죠."

마야는 일순 온몸이 긴장했다. 얼굴의 근육이 팽팽하게 당겨졌다. 그녀는 요한네스 아위에브와 스테판 비크에 대해 상세한 부분까지 대중에게 다 밝힌 것은 아니라는 사실을 그세야 떠올렸다.

"그렇죠?" 예란이 말했다. 그는 마야의 변화를 알아차린 듯 보였다. 그는 잠시 그녀를 바라보더니 엄지손가락을 입술에 갖다 댔다. "인신공양?" 그가 속삭이듯 말했다. "스테판 비크가 제물로 바쳐졌다고 생각하나요?"

"저는 그런 이야기는⋯⋯." 마야가 양손을 허공으로 던졌다. "죄송해요!"

"당신은 아무 말도 할 필요 없어요. 얼굴에 다 쓰여 있으니까. 그 무덤에서 뭘 발견했죠? 도구? 보석? 다른 귀중품? 돈?"

그녀가 그를 애원하듯 바라보았다. 하지만 그는 이미 자신만의 결론을 내린 듯했다.

"내가 늘 말했던 대로군요. 이왕 그들을 제물로 바치기로 했다면 그들에게 보낼 수 있는 만큼 쥐어주는 게 좋겠죠."

"이 일에 대해서 누구와 이야기를 해보셨나요?" 그녀가 물었다.

"누구와 이야기를 해봤냐고요? 나는 이 연구를 지난 30년 동안 해왔어요. 누구와 이야기를 해보지 않았겠어요?"

그는 흥분을 가라앉히려는 것 같았다.

"하나만 더 물어봐도 될까요?" 그가 열의에 찬 음성으로 물었다. "칼스타드 박물관에 다녀오셨다고 하니, 때로 시신을 고정하고 더해서 늪지에 깃든 존재로 부활하지 않도록 장대로 고정한다는 사실도 아시겠군요. 물론 장대로 그런 존재의 부활을 막는 행위는 전승에서나 나오는 이야기죠. 그렇다고 해도 꼭 물어봐야겠군요. 당신이 발견한 브롤란다에서 온 남자도 혹시…… 장대에 꽂혀 있었나요?"

마야가 보기에 그 장대는 오히려 반대로 작용한 것이나 다름이 없었다. 어쨌든 예란은 그녀에게 무슨 정보든 원했다.

"이 경우, 그런 종류의 정보는 곧 신문에 발표될 겁니다." 그녀는 이렇게만 말했다. "그때까지 기다려주세요."

그가 어깨를 으쓱했다.

"있잖아요." 그녀가 주제를 조금 바꾸었다. "이 존재들…… 어떤 모습을 하고 있을까요? 물리적인 면에서요."

"글쎄요. 당신이 상상하는 유령은 아니겠죠. 그런 모습을 상상하고 있다면 말이죠. 예부터 전해지는 이야기도 명확하지 않아요. 망자의 이미지가 수면에 떠오를 수는 있다는 이야기는 들었지만요. 내가 형태를 갖추고 나타난 그 존재를 목격했을지 모른다고 짐작했던 때의 모습은…… 연기나 안개였어요. 스르르 땅에서 피어오르는 것 같죠. 그리고 자신의 제물을 에워싸는 거예요."

"그 모습을 보셨다고요?"

"아주 오래전이었어요. 그 사건이 이런 현상들을 진지하게 바라보게 된 시발점이었던 것 같아요. 물리학자로서 나는 처음에는 육체가 없는 존재가 어떻게 물질화할 수 있는지 이해하는 데 애를 먹었죠."

"무엇을 보셨나요?"

"검은 뇌조. 이른 새벽이었어요. 그 새가 내 앞으로 오고 있었죠. 새는 나를 못 봤고 내가 먼저 봤어요. 계속 지켜보려고 살금살금 다가가려고 했죠. 새가 점점 몸을 부풀리더군요. 뇌조가 원래 그러잖아요. 그러더니 공포에 사로잡혀 날개를 퍼덕이기 시작했어요. 다음 순간 어딘가로 그대로 빨려 들어가는 것 같더군요. 바로 그때 똬리를 튼 연기를 봤어요. 순식간에 뇌조 한 마리가 자취도 없이 사라졌죠. 말 그대로 땅에 삼켜지는 것 같았어요. 충격이었죠."

"하지만 그곳은 늪 아니었나요? 그렇다면 늪에 빠졌을 수도 있잖아요." 마야가 반박을 해보려 했다.

"그렇게 생각할 수도 있겠죠. 하지만 아니었어요. 직접 가서 확인을 하지 않고는 못 배기겠더군요. 땅은 꽤 단단했어요."

"그렇다면 어떤 점에서는 선생님의 이론과 배치되잖아요. 늪지에 깃든 존재는 육체와 영혼을 가진 사람에 굶주려 있다고 하셨죠. 그들에게는 그 둘 다 없기 때문에."

"그래요. 하지만 내가 뭘 알겠어요? 어쩌면 꼭 사람이어야 할 필요가 없을지도 모르죠. 뇌조도 썩 나쁘지 않잖아요. 아까도 말했듯이 영혼을 다룰 때는 논리를 따져서는 안 돼요."

그가 일어났다. "잠시 걸을까요? 당신에게 보여주고 싶은 게 있어요."

마야가 동요했다. "저 밖에요? 늪지에서?"

그가 고개를 끄덕였다.

문을 두드리는 소리가 났다. 강하게 두 번. 나탈리에가 막 테이블에 앉아 노트북을 킨 참이었다.

살며시 문을 열어보니 관리인 알렉스가 한 손에 연장통을 들고 서 있었다.

"문." 그가 손짓을 하며 말했다. "자물쇠."

"아, 맞아요." 나탈리에가 대꾸했다. "뻑뻑해요. 엉뚱한 열쇠를 끼운 것처럼 아예 열리지 않을 때도 있고요."

알렉스는 아무 대꾸도 없이 연장통을 흘에 내려놓더니 작업을 시작했다.

나탈리에는 잠시 그를 지켜보다가 천천히 방으로 돌아와 침대에 누웠다. 드릴이 돌아가는 소리며 금속판이 달그락거리는 소리, 문틀과 문을 쿵쿵 울리는 소리에 귀를 기울였다. 그런 소음을 듣고 있으니 어느새 긴장이 스르르 풀어졌다. 최면에 걸리는 것과 비슷했다.

잠시 후 전화가 울렸다. '연구실일 거야.' 요전 날 그녀가 보낸 샘플에 대한 전화가 분명했다.

"여보세요, 나탈리에 스트룀입니다." 전화를 받자마자 뭔가 잘못되었다는 예감이 퍼뜩 들었다. 전화기 반대편의 여자는 용건을 제대로 전달하려고 애를 쓰면서 말을 더듬기까지 했다.

"분석 결과가 나왔는데, 이게 좀…… 당황스러운 수치가 나왔어요. 결과를 보내기 전에 미리 알려주는 게 나을 것 같아서 전화했어요."

"네." 나탈리에는 깜짝 놀라며 대답했다. "무슨 일이죠?"

"샘플에 문제가 있는 것 같아요. 당신이 찾고 있는 성분에 대한 증거를 전혀 찾을 수 없었어요. 그러니까 니트로젠이나 아산화질소, 메탄 말이에요."

나탈리에는 상대의 말에 기겁했다. "그게 무슨 말이에요? 나는 늘 하던 식으로 샘플을 채취했어요. 그런 결과가 나올 수는 없어요."

"미안해요. 하지만 전혀 검출되지 않았어요."

"샘플 전부 다요?" 나탈리에가 되물었다.

"전부 다요."

그녀는 입술이 바짝 타들어가는 것 같았다. 우울한 생각들이 수면 위로 고개를 쳐들었다.

'연구실에서 뭔가 실수를 했을 거야.' 그녀는 이렇게 생각했다. '뭔가 분석을 잘못했겠지. 아니면 요한네스 탓일까? 그때 그가 샘플을 채취할 때 실수를 했나?' 그때 문득 나탈리에는 최근에 보낸 샘플은 자신이 직접 채취했다는 사실을 떠올렸다.

'아니야, 이건 영들의 짓이야. 그들이 하는 짓이잖아. 그들은 다른 것을 몽땅 밀어내니까.'

"뭐라고요?" 그 여자가 물었다.

"아무 말도 안 했는데요." 나탈리에가 얼른 대답했다.

"밀어낸다고 하지 않았어요?" 그 여자가 다시 물었다. "무슨 말인지 모르겠어요."

"다시 한번 살펴보겠다고 했어요. 새 샘플을 곧 보내야겠어요. 아니면 그 샘플 결과 없이 진행하거나. 괜찮을 거예요. 그럼, 잘 있어요."

나탈리에는 그 여자가 무슨 말을 하기도 전에 전화를 끊었다. 눈꺼풀 안쪽으로 뜨거운 눈물이 차오르고 피로가 몰려왔다. 눈을 감으며 뒤로 기댔다. 그렇게 잠시 졸았던 것 같았다.

눈을 뜨니 바로 옆에서 어떤 형체가 탑처럼 그녀를 굽어보고 있었다.

"맙소사." 그녀가 그 형체의 정체를 알아차리고 말했다. "알렉스. 놀랐잖아요. 당신이 여기 있다는 걸 깜박했어요."

"작업을 다 끝냈어요." 그가 말했다.

그녀가 일어나 앉았다. "알았어요. 다행이네요. 정말 고마워요."

그는 꿈쩍도 하지 않았다. 빛이 그의 등 뒤로 떨어지는 바람에 하얀 눈이 두 개 달린 커다란 그림자처럼 보였다.

"도와줘서 정말 고마워요." 그녀가 다시 말했다.

바로 그때 뭔가가 벌어졌다. 그의 존재가 다른 것으로 변화한 것 같았다. 그의 텅 빈 시선이 짧은 순간이지만 어느 때보다 맑고 명징하게 바뀐 것처럼 말이다.

그녀는 소름이 끼쳤다. 이 사람…… '정상'인가?

그는 나탈리에를 가만히 보기만 했다. 보일 듯 말 듯 미소를 지은 것 같기도 했다. 그러더니 몸을 돌려 집을 나갔다.

마야와 예란은 나무가 듬성듬성 자란 숲속으로 난 좁은 길을 따라 걸었다. 숲을 걷기 시작한 지 30분 동안 두 무리의 사람들과 마주쳤다. 처음에는 10대 다섯 명이었고 두 번째는 30대 여자 두 명과 남자 한 명이었다. 그들은 좁은 길에서 서로 지나가기 위해 옆으로 몸을 돌려야 했다.

"평소 이 주위는 사람 구경하기 힘든 곳이죠." 예란이 웅얼거리듯 말했다. "시신 한 구가 무엇을 몰고 왔는지 보면 재미있어요."

마야는 범죄 현장이 사람을 끌어당기는 현상에 대해 어느 정도 익숙했다. 공포를 경험하고 현장을 자신의 눈으로 직접 보고 싶어하는 사람들이 많다. 습지를 떠도는 오래된 소문과 설화들도 그런 열기를 잠재우는 데 도움이 되지 않을 것 같았다.

마야가 사진을 찍기 위해 간간히 멈춰 서면 예란도 함께 멈췄다.

사진이 마음만큼 잘 찍히지 않았다. 어딘지 경직되고 작위적인 느낌이 들었다. 예란을 곁에 두고 작업을 하기도 편치 않았다. 평소에는 주위에 사람이 있어도 신경이 쓰이지 않았다. 아마도 예란을 둘러싼 분위기에 영 석연치 않은 구석이 있어서인 듯했다. 게다가 그녀의 신이 숲길에 적당하지 않아 다 젖어 발까지 시렸다.

"당신이 작업하는 모습을 직접 보니 재미있네요." 그가 말했다. "나는 어느새 이런 풍경을 못 보고 산 것 같아요."

"맞아요." 마야가 말했다. "살다 보면 그렇죠."

두 사람은 잠자코 걸었다.

"한 가지 물어봐도 될까요?" 그녀가 물었다. "라르손가의 큰딸에게 무슨 일이 있었는지 아세요?"

"트레이시? 잘 몰라요. 아무도 그 일에 대해서는 이야기하고 싶어 하지 않아요. 하지만 사람들이 반쯤 농으로 영이 그 아이를 데려 갔다고 한다는 건 알죠." 그가 고개를 가로저었다. "사람들은 멍청해요. 그런 일을 두고 농담을 하다니."

"하지만 선생님도 영이 데려갔다고 믿으시잖아요?"

"그럴 수도 있죠. 그날 날씨가 어땠는지 모르지만."

"날씨요?" 마야가 우뚝 멈춰 서며 물었다.

"유령은 날씨가 갑자기 변할 때 자신의 제물을 고른다는 이론이 있어요." 예란이 설명했다. "아니면 그 반대이던가요. 제물을 고르는 과정이 날씨에 영향을 주는 거죠. 대개는 느닷없이 폭풍우가 휘몰아쳐요. 일단 제물이 정해지면 갑자기 다시 평온해지죠."

"이해가 안 돼요. 날씨가 그 일과 무슨 관계가 있죠?"

예란이 한숨을 쉬었다. "당신은 엉뚱한 것에 초점을 맞추고 있군요. 엉뚱한 질문을 한다는 편이 더 정확하겠어요."

그녀는 소름이 끼쳤다. 그는 자신의 생각을 너무나 강하게 확신하고 있었다. 진심으로 자신의 생각을 100퍼센트 확신하는 것처럼 말이다. 그 확신이 너무 단단해서 다른 사람의 귀에는 어떻게 들릴지 생각조차 못 하는 것 같았다.

"그렇다면 선생님은요?" 그녀가 물었다. "라르손 가족은요? 장원의 저택에서 지내는 사람들은 어때요? 이곳에 사는 여러분은 언젠가 영에게 선택당할 엄청난 위험을 안고 사시는 것 아닌가요?"

"그렇죠. 그리고 트레이시도 그런 변고를 당했을지도 모르죠. 우리는 그저 운이 좋았던 것일지도 모르고요. 직접 봤잖아요. 이곳의 버려진 폐가들을. 그 집에 살던 사람들에게 무슨 일이 있었는지 누가 알겠어요. 적어도 나는 몰라요. 감도 못 잡겠어요. 나는 그럴듯한 해답을 하나도 알아내지 못했어요."

그가 멈춰 서서 고요한 풍경을 바라보았다.

"그 사람들은 그저 집을 버리고 떠난 게 아닐까요? 그걸 확인하는 건 어렵지 않을 텐데요." 마야가 말했다. "위본네 라르손이 그 집으로는 돈이 안 된다는 말을 했던 것 같아요."

"그래요, 그건 정말이에요. 어느 누가 이곳에 이사를 오겠어요? 지난 사건이 이 지역의 평판에 도움이 될 리도 없을 텐데요. 사람들이 매혹적이라고 여기면서도 거리를 두고 싶어 하는 건 풀리지 않는 미스터리뿐일걸요."

"선생님은 두렵지 않으세요?" 그녀가 물었다.

"두렵냐고요? 아뇨. 유령에게 잡아먹히는 순간이 내 경력의 정점일 텐데요."

"그러면 아직 끌려가지 않아서 조금 아쉬우신가요?"

그가 웃음을 터뜨렸다. "많이 늦지 않았어요. 누구든 어떤 식으로든 죽게 마련이죠. 적어도 그 일은 흥미로울 거예요."

"그런데 제 착각이 아니라면." 마야가 말했다. "영에 의해 늪지로 끌려 들어간 사람들은 장대에 고정되지 않았어요, 그렇죠?"

그가 다시 웃음을 터뜨렸다. 오랜만에 정말 배꼽 빠지는 이야기를 들었다는 듯이 요란하게 웃었다. "그래요. 그 영들이 그런 짓까지 할 수 있을 것 같지 않아요. 장대 고정은 멀쩡하게 살아 있는 사람들이 행한 구체적인 행위죠." 그가 멈추더니 나무가 무성하게 자란 늪지를 가리켰다. "당신에게 이곳을 보여주고 싶었어요."

나뭇가지들 사이에 서 있는 것이 마야의 눈에 들어왔다. "오두막인가요?" 그녀는 예란을 따라 안으로 들어갔다.

"이건 예전에 지은 나탈리에의 오두막이에요. 이곳에서 친구인 율리아와 놀았죠."

마야가 오두막의 목재 부분을 살펴보니 새것 같았다. 금속 지붕도 오두막에 올린 지 몇 년밖에 되지 않은 것 같았고, 재료로 쓰인 목재도 새것처럼 보였다. 그녀는 몸을 숙이고 작은 벽장문을 열었다. 그곳에는 만화책과 비스킷 봉지들이 널려 있었다. 그런데 그것들 또한 전혀 오래된 것처럼 보이지 않았다.

"나탈리에가 이곳을 떠난 지 14년은 되었을 거예요. 그런데 이 오두막은 최근까지 사용한 흔적이 있네요. 상태도 멀쩡하고요."

"알아요. 흥미로운 이야기죠. 아이들이 이 집을 지을 때 나도 도왔어요. 말하자면 이 집의 유통기한은 벌써 지났어요. 두 아이의 부모들은 이 집에 대해서 몰랐어요. 알았다면 이런 집을 짓도록 허락하지 않았을 거예요. 두 아이에게 보호자 없이 이 늪지에 오는 것도 허락하지 않았으니까요. 하지만 아이들은 너무 오고 싶어 했어요. 생각해보니 이곳에서 마구 돌아다니게 놓아두느니 내가 아는 안전한 곳에서 놀게 하는 편이 낫겠더라고요."

"그래서 지금까지 유지보수를 하신 거예요?"

"아뇨. 그냥 내버려 뒀어요. 당신이 알고 싶어 할 것 같아서요. 아이들이 이 집을 더 이상 찾지 않게 되자 누군가…… 이곳을 차지한 것 같아요."

"그 사람이 누군지 아세요?"

그가 고개를 숙였다. "네."

"누구죠?"

"그 사람이 누구든 문제가 생기는 일은 원하지 않아요. 이건 알아주면 좋겠군요. 나는 그 사람과 아무 문제가 없어요. 하지만……."

"누구예요?"

"그 사람 이름은 알렉스예요. 장원 저택의 관리인이죠."

"성인이에요?"

"신체는 성인이지만 정신적으로는 그렇지 못해요. 저택 근처의 집에 사는데 아마 이 늪지를 누구보다 잘 알 거예요."

"어떻게요?"

"시간이 날 때마다 이곳에 오니까요. 그는 새와 다른 동물들을 찾아다녀요. 그리고 관찰한 동물들에 관해서 일지 같은 걸 쓰죠. 그가 제일 좋아하는 곳이 바로 여기예요."

마야가 주위를 둘러보았다. 오두막은 눈에 잘 띄지 않는 곳에 숨은 듯 있었지만 안에서는 멀리까지 잘 보였다.

"그 알렉스라는 사람 말이에요." 그녀가 말했다. "어떤 사람인지 설명해주세요."

"무슨 뜻이죠?"

"음, 어떻게 생겼나요? 자세나 걸음걸이가 어떻죠?"

"왜 그걸 묻죠?"

"늪지를 돌아보면서 사진을 찍을 때 이 근방에서 누군가를 봤거든요. 매우 독특한 걸음걸이로 걷는 사람이었어요."

"맞아요. 알렉스였을 거예요. 구부정하게 상체를 숙이고 걷거든요." 예란이 시범을 보여주며 말했다. "자신의 키보다 더 작아 보이고 싶은 것처럼."

마야가 전화기를 꺼냈지만 신호가 잡히지 않았다.

"전화를 해야겠어요." 그녀가 다급한 눈빛으로 예란을 바라보았다.

"장원 저택까지 가야 해요. 그곳이 문명 세계에 더 가까우니까요." 그가 대답했다. "게다가 그곳에 간 김에 알렉스와 이야기를 해 볼 수도 있겠죠."

"지금 막 점심 시간이 끝났어요. 하지만 남은 음식이 있을 테니 배가 고프시다면, 준비해드리죠." 마야와 예란이 저택의 로비로 들 어가자 앙네타가 말했다.

앙네타가 예란을 반갑게 포옹하고 마야에게도 미소를 지었다.

"경찰이 또 나왔나요? 혹시 '꿈의 삶을 창조하세요' 코스에 관심 이 있어서 오신 건가요? 아무튼 나쁜 뉴스가 아니기를 바라요."

"아니에요." 마야가 말했다. "우리는 그저 저택의 관리인과 이야 기를 해보려고 왔어요."

"알렉스요. 방금 봤어요. 잠시만 기다리세요. 데리고 올게요."

앙네타가 그곳을 나갔다가 금방 돌아왔다.

"알렉스가 아무 데도 안 보이네요. 집으로 갔나 봐요. 어디에 사 는지 아세요?"

"내가 알아요." 예란이 대답했다.

좁은 자갈길이 정원에서 숲으로 이어졌다. 마야는 길 아래로 언 뜻 보이는 붉은 집이 관리인의 집이리라 짐작했다.

"여기가 그의 집이에요." 예란이 말했다. "몇 번 그를 찾아갔죠. 좋은 사람이에요. 말수는 없지만 은근히 상냥해요."

두 사람이 문을 노크하고 소리쳐 불렀지만 알렉스는 보이지 않았 다.

"알렉스는 저곳을 작업장 겸 창고로 쓰죠." 예란이 근처 옥외 건물 하나를 가리키며 말했다.

　문이 열려 있었다. 안에서는 신선한 냄새가 났다. 연장들은 소름이 끼칠 정도로 말끔하게 벽에 정리되어 있었다. 게다가 바닥은 마야의 집보다 더 깔끔했다.

　"알렉스?" 그녀가 불렀다.

　그곳에서도 대답은 없었다. 마야가 알렉스의 작업장을 계속 둘러보는 동안 예란이 다시 밖으로 나갔다. 작업대의 플라스틱 쟁반에는 지도가 한 장 있었다. 그녀는 몸을 숙여 지도를 더 자세히 살폈다.

　지도는 귀가 접혀 있고, 메모와 기호가 잔뜩 적혀 있었다. 자세히 보니 어떤 표시들은 그가 새와 다른 동물들을 관찰한 곳이었다. 그녀가 도저히 알아볼 수 없는 표식들도 있었다.

　그녀는 일단 휴대폰으로 지도를 찍고 그곳을 나섰다. 나가는 길에 사진을 확대해서 표시가 그려진 곳을 더 자세하게 살폈다.

　같은 기호로 표시해둔 곳이 모두 여섯 군데였다. 그리고 그녀가 지도와 방위를 잘못 읽지 않았다면 그중 하나는 스테판 비크가 발견된 곳인 것 같았다.

　"트레이시의 죽음이 그해 여름 일어난 유일한 비극이 아니었어요." 나탈리에가 말했다.

　병원을 찾은 그녀는 침대에 누워 있는 요한네스를 바라보았다. 열린 창문으로 도로에서 나는 소리가 들렸다. 길을 가는 누군가가 웃음을 터트리고 누군가는 차에 시동을 걸었다.

"그해 일어난 또 다른 비극을 당신에게 이제부터 들려주려고 해요. 쉽지 않지만 어차피 여기까지 왔잖아요. 계속하는 게 좋을 것 같아요. 당신에게 전부 털어놓는 게 좋을 것 같아요."

하지만 그녀는 20분이 넘도록 아무 말도 하지 않았다. 그녀는 검지로 요한네스의 손목을 위아래로 훑으며 2002년 8월 모든 것이 끝나버린 그날 밤을 떠올렸다. 율리아의 언니가 늪에 빠져 사라지는 모습을 지켜본 후 가장 친한 친구였던 율리아를 잃은 열두 살의 나탈리에에 대해서. 점점 무거워지는 침묵과 뼛속까지 스며드는 고통에 대해서.

'왜 아무도 말하지 않았을까?'

'어째서 모든 것이 그토록 고요해졌을까?'


그 마지막 날은 모스마르켄의 나탈리에의 집, 나탈리에의 방에서 시작되었다. 나탈리에는 라디오 소리와 커피 메이커 소리에 잠이 깬 기억이 났다. 언제나 포근하고 마음이 편해진다고 생각했던 커피 떨어지는 소리가 웬일인지 뭔가를 북북 긁어대고 성을 내며 씩씩거리는 것 같았다. 들어가 누우면 행복감이 밀려왔던 푹신한 침대도 푹 꺼지고 절망으로 가득 찬 것 같았다. 천장 나뭇결에서 입처럼 생긴 부분들이 그 어느 때보다 큰 소리로 비명을 질러대는 것 같았다.

일어나 부엌으로 가보니 콘플레이크 상자와 우유가 나와 있고 그 옆에서 빈 그릇과 차가운 숟가락이 기다리고 있었다.

"잘 잤니." 엄마의 목소리. 기억 속 그 목소리는 어찌나 유령처럼 으스스한지.

"아빠는 어디에 있어요?" 붉은 셔츠를 입은 아빠가 부엌 창문으로 휙 지나가는 모습을 봤지만 나탈리에가 물었다. 아빠는 이내 기름으로 양손이 시커멓게 된 채 부엌으로 들어왔다. 건조한 정원으로부터 한 줄기 바람이 휙 불어오나 싶더니 문이 쾅 닫혔다.

"일어났니, 나티. 푹 잤어?"

더 이상 존재하지 않는 단어들에 대한 기억. 그 마지막 날의 단어들. 그 말들이 그녀의 봄으로 흘러 들어가며 희망을 꺼트리고 불씨를 피우면서 떠돌았다. 더 이상 존재하지도 않는 말들이 어떻게 이토록 마음을 할퀴어댈 수 있을까?

나탈리에는 요한네스의 손목을 계속 어루만졌다. 그녀는 자신의 손길이 얼마나 난폭한지도 알아차리지 못했다.


늪지 근처에 사는 주민들은 그날 저녁 한 사람도 빠짐없이 노르스트룀 가족의 집에 모일 예정이었다. 말하자면 주민 회의를 열기 위해서였다. 저녁을 먹은 후 나탈리에의 부모는 술을 꺼냈다. 두 사람은 손님들이 속속 도착하기 전에 술을 섞어 음료를 준비했다.

"오늘 밤에 우리 집에서 어른들끼리 모일 거야." 엄마가 말했다. "너는 과자 챙겨서 네 방에 가 있고 싶으면 그렇게 해."

이윽고 주민들이 도착했다. 예란. 앙네타와 구스타브. 위본네와 페데르. 그 외에도 여러 집과 농장 사람들이 왔다. 기억이 흐릿했다.

나탈리에는 스르르 잠이 들었다가 갑자기 잠에서 깬 기억이 났다. 감정이 격앙된 시끄러운 목소리들이 떠올랐다. 손님들이 모두 집을 떠난 후 찾아온 정적. 머리가 빙빙 돌았다. 잠시 후 다투는 소리가 또 들렸다. 분노에 찬 아빠의 목소리.

그리고 총성들.

나탈리에는 그 총성들을 기억했다.

그녀는 이제 더 이상 요한네스의 팔목을 쓰다듬지 않았다. 마치 추락하지 않으려는 사람처럼 그의 손목을 쥐어짜듯 붙잡고 있었다. 매달릴 수 있는 유일한 단단한 물체라는 듯 말이다.

나탈리에는 부엌으로 내려가 피를 흘리며 바닥에 쓰러져 있는 엄마를 본 순간을 기억했다. 몇 해 전 나탈리에가 직접 엄마에게 골라줬던 푸른색 튜닉.

'푸른색이라고? 정말 그렇게 생각해? 그렇다면 그렇겠지.'

아빠는 엄마 바로 옆에 있었다.

'아빠가 다쳤어. 머리가 깨졌어. 경찰에 신고해. 머리가 깨져서 엄마 옆에 쓰러져 있어. 피가 나. 막 쏟아져. 엄마, 아빠 피가 다 빠져나오고 있어요. 멈출 수가 없어…….'

밖에서 기다려.

'나는 밖에서 기다리고 있어요.'

그리고 마당에 세워둔 차로 가 경찰과 구급차가 올 때까지 안에서 기다렸다.

그 후 어느 정도 시간이 경과하자 그녀 안의 모든 문이 닫히고 불이 꺼졌다. 부모님과 함께 별들 사이를 떠다니는 것 같았다. 부모님이 그녀 주위에서 춤을 추고 웃고 꼭 안고 있었다.

나도 죽어서 천국에 온 걸까?

나탈리에는 부모와 자신 사이의 경계가 사라진 것 같았다. 엄마와 아빠는 두 분이 서로에게 품었던 사랑이 되어버린 것 같았다. 그 사랑은 학교 행사에서, 햇살 따사로운 가을날에, 수영을 하려고 호수로 나가는 차에서 반짝반짝 빛을 냈고 엄마의 눈과 아빠의 목소리 속에 깃들어 있었다.

동시에 충격이 얼음처럼 차갑고 강철처럼 날카롭게 서서히 그녀를 뚫고 들어왔다. 박살난 것은 약속이었다. 그녀의 장래에 대한 약속이었다. 그 약속이 피를 흘리며 부엌에 쓰러져 있었다. 그리고 엄마의 튜닉처럼 파랗고 밝은 빛. 사방이 모두 파란색이었다.

사이렌의 노랫소리.

이어지는 질문들과 대답들.

"네게 상처를 주지 않고 이 말을 할 방법이 없구나, 나탈리에. 네 아버지가 네 어머니를 쏘고 자살을 한 것 같아."

*여기서 나가고 싶어. 당장.*

*나를 여기서 데리고 가줄 수 있어요, 지금 당장?*

*당신은 기억으로부터 어떻게 벗어나죠?*

레이프가 전화를 받지 않자 마야는 메시지를 남겼다. 하지만 결국 더 참지 못하고 차에 올라타 숲을 통과하는 길로 차를 몰아 칼스타드 방향 E45 고속도로로 진입했다.

레이프가 마침내 마야의 전화를 받았을 즈음 그녀는 이미 그의 아파트 주차장에 차를 세운 후였다.

"집에 계세요?" 마야가 물었다.

"집에 있어요." 그가 대답했다.

"지금 올라가요. 곧장요."

그가 호기심이 가득한 표정으로 그녀를 복도에서 맞이했다.

"쉬는 날에 여기까지 직접 온 거예요?" 그가 말했다. "무척 중요한 일인가 보군."

"커피 있어요?" 마야가 숨을 몰아쉬며 물었다.

"있죠." 레이프가 부엌으로 가며 말했다.

마야가 식탁에 초조한 기색으로 앉자 레이프가 머그잔 두 개를 들고 왔다.

잠시 후 마야는 자신이 관리인의 작업장에서 발견한 내용을 모두 말했다. 레이프는 의자에 등을 기대고 팔짱을 낀 채 그녀의 이야기에 귀를 기울였다. 마야는 휴대폰에 저장된 지도 사진을 보여주며 이야기를 마무리했다.

"그러니까 당신 말은……." 그는 의자에서 앉은 자세를 바꾸며 말했다. "당신 생각에는……."

마야가 머리를 낮추고 그를 바라보았다. "저는 그 사람이 표시해둔 지점이 다른 제물들이 매장된 장소일 수도 있다고 생각해요. 어쨌든 스테판 비크가 발견된 지점이 거의 정확하게 표시되어 있잖아요."

"하지만 왜죠?" 레이프가 되물었다. "그 사람이 누굽니까?"

"몇 년 전부터 장원 저택에서 관리인으로 일하고 있어요. 지적으로 경미한 발달지체라고 하더군요, 사람들 말로는요."

"그 사람들은 또 누구예요?"

"그런 이야기를 들었어요……."

한참 동안 두 사람은 아무 말도 하지 않았다. 벽에 걸린 뻐꾸기시
계에서 내키지 않는 듯 소리를 죽여 끼익끼익 하는 소리가 매초 허
공을 갈랐다.

"우선 그 사람이 표시해둔 지점을 찾아가서 조사부터 해봅시다."
마침내 레이프가 말문을 열었다. "떠들썩하게는 하지 말고요. 일단
우리끼리만 움직여요. 확인부터 해봐야 하니까."

두 사람은 지도를 출력하고 레이프의 창고 방에서 나침반과 삽을
챙겼다. 이윽고 두 사람은 마야가 온 길을 되돌아 늪으로 향했다.
한 대가 앞장서고 나머지 한 대가 뒤따라 숲을 통과했다. 숲, 숲,
숲. 마야는 이 지역의 숲이 얼마나 드넓고 울창한지 거의 잊고 있었
다.

마침내 모스마르켄의 주차장에 도착했다. 마야가 레이프의 차로
가 조수석에 탔다. 두 사람은 지도를 검토하고 어느 지점을 제일 먼
저 찾을지 의논했다.


어스름이 실크 커튼처럼 지상으로 내려왔다. 두 사람은 최대한
지도를 참고하며 힘차게 늪지로 들어갔다.

15분 후 두 사람은 장대가 있어야만 하는 곳에 가까이 갔다. 일
단 헤어져서 각자 찾아보기로 했다. 목조 보행로를 이리저리 돌아
다니고 그 길을 따라 걷고 늪으로 들어갔다. 그 주위는 걷기가 쉬운
편이었다. 발을 내디뎌도 지면에서 물이 스며 나오지 않을 정도였
다. 문제는 지도에 표시된 지점을 찾아내는 것이었다. 지도의 표시
는 지름이 50미터에 가까운 지역을 의미했기 때문이다.

"오, 세상에!" 레이프가 소리쳤다.

그가 곧장 마야를 불렀다. "여기예요. 여기라고요, 마야! 여기 뭔가가 튀어나와 있어요!"

레이프가 조심스럽게 땅을 파는 동안 마야가 손전등으로 땅을 비추었다. 마야는 그와 함께 풀 더미를 뽑고 그가 파낸 흙을 치우며 손을 보탰다. 그녀는 한참 동안 그저 쪼그리고 앉아 풀 더미를 들여다보았다. 다양한 색깔의 이끼와 종처럼 생긴 작은 꽃들이 섬세하게 모여 있는 그곳은 저만의 세상을 이루고 있는 것 같았다.

땅을 판 지 한 시간이 다 되어갈 무렵, 토탄에서 뭔가가 보였다. 그곳에 있을 이유가 없어 보이는 것이었다.

레이프가 무릎을 꿇었다. 그는 흙을 털어내듯이 매끄러운 표면을 만지며 손끝으로 살짝 눌러보았다. 그러더니 잠시 후 허리를 펴며 마야를 돌아보았다.

"젠장, 마야. 내 생각에 이건…… 피부 같아요. 아니면 가죽이거나." 그가 황급하게 손목으로 코를 닦았다. "내가 틀렸을 수도 있겠지만 여기에 사람이 묻혀 있는 것 같아요."

한 시간 후 그들은 주차장에서 과학수사대원들과 순찰차를 맞았다. 그들은 보행로를 걷는 유령 행렬들처럼, 흰색 보호복을 입고 발견 장소로 무리 지어 들어왔다. 다시 한번 있을지 모를 증거를 보호하기 위해 늪지 위에 텐트가 세워졌다.

그로부터 몇 시간이 흘렀다. 동이 트며 새날이 밝아왔다. 그곳에서 들리는 소리는 카메라가 찰칵거리고 누군가 움직일 때 보호복에서 나는 마찰음뿐이었다. 그 사이로 사람들의 간략한 의견이나 질문이 섞여 들렸다.

"이걸 어떻게 처리하죠?"

"붓질을 해요."

"여기 뭔가 있어요."

정말 땅속에는 사람이 있었다.

마야는 시신이 조금씩 모습을 드러내는 과정을 카메라 렌즈에 모두 담았다. 한쪽 팔과 머리, 한쪽 귀가 나타났다. 토탄에 파묻혀 자연의 품 안에 안겨 있던 여자였다.

"주머니를 확인해봐요." 레이프가 시신 위로 몸을 숙이고 있는 과학수사원에게 말했다. 레이프는 주위를 서성거리며 남아 있는 옷가지를 수색하는 여성 수사대원의 손가락을 유심히 바라보았다.

몇 분 후 그녀가 익숙한 천 주머니를 들어 올렸다.

"알아보시겠어요?"

레이프가 그 주머니를 받아 들고 입구를 열어 내용물을 확인했다. 그가 마야와 눈을 마주치고 고개를 살짝 끄덕였다.

마야가 카메라를 옆에 내려놓고 근처로 가 앉았다.

그녀는 범죄 현장에서 시선을 돌려 주변 풍경을 바라보았다. 어두운 하늘을 배경으로 나무들의 실루엣이 드러났다. 그들은 운이 좋았다. 바람이 불지 않아서 마야는 옷을 무척 얇게 입고 있었지만 추위를 견딜 만했다.

다시 어스름이 내려오는 순간 피로가 마야를 엄습해왔다. 처음으로 누군가 레이프에게 시신을 발견하게 된 경위를 묻는 소리가 귀에 들어왔다. 레이프가 그들에게 지도와 표시에 대해서 말해주었다.

"그렇다면 이런 곳이 더 있다는 겁니까?" 그 사람이 물었다.

레이프가 쪼그리고 앉아 장갑을 벗고 양손으로 마른세수를 했다.
"그래요." 마침내 그가 말했다. "더 있을 거예요."

# 제5부




싸늘한 아침, 마야는 부츠에서 진흙을 닦아내고 카메라 가방을 어깨에 걸고 나갔다. 들판과 초원 위로 기계적으로 딱딱거리는 딱따구리 소리가 그녀를 맞아주었다.

수면 부족으로 노곤했다.

침대에서 세 시간. 전날 밤 그녀가 눈을 붙일 수 있었던 시간은 고작 그것뿐이었다. 그 전날 밤도 마찬가지였다. 그녀는 인생에서 많은 일을 겪었다. 하지만 그 경험들은 지금 벌어지는 일들에 비하면 아무것도 아니었다. 지도에 표시된 지점에서 시신을 찾은 개가 의기양양하게 짖고 나서 그 지점을 조명등이 서글픈 별처럼 비추면 주위로 바리케이드를 치는 일이 되풀이되었다.

작업 인원이 충분하지 않았다. 그래서 레이프는 지원과 추가 인력을 요청해야 했다.

딱 일주일 만에 그들은 습지에서 시신 다섯 구를 더 찾아냈다. 물론 그 시신들은 역사적인 발견과 아무 관계도 없었다.

티나 가브리엘손, 48세, 트롤헤탄 출신, 2004년 3월 칼스타드로 출장을 간 직후 실종.

세르지오 만시니, 59세, 2008년 3월 베네르스보리의 훈네베리 공원에서 조깅을 하던 중 행방불명.

에이라 발그렌, 77세, 2010년 10월 오몰의 뉘고르드 묘지에 있는 남편의 무덤을 찾은 후 실종.

칼 팔렌, 62세, 2014년 10월 혼자 살고 있던 멜레루드의 집 밖에서 마지막으로 목격됨.

그들이 찾아낸 마지막 피해자는 스물한 살의 사라 몬손으로 밝혀졌는데, 그녀는 2006년 10월 에드슬레스코그의 집으로 귀가하던 중 행방불명이 되었다.

그녀의 얼굴은 가죽처럼 변했지만 완벽하게 보존되어 있었다. 그래서 그녀의 부모는 통상적인 방식으로 딸을 확인할 수 있었다. 마치 그녀가 아주 최근에 사망한 것처럼 말이다.

"맞아요. 우리 애가 맞아요."

10년이 흘렀다.

마야는 경찰서에서 사라의 부모와 마주쳤다. 레이프와 이야기를 하기 위해 기다리던 두 사람을 마야가 우연히 지나친 것이다. 그녀는 두 사람에게 인사를 건네며 뭘 마시고 싶지 않은지 물어보았다.

"고맙지만 괜찮아요." 두 사람이 대답했다.

마야는 그 부부를 보자마자 서로 어찌나 닮았는지 깜짝 놀랐다. 부부는 구불거리는 머리를 똑같이 짧게 잘랐고, 눈과 머리 색깔이 똑같이 평범하고 체격이 왜소했다. 정중한 태도와 친절하지만 긍

정적인 감정이 느껴지지 않는 어조까지 똑같았다. 마치 두 사람이 하나가 될 때까지 서로를 지탱해온 것 같았다. 넘어지지 않기 위해 똑 닮은 두 사람이 필요했던 것 같았다.

"딸아이가 발견될 거라고 한 번도 믿지 않았어요." 사라의 어머니가 말했다.

마야는 두 사람의 맞은편에 앉았다.

"그래서 어떤 면으로는 끔찍한 현실과 마침내 화해를 한 느낌이에요." 그녀가 계속 말했다. "아이를 묻을 기회를 얻고 어쩌면 무슨 일이 있었는지도 알게 되겠죠. 무엇보다 내가 완전히 포기한 게 있어요. 딸아이를 마지막으로 한 번 더 보는 거죠. 그 아이를 만져보고 싶었어요. 마지막으로 한 번 더."

그녀는 마지막 말을 단어 하나하나 힘주어 말했다. 마지막으로. 한 번. 더.

"나는 오히려 그 반대의 심정이었어요." 사라의 아버지가 말했다. "그동안 나는 아이가 여전히 살아 있다고 믿었어요. 언젠가는 다시 만날 수 있다고요. 아이가 죽었다고 생각하기 싫었어요. 한 해 한 해 흐를수록 딸이 한 살씩 더 먹은 모습으로 상상했죠. 그런데 이제⋯⋯." 그의 시선이 마야 옆의 어느 지점에 고정되었다. "그 아이는 여전히 스물한 살이군요. 그 애가 실종된 날 아침 잘 다녀오라고 인사를 한 날에서 하루도 더 나이 먹지 않았어요. 그 세월 동안 내가 상상한 것, 내가 만들어내고 믿었던 것이 전부 박살 났어요."

그가 손가락으로 눈을 지그시 눌렀다. "그 애가 실종되기 전날 내가 머리를 잘라줬어요. 항상 내게 머리를 잘라달라고 했거든요.

머리 모양이 여전히 그대로네요. 여기……." 그는 한 손으로 한쪽 관자놀이를 문질렀다. "여기는 좀 짧고 뒤쪽은 더 길었죠. 별로 예쁘지 않았어요." 그가 빙그레 웃으며 말했다. "하지만 사라는 신경 쓰지 않았어요. '괜찮아요, 아빠.' 그렇게 말했죠."

그가 무너지듯 의자에 앉아 양손으로 머리를 앞뒤로 어루만졌다.

마지막 희망이 사라진 사람을 지켜보는 일을 그 무엇에 비할 수 있을까. 하물며 그 희망이 아이를 찾거나 친족을 살아서 다시 만나는 것이라면. 상황은 사람마다 다 다르다. 자세한 사정은 늘 달랐다. 하지만 사랑하는 이를 잃은 사람들이 들어가 있는 공간은 항상 똑같은 것 같았다. 그곳에는 그들이 매달릴 것이 아무것도 없다. 아무것도.

"혹시 경찰이신가요?" 사라의 어머니가 조용하게 물었다.

마야가 고개를 저었다. "저는 사진가예요. 시신이 발견된 현장을 사진으로 찍었죠."

"동전에 대해서 아세요? 그 애가 주머니에 동전을 잔뜩 넣고 있었다고 들었어요."

마야가 그녀의 눈을 똑바로 바라보았다. "저는 그 질문에 대답할 수 있는 사람이 아닙니다."

"동전을 가지고 있다니 그게 무슨 뜻이죠? 왜 그 애가 동전을 가지고 있었을까요? 그걸 어디서 구했을까요?"

마침 레이프가 사무실 문을 열고 나오자 마야가 그를 가리켰다. "그 문제는 저분에게 여쭤보세요."


"2012년에 실종된 스테판 비크까지 포함하면 우리가 발견한 시신은 모두 여섯 구입니다." 얼마 후 칼스타드 경찰서 회의실에 회의 참석자들이 모두 들어와 앉자 레이프 베리그렌이 시작했다. 그가 시신을 발견한 장소를 표시해놓은 지도를 가리켰다. 그 옆으로 지금까지 알려진 피해자들의 명단과 사진이 있었다. 마야는 레이프가 기발한 안경을 자신의 턱 아래에 끼워놓은 것을 보았다. 붉은 테였다.

"피해자들은 모두 지난 12년 동안 그곳에서 살해당했습니다." 그가 계속했다. "가장 오래 있었던 티나 가브리엘손은 2004년에 사라졌죠. 시신은 모두 머리에 비슷한 상처가 있었습니다. 둔기에 맞은 흔적이었고요. 그들은 모두 몸에 장대가 꽂혀 있었고 주머니에는 동전이 잔뜩 든 천 주머니가 하나 혹은 그 이상 들어 있었습니다. 동전은 대부분 10크로나짜리였죠. 거의 그랬습니다. 그들은 모두 3월이나 10월에 실종되었고, 보다시피 범행은 2년에 한 번씩 발생했습니다. 그 이유는 아직도 오리무중입니다."

"지금까지 알아낸 사실들을 보면 요한네스 아위에브가 다음 희생자가 될 뻔했다는 가설에 부합하네요." 마야가 말했다. "마지막 피해자가 실종된 지 2년이 흘렀으니까요. 카를 팔렌."

"그래요. 우리도 그렇게 짐작하고 있어요." 레이프가 말했다.

시신 발굴 작업이 시작된 후 마야는 원래 계약한 주 열여섯 시간을 넘겨서까지 수사에 참여했다. 그녀는 브리핑에 최대한 많이 참가하려고 했고 나머지 시간도 대부분 현장에서 보냈다. 그때 그곳에 모인 스무 명 넘는 사람들 사이에서 이런 말이 들렸다.

"관리인에 대한 조사는 어떻게 되고 있습니까?" 수사팀에서 누군가 물었다.

"그 이야기를 하려던 참이었습니다." 레이프가 말했다. "우리는 알렉스 하그만의 집을 수색했습니다. 그의 연장과 의복, 신발, 피해자와 접점이 될 만한 물건은 모두 수거해 왔습니다. 그런데 알렉스가 입을 다물기로 작정을 했어요. 그 결과 지금까지 그에게서 아무것도 알아낼 수 없었습니다."

마야는 피곤했다. 눈꺼풀이 무겁게 내려왔고 머릿속에서는 온갖 생각이 날아다녔다. 딴생각에 팔린 채 그녀는 종이에 모스마르켄을 스케치했다. 그리고 자신이 잘 아는 거주지 세 곳, 그러니까 예란의 집과 장원 저택, 라르손 가족의 농장을 표시했다. 그리고 점을 차례로 이었다. 두 건을 제외한 나머지 사건들은 모두 도로 근처에서 일어났다. 시체를 너무 먼 곳까지 운반하고 싶지 않다면 그것이 현실적인 해결책일 것이다.

그녀는 선으로 이어진 삼각형을 보다보니 시신이 발견된 지점이 모두 그 삼각형 안에 있다는 사실이 떠올랐다.

'버뮤다 삼각지대 같네.' 무심코 생각했다.

"내가 말했듯이, 피해자로 돌아가서." 레이프가 말했다. "우리는 범행이 2년에 한 번씩 일어난 사실을 압니다. 첫 번째 사건은 2004년이었죠. 그런데 그 해로부터 두 해를 거슬러 가면, 몇 년이죠? 그래요, 2002년. 그리고 그 해에 무슨 일이 있었는지 누구 기억하시는 분 없습니까?" 그가 잠시 말을 끊었다. "모스마르켄에서 두 건의 비극적인 사건이 일어났고 또 발견되었죠."

"링곤베리 소녀." 경관 한 명이 대답했다.

"그렇습니다." 레이프가 말했다. "철기시대에 제물로 희생된 시신이 장대에 꽂혀 있었죠. 그러므로 우리가 늪지에서 발견한 시신들이 이 링곤베리 소녀와 관련이 있다고 생각해도 크게 틀리지 않을 겁니다. 독특한 모방 범죄일지도 모르죠. 비틀린 유머 감각을 지닌 광인의 소행일 수도 있습니다. 아니면 완전히 다른 성질의 범죄일지도 모르죠. 피해자들 사이에 공통점이 밝혀질 겁니다. 종교 단체나 다른 단체의 회원들이었을 수도 있습니다. 중요한 것은 범행 동기였고 피해자들은 무작위로 선택했을지 몰라요. 다시 말해 누구라도 상관이 없었던 거죠."

그가 봄을 숙여 서류를 훑었다.

"한 가지 더. 여러분도 이미 아시겠지만, 검시관이 칼 팔렌의 시신에서 마약의 흔적을 발견했습니다. 마약은 근육주사로 투입되었습니다. 덕분에 습격을 할 때 유리했을 겁니다. 이런 정황이 범인의 수법에 대해서 시사하는 점이 있겠죠."

"그런 상황과 알렉스 하그만을 어떻게 연결할 수 있습니까?" 경관 한 명이 물었다.

"바로 그거예요. 동기는 물론이고 수법도 조금씩 알렉스라는 인물상과 들어맞지 않습니다. 그는 경미한 지적장애인으로, 지금까지 우리가 파악한 사실과는 맞지 않습니다."


레이프가 저택의 지배인과 이야기를 나눴다. 그녀는 알렉스가 받고 있는 혐의를 듣자 충격을 받아 흥분을 감추지 못했다. 그런 혐의가 크바그미레 장원의 이미지에 좋을 리 없었다. 그녀는 불을 토하듯 알렉스의 무죄를 절대적으로 확신한다고 옹호했다.

"나는 알렉스를 보증할 수 있어요. 그 사람은 살인자가 아니에요." 앙네타가 말했다. "이 세상에 알렉스만큼 친절한 사람도 없다고요. 선의의 표본 같은 사람이에요. 알렉스는 신뢰할 수 있어요. 근면하고요. 여기서 일한 지 몇 해가 되었어요. 그러니 그를 잘 안다고 장담할 수 있어요."

레이프가 앙네타와 이야기를 하는 자리에 마야도 있었다. 그녀는 알렉스에 대해 이야기하는 앙네타의 얼굴에 드리워진 그림자를 놓치지 않았다. '의심인가.' 광활한 확신의 바다에 떨어진 작디작은 의혹 한 방울.

'그 사람이 맞을 수도 있지 않을까?'

알렉스는 확실히 치밀한 살인자의 이미지에 맞지 않았다. 하지만 그를 '선의의 표본'이라고 부르는 것도 어폐가 있었다.

그는 유년기에 폭력적인 행동으로 여러 차례 학교를 옮겨야 했다. 책상에 얌전히 앉아 있거나 지시를 따르지 못했다. 그의 지적 장애에 대해서는 제대로 진단을 받은 적이 없었다. 검사를 하려고 할 때마다 그와 가족이 다양한 방법으로 방해했기 때문이다.

학창 시절이 끝나고 관리인으로 취직을 해 매일 자연에서 시간을 보내고 육체노동을 하자 그의 삶은 비로소 안정을 찾았다. 그의 어머니는 젊은 나이로 죽었고 아버지는 그가 저택에서 일하기 시작한 직후에 사망했다. 그는 친구가 없었다. 알렉스는 의지가지 하나 없는 사람으로 저택을 수리하고 관리하는 일을 제외하면 유일한 관심거리는 자연과 동물들이었다.

그의 의료 기록에 따르면 알렉스는 패턴을 찾아내거나 스스로 만들기를 좋아했다. 그 점을 앙네타도 확인해주었다. 한 번은 그가 울타리가 세 군데 부서졌다는 사실을 발견한 적이 있다. 그러자 울타리를 두 곳 더 부쉈다. 아마 그렇게 해야 그의 머릿속에 그려진 이상적인 이미지에 더 잘 들어맞기 때문인 것 같았다.

"그때 제가 알렉스의 멱살을 잡고 살짝 흔들어줬죠." 앙네타가 희미하게 미소를 지으며 말했다. "여기서 계속 일을 하고 싶으면 울타리를 부수지 말고 고쳐야 한다고 말했어요."

경찰서 회의실의 실내가 너무 후텁지근해지자 경관 한 명이 일어나 창문을 열었다.

"그러면 알렉스가 우리가 확보한 유일한 단서입니까?" 수사관 한 명이 물었다.

레이프가 고개를 끄덕이며 지친 기색이 역력한 얼굴을 양손으로 쓸었다.

"최근 몇 년 동안 그 지역에 있었거나 이상행동을 보인 사람들에 대한 제보가 쏟아지고 있어요. 별 볼 일 없는 미치광이들의 시시한 자백도 들어오고 있습니다. 하지만 당분간 우리는 알렉스 하그만에 집중할 겁니다. 그는 분명 해명해야 할 일이 있으니까요."

"요한네스 아위에브의 상태는 어떻습니까?" 어떤 경관이 질문했다.

"요한네스가 조만간 의식을 회복할 거라 기대하고 있습니다. 하지만 애석하게도 의료진도 정확히 언제 의식을 되찾을지는 알 수가 없습니다. 그가 회복되기를 기다리는 수밖에 없겠죠."

바로 그때 레이프의 전화가 울렸다.

"드디어 왔군." 그는 전화를 받기 전에 다른 동료들에게 말했다. "우리가 기다리던 결과입니다. 알렉스 하그만의 집에서 압수한 증거물에 대한 검사 결과요."

모두 입을 다물고 레이프의 표정에 일어난 변화만 주시했다.

"알았어요. 고마워요. 이제 알겠군요." 레이프가 마침내 이렇게 말하며 통화를 끝냈다.

그는 만족스럽다기보다 어리둥절해하는 듯한 표정으로 모두를 바라보았다.

"드디어 결과가 나왔습니다. 올가미가 점점 조여오네요. 일치했습니다. 알렉스의 삽 하나에서 요한네스의 DNA가 나왔습니다."

나탈리에는 잠을 이룰 수 없었다. 밤바람이 굴뚝을 휘감으며 윙윙거리고 나뭇가지가 창문을 두드리는데 어둠이 그녀 주위를 살금살금 돌아다녔다. 지금까지 일어난 모든 일들. 나탈리에는 그것들을 어떻게 받아들여야 할까?

모든 죽은 사람들.

수면 위로 떠오르는 모든 것.

나탈리에는 두 차례나 심문을 받았다. 경찰은 저택과 늪지 주변에서 그녀가 하고 있는 활동과 관찰에 대해 증언을 받기 위해서라고 했다.

그들은 요한네스를 발견했을 때 무슨 일이 있었냐고 반복해서 물었다. 갑자기 사라진 구덩이를 발견한 경위에 대해서도 물었다.

경찰은 그녀와 그 지역이 무슨 관계이며 그곳에서 무엇을 하고 있었는지 물었다. 나탈리에는 아무것도 숨기고 싶지 않았다. 그래서 부모에 대한 이야기와 어린 시절 모스마르켄에서 살았던 이야기를 다 털어놓았다. 어차피 경찰도 다 아는 이야기들이었다. 그녀는 예전에는 차마 말이 되어 나오지 않았던 이야기를 하면서 상황에 점점 더 익숙해졌다.

경찰이 그녀에게 관리인에 대해서도 물었다. 그를 어떻게 생각하며, 혹시 이상한 점을 보지 못했는지 물었다.

"예를 들면요?" 그녀가 되물었다.

"아시잖아요……. 그의 행동에 특이한 점이 있었는지 어떤지."

"음, 그러니까 알렉스는 좀 특별해요. 그 점은 다 아시잖아요, 안 그런가요?"

그녀는 예전에 알렉스가 그녀를 위해 땔감을 챙겨주었다고 했다. 어떨 때는 창문의 걸쇠를 고쳐주었다. 그는 말없이 이것저것 도와주었다. 경찰은 그런 행동들을 특이하다고 여기는 걸까?

경찰이 동정과 의혹이 뒤섞인 눈빛으로 그녀를 바라보았다. 그런 눈빛을 받고 있으니 나탈리에는 괜히 그들이 마음에 들 만한 이야기를 해줘야 한다는 생각이 들었다. 그래서 알렉스가 자물쇠를 고치러 왔던 이야기를 했다. 그 상황에서 미미하지만 위협감을 느낀 건 사실이라고 말이다. 그날 알렉스는 정신이 멀쩡한 사람처럼 보였다. 그렇다면 지금까지의 모습은 모두 다 연극일지도 몰랐다.

"그런데 알렉스가 이 사건과 관계가 있다고 생각하시나요?" 그녀가 물었다.

"현재로써는 어떤 것도 단정 지어 생각하지 않습니다. 수사를 할 뿐이죠." 경위가 말했다.

그 이야기 후 나탈리에는 마침내 요한네스를 찾으러 늪지로 나갔던 날 보고 들은 것을 말하기 시작했다. 폭풍우 뒤에 내려앉은 어스

름과 안개 속에서 그녀는 희미한 그림자들을 봤다. 그 점을 계속 생
각해봤는데 분명히 본 것 같았다. 하지만 단정적으로 말하기는 어
려웠다. 어둠 속에서 그 그림자들이 일렁이는 것처럼 보였기 때문
이다. 그러니 단순히 그녀가 잘못 본 것일 수도 있었다. 물론 그림
자와 함께 어떤 소리를 듣기는 했지만 말이다. "소리라고요?" 그랬
다, 소리를 들었다. 불안에 찬 속삭임과 되돌아가는 발소리.

경찰들이 모두 입을 다물었다. 나탈리에는 그들이 말없이 무슨
생각을 하는지 알 수 있었다. '그런 이야기를 지금 하는 겁니까?'

'그건 요한네스와 함께 시작되었어.' 침대에 누워 있는 그녀의 머
릿속으로 온갖 말이 윙윙거렸다. '그를 뒤따라가지 않았다면, 그가
그대로 가라앉도록 내버려 뒀다면.' 그런 생각이 칼날처럼 그녀를
깊숙이 베며 마비시켰다.

'모든 것이 계속 가라앉아 있었을 텐데.'

'어떻게 내가 이런 생각을 할 수 있을까?'

나탈리에는 온 힘을 그러모아 침대에서 일어났다. 그녀는 가운을
걸치고 고무장화를 신고 손전등을 집었다. 그리고 화장실을 가기
위해 어둠 속으로 들어갔다.

장막 같은 구름이 하늘을 가로질렀다.

한밤중 저택은 모든 것이 어둠 속에 잠겨 있는 것 같았다.

그녀는 서둘러 집으로 들어가 문을 잠갔다. 그녀가 침대로 다시
들어가자마자 숲의 가장자리에 어둠에 잠긴 형체가 얼핏 눈에 들어
왔다.

그녀는 손전등을 끄고 조심스럽게 창가로 다가갔다. 별채에서 고
작 10미터 떨어진 곳에 검은색 코트를 입은 남자가 집을 똑바로 바

라보며 서 있었다.

누구인지 잘 보이지 않았다.

'구스타브인가?'

하지만 그가 왜 이렇게 야심한 시간에 밖을 나와 돌아다니겠는
가? 혹시 저택에 머무르는 투숙객이 밤 산책이라도 나온 걸까?

나탈리에는 벌벌 떨면서 창문에 걸어놓은 담요와 시트를 단단히
고정했다. 그리고 방 한가운데로 가 혹시라도 빈틈이 없는지 살펴
보았지만 틈은 없었다. 마침내 휴대폰을 들고 침대로 들어갔다. 그
녀는 자신에게 전화를 걸 만한 친구가 있는지 의문이 들었다. 그녀
의 불안을 가라앉혀 줄, 다른 시간대의 누군가 말이다.

하지만 신호가 약해서 전화를 걸지 않기로 했다. 대신 머리를 베
개에 뉘고 눈을 감았다.

주위에서 나는 소리는 희미하게 들리는 자신의 얕은 숨소리뿐이
었다. 그로부터 한참이 흐른 후에야 나탈리에는 긴장이 스르르 풀
리며 꿈도 없는 잠으로 빠져들었다.

마야는 처리가 다 끝난 증거물의 사진을 찍기 위해 아침 일찍 경
찰서에 도착했다.

요한네스 아위에브의 DNA가 나온 알렉스 하그만의 삽이 우선
순위였다. 삽에서 확보한 지문 몇 개가 형광염색제에 물들어 있었
다. 알렉스 하그만은 구금되었고 그의 집은 추가 조사를 위해 사람
들의 출입이 통제되었다.

마야는 그 삽을 자신의 작업실 작업대에 올려놓고 형광물질이 선명하게 나오게 해줄 필터를 카메라에 끼웠다.

삽은 거의 새것 같았다. 손잡이의 금속 부분과 날이 선명한 붉은색이었다. 그녀는 삽이 조명을 받아 너무 번득이지 않도록 뭔가를 받치고 사진이 최대한 선명하게 나오도록 위치를 요리조리 바꿔보았다.

세 가지의 독특한 지문을 선명하게 사진에 담는 데 한 시간가량 걸렸다. 그녀는 수사 지휘자가 볼 수 있도록 작업한 사진 파일을 디지털 아카이브에 저장했다.

마야는 옛 작업실에서 다시 작업하니 감회가 새로웠다. 당연히 그녀가 그곳을 떠난 후 많은 것이 변했다. 모든 방이 리모델링되었고 장비도 최신 장비로 바뀌었다. 그래도 그곳에서 느끼는 기분은 예전과 크게 다르지 않았다.


"하지만 뭔가가 빠졌어요." 그날 밤 마야의 집을 찾아온 레이프가 말했다. "알렉스가 학창 시절 폭력적이었다는 사실을 제외하면, 우리가 찾아낸 가장 의심스러운 물증은 컴퓨터에 저장되어 있는 포르노 사진 한 장이 다였어요. 그것도 요즘 기준으로 수위가 한참 약하죠. 해변에서 다 벗은 여자가 빌어먹을 코코넛 주스를 마시는 사진이니까."

마야는 그에게 하루라도 일찍 퇴근해서 자신의 집에서 저녁을 함께 먹자고 끈질기게 권했다. 레이프는 선뜻 초대를 받아들이지 않았다. 시간을 낼 수 있으면 이 모든 일이 시작된 후로 얼굴도 제대로 보기 힘든 아내와 시간을 보내고 싶다고 했다. 그래서 마야는 그의 아내인 브리기타도 초대했다. 많이 늦어지면 두 사람은 손님방에서 자고 가면 된다.

그들은 거실에 앉아 커피와 코냑을 마시는 중이었다. 하지만 결국 사건에 대한 이야기를 피해갈 수는 없는 것 같았다.

"우리가 알렉스에 대해서 알아낸 것들 중에 왜라는 질문에 답이 될 만한 게 없어요." 아내가 마야의 사진집을 넘기며 구경하자 레이프가 말했다.

"앙네타는 그가 사물에서 패턴을 찾아내고 직접 만들기도 한다고 하던데요." 마야가 말했다. "다양한 시간대에 다양한 장소에서 나타나는 새들. 다른 짐승들이 이 주변을 돌아다니는 방식들……."

"네, 그건 나도 알아요." 레이프가 말했다. "하지만 그게 늪지의 피해자들과 무슨 관계가 있겠어요?"

"음, 피해자들이 모두 동일하게 늪에 파묻힌 후 장대로 고정되었잖아요." 마야가 말했다. "그게 형사님의 의문에 답이 될 수도 있다 싶어서 말해봤어요. 어쨌든 알렉스는 패턴을 만들어가고 있었으니까요."

"그런 해석은 너무 끼워 맞추기 같아요." 레이프가 자신의 코냑잔에 손을 뻗으며 우울하게 말했다.

"저도 알아요." 마야가 한숨을 내쉬었다. "혹시 알렉스가 미신적인 성향이 강하거나 역사에 유독 관심이 있었다고 짐작할 만한 증거가 있나요?" 그녀는 레이프의 눈에 반사된 벽난로 불을 바라보며 물었다.

"없어요." 그가 대답했다. "그게 문제예요. 우리는 그런 증거를 조금도 찾아내지 못했어요. 알렉스는 여전히 입을 열려고 하지 않고요."

"하지만 모든 피해자들이 링곤베리 소녀가 발견된 후에 살해되었고 실종사건이 정확하게 2년에 한 번씩 일어난 점들은 결코 우연의 일치가 아니에요. 분명히 어떤 식으로든 연관이 있을 거예요."

"당연해요. 하지만 그 사실들이 알렉스와 어떻게 이어지는지 그게 문제예요. 그가 패턴과 질서에 집착을 했다는 사실 말이에요. 알렉스는 이 모든 사건이 시작되었을 때 여기 살지도 않았어요, 그렇죠?" 되묻는 레이프의 말에서 회의적인 뉘앙스가 풍겼다.

"맞아요. 사실 저도 그 가설을 확신하는 건 아니에요." 마야가 말했다. "누가 이 살인사건들을 저질렀건 단순히 재미나 어떤 패턴을 만들기 위해서 링곤베리 소녀를 모방하지는 않았을 거예요. 어떤 목적이 있는 의식이 분명해요. 어찌 되었건 제물을 바치는 행위는 상당히 독특하니까요."

"내 의견이 궁금하다면, 아주 구식이기도 하고요." 레이프가 대답했다.

"그래요. 하지만 종종 이런 행위가 보이지 않는 힘들과 관계를 유지하거나 소통을 의미할 수도 있어요. 우리의 살인범이 지금 하는 짓이 그거일 거예요. 아니면 하고 있다고 생각하는 일이요. 자신이 원하는 것을 손에 넣거나 원하지 않는 것을 피해가기 위해서죠. 그리고 저는 형사님의 의견에 전적으로 동의해요. 이런 관점으로 사건을 보면 범인상은 우리가 아는 알렉스 하그만과 전혀 맞지 않아요. 그 사람이 계획을 치밀하게 실행에 옮기는 모습이 상상이 되지 않아요."

"맞아요." 레이프가 맞장구를 쳤다. "하지만 그가 피해자들이 매장된 지점을 지도에 정확하게 표시해두었다는 점을 무시할 수 없어요."

"그건 그래요." 마야가 말했다. "하지만 그건 장대를 발견하고 지도에 표시해둔 것뿐일지도 모르잖아요? 그가 여러 종의 새를 발견하고 표시를 해두는 것과 똑같은 이유로요. 어쩌면 그에게는 그 장대들이 일종의 랜드마크였을 거예요."

두 사람은 한동안 침묵을 지켰다.

브리기타가 책에서 눈을 떼며 고개를 들었다. "두 사람 다 마음의 소리를 들어야 해."

"왜 그래야 해?" 레이프가 물었다.

"보이지 않는 힘과 소통하기 위해서." 그녀가 마야의 말을 되풀이했다.

마야가 웃음을 터트렸다.

레이프가 어처구니없다는 듯이 고개를 가로저었다. "여보." 그가 앞을 똑바로 바라보며 말했다.

"왜?"

"나는 말이지…… 이제 무슨 이야기가 나와도 다 받아들일 수 있을 것 같아. 내게는 남은 시간이 별로 없어. 많이 있다고 생각했는데, 이런 상황에서는 내게 유용한 자원이 별로 없는 것 같아. 나는 너무 지쳤어. 생각할 힘도 없어. 정원을 가꾸면서 빈둥거리거나 뭐든 다른 걸 하고 싶어. 골프를 치든지."

"당신 골프 안 치잖아." 브리기타가 말했다. "그리고 지금 정원 식물들은 다 죽었어. 가을이잖아."

"그러면 손주들과 놀아주든지. 아무튼 그런 일을 해볼까."

"우리는 손주가 없어, 레이프."

그가 술잔을 돌리고 입으로 가져갔다. "어쨌든 나는 조만간 이곳을 영원히 뜰 거야." 그가 마야를 보며 말했다.

"그러니까 계속 말해보세요. 좋아요, 형사님이 은퇴할 때까지 우리에게 주어진 시간은 2년이에요. 그러니까 이 사건을 해결할 시간이 2년이 있는 거겠죠?" 마야는 안락의자에 등을 기대고 그의 술잔에 자신의 술잔을 쨍하고 마주치며 말했다. "2년이라. 그거 꽤 긴 시간이네요."

맨 레이가 풀쩍 뛰어 마야의 다리 위로 올라오더니 몸을 동그랗게 말았다. 가르릉거리는 숨소리에 맞춰 몸통이 오르락내리락하는 고양이는 온몸으로 즐거움을 드러냈다.

"동기를 제외한 모든 증거가 알렉스 하그만을 가리키고 있어요. 그런데도 우리는 여전히 엉뚱한 사람을 집어넣을 것만 같죠." 레이프가 지긋지긋하다는 듯 말했다.

"알렉스를 잠시 잊어보면 어때요?" 마야가 제안했다. "그리고 이 살인사건들이 일어나기 전 늪지의 상황에만 집중해요. 링곤베리 소녀가 정확하게 2년 전에 발견되었어요. 같은 해 여름 트레이시 라르손이 익사했고 노르스트룀 가족에게 비극이 일어났죠."

마야가 고양이를 쓰다듬으며 벽난로로 시선을 돌렸다.

"의문점이 너무 많아요. 왜 트레이시는 늪으로 걸어 들어갔을까요? 그리고 나탈리에의 부모. 왜 요나스는 아내를 쏘고 자살을 했을까요? 그리고 어째서 그의 딸은 살아남았을까요? 제 생각에는……." 그녀는 일렁이는 불길을 눈으로 좇으며 말을 마쳤다. "제

생각에는 우리가 해답을 찾아보아야 할 곳이 바로 그 지점 같아
요."

⁓

　숨죽은 10월의 햇빛이 묘지 위에 내려앉았다. 나이 지긋한 여자
가 커다란 가족묘 옆에 손수 가져온 의자를 놓고 앉아 있었다. 아이
두 명이 근처에 깔린 자갈길을 깡충깡충 뛰어다녔다. 그들을 제외
하면 묘지는 한적했다.
　나탈리에는 교구 사무실에 들렀을 때 친절한 남자 직원으로부터
받은 약도를 확인했다.
　바로 저기 있었다. 저기 있을 터였다. 부모님의 무덤 말이다. 발
걸음이 점점 무거워지고 차가운 땀이 송골송골 맺혔다.
　곧 그 무덤을 볼 수 있을 것이다.
　비석에 새겨진 노르스트룀이라는 글자를.
　나탈리에는 오랫동안 그 이름을 쓰지 않았다. 그곳을 떠나자마자
성을 바꾸어 하리에트와 라스의 성을 쓰기 시작했다. 새 성은 원래
성인 노르스트룀보다 짧은 스트룀이었다. 마치 줄을 긋듯 거리를
두고 싶었다. 그런데 새 성은 또 다른 상징이 되고 말았다. 그녀의
일부가 지워졌지만 실은 숨겨져 있을 뿐이라는 사실을 의미하는 상
징이었다. 자신의 것이 결코 아니었던 수치로부터, 소리 죽인 공포
에 휩싸여 도망치고 말았다는 상징이 되었다.
　묘비는 작고, 단순하고, 아무 특징도 없었다. 이름과 연도 외에
아무것도 없었다. 누군가 묘를 꾸미기 위해 가져다 둔 단풍나무 가

지 몇 개를 꽂은 화병과 등불이 있었다. 그녀는 누가 이런 것까지 신경을 썼는지 궁금했다. 삼촌들 가운데 한 분일지 몰랐다. 조부모는 돌아가셨고 나탈리에와 계속 연락을 하고 싶어 했던 고모는 베스테르보텐으로 이사를 갔다.

독신이었던 고모 에바는 나탈리에에게 오몰에서 함께 살자고 했다. 하지만 그녀는 거절했다. 그때는 한 가지 길밖에 보이지 않았다. 그때는 이전의 삶에서, 학교에서, 오몰에서, 모스마르켄에서 갈 수 있는 한 멀리멀리 도망치고 싶었다. 오늘에서야 자신이 왜 그토록 확고하고 결연하게 그 결정을 밀어붙였는지 후회로 가슴이 아파 왔다.

나탈리에는 무덤 앞에 쪼그리고 앉아 사람들이 망자를 만나러 오면 하는 일들을 해보려고 했다. 무엇을 추억해야 할지, 어떻게 해야 할지 어색했다. 그게 다 무슨 의미가 있나 싶었다.

"엄마, 아빠." 그녀가 속삭였다.

어색한 듯 주위를 둘러보았지만 근처에 아무도 없었다.

"저 왔어요."

그 짧은 인사의 효과는 충격적이었다. 감정이 서서히 부풀어 오르더니 폭풍우처럼 온몸으로 터져 나가 작은 경련을 일으키기에 이르렀다.

불쑥 눈물 한 방울이 또르르 흘러내렸다. 나탈리에가 손끝으로 그 눈물을 만지고 진귀한 발견을 한 것처럼 가만히 바라보았다.

그녀는 비석으로 다시 눈길을 돌렸다.

"정말…… 오랜 시간이 흘렀어요. 엄마, 아빠를 마지막으로 본 후로."

침묵.

"엄마. 아빠. 도대체 무슨 일이 있었던 거예요?"

또다시 침묵.

"보고 싶어요."

그 순간 나머지 감정이 그대로 쏟아졌다. 온몸의 긴장이 스르르 풀리더니 눈물이 정화의 비처럼 흐르기 시작했다. 그녀는 상의의 앞섶을 풀고 그대로 주저앉았다.

30분 후에도 나탈리에는 여전히 그 자리에 있었다. 바람이 그녀의 얼굴에서 눈물을 닦아주었다. 시선이 이리저리 떠돌다 근처 다른 묘비에 내려앉았다.

'트레이시 라르손'이라는 이름과 생몰연도. 트레이시의 묘는 나탈리에의 시선이 닿는 범위 내에서 가장 화려하게 장식된 묘가 분명했다. 그녀는 일어나서 기지개를 켜고 자갈길 옆에 놓인 벤치로 걸어갔다. 그곳에서는 두 무덤이 잘 보였다. 문득 이 모습, 이 현실로부터 얼마나 오랫동안 자신을 보호하려 했는지 떠올랐다. 그 오랜 세월 이런 현실에 얼마나 벌벌 떨었던가. 그런데 싸움을 멈추면 이렇게 마음이 편할 줄 몰랐다. 마침내 돌을 깎아 새겨 넣은 현실을 직시하기. 그렇게 나쁘지 않았다.

그 무엇도 도망치는 것보다 나쁘지 않았다.

그때 어떤 남자가 자갈길을 따라 걸어왔다. 나탈리에는 그를 금방 알아보았다. 신기하게도 단정하게 손질한 턱수염이며 탄탄한 체구가 예전 모습 그대로였다. 오랜 세월 꾀부리지 않는 근면한 노동이 그에게 좋게 작용한 것 같았다.

그 남자는 트레이시의 무덤으로 다가가 잠시 서 있었다. 그리고 꽃을 정리하더니 뭔가를 심었다. 작업을 마친 후 조심스럽게 몸을 돌려 나탈리에를 바라보았다.

"안녕하세요, 페데르 아저씨." 그녀가 인사를 건넸다. "오랜만에 뵙네요. 저를 기억하세요?"

그녀는 자신의 목소리가 힘 있게 들렸다. 명료하기도 했다.

그는 일어나더니 얼굴을 더 잘 보려는 것처럼 상체를 앞으로 내밀며 다가왔다.

"너, 나탈리에니?"

"네."

"역시…… 네가 이 근처에 있다는 말을 들었어. 그 소식을 못 들었다면 너를 못 알아봤을 거야."

"알아요. 시간이 많이 흘렀죠."


나탈리에는 놀랍도록 수월하게 페데르와 한담을 이어나갔다. 마치 페데르가 이야기를 나눌 사람이 간절하던 차에 나탈리에와 딱 마주친 것이 아닐까 싶을 정도였다.

두 사람은 최근에 일어난 사건들, 발견된 시신들에 대해 이야기를 나누었다. 그 상황이 얼마나 초현실적이고 끔찍한지 이야기했다. 율리아가 요즘 어떻게 지내는지도 이야기했다.

"네가 연락을 하면 그 애가 좋아할 거야." 그가 말했다.

그의 미소에 나탈리에는 허를 찔리고 말았다. 문득 그녀가 어렸을 때 페데르가 웃는 모습을 본 적이 거의 없다는 사실이 떠올랐다. 그런 그가 완전히 변해서 나이 든 얼굴이 해체되며 주름살이 다시

자리를 잡았다.

"연락하려고 생각하고 있었어요." 그녀가 대답했다. "조만간 요."

그런 후 나탈리에는 마음을 다잡고 솔직하게 질문을 했다. 충동적이기는 했지만 그와 이렇게 마주친 이상 그녀도 어쩔 수 없었다.

"아저씨." 나탈리에가 작은 목소리로 그를 불렀다. "제 부모님에 대해서 조금 이야기해주실 수 있어요? 아빠가 어떻게 그런 일을 할 수 있었는지 이해해보고 싶어요."

그가 자리에 앉아 그녀를 바라보았다. 그의 얼굴에는 동정의 기색이 역력했다.

"아저씨가 잘 아실 리 없다는 걸 저도 알아요." 그녀가 계속 말했다. "하지만 뭐든 실마리만이라도 알아낼 수 있다면 제게 큰 힘이 될 거예요. 저는 이제 두 분에 대한 기억도 거의 없어요."

"그때 우리는 그렇게 잘 아는 사이가 아니었어." 페데르가 말문을 열었다. "나는 두 사람의 사이가 아주 좋은 것 같다고 생각했단다. 네 부모님 말이야. 물론 부부싸움을 할 때도 있지만 어느 부부가 안 그러겠니?" 그가 한 손으로 턱수염을 쓰다듬었다. "우리도 그 사건에 대해 이야기를 많이 했지. 나와 위본네 말이야."

"아저씨는 그 사건이 있었던 밤에 두 분을 보셨어요?" 나탈리에가 물었다.

"그날 너희 집에서 주민 회의가 있었잖아." 그가 고개를 끄덕이며 말했다.

"하지만 그때 부모님은 싸우지 않으셨잖아요?"

"오래전 이야기야, 나탈리에. 게다가 그해 여름에는 유쾌하지 않은 일들이 많았지." 그가 일어섰다. "이제 돌아가야겠구나. 율리아를 찾아가 보겠다고 약속해주렴. 그리고 우리 집에도 언제 한 번 들러. 지금은 예테보리에 살지?"

"네. 하지만 당분간 장원의 저택에 머무르고 있어요."

"그렇구나. 그럼 내일 만날 수 있겠구나. 앙네타가 새 주민 회의에 모두를 초대했거든. 너는 14년 만에 나온 새로운 참석자가 되겠구나."


나탈리에는 집으로 돌아왔지만 문의 자물쇠가 좀처럼 열리지 않았다. 자물쇠를 붙잡고 꽤 씨름을 하고 나서야 자신의 손이 떨리기 때문이라는 사실을 깨달았다. 마침내 집으로 들어온 나탈리에는 방으로 가 벽에 기댄 채 바닥으로 주저앉았다. 모든 것이 빙글빙글 돌았다. 모두가 그녀를 지켜보고 있었다. 그녀는 잔뜩 흥분해 벌떡 일어서서 창문을 다 가리고는 다시 주저앉았다. 하지만 지켜보는 존재가 있다는 느낌은 좀처럼 사라지지 않았다. 사방의 벽. 침대. 공기.

그녀는 이해가 되지 않았다. 페데르와 우연히 만났을 때 분위기는 몹시 훈훈하고 무덤덤했다. 하지만 그 만남이 뭔가를 촉발시킨 것이 분명했다. 그게 아니라면 이건 그녀가 미쳐간다는 증거일 것이다. 아니면 둘 다일지도 몰랐다. 그녀는 감지할 수 있었다. 자신의 피부 아래로 과거를 가둬놓은 댐이 서서히 붕괴할 것이다. 그리고 그 과거가 차가운 물처럼 그녀를 향해 쏟아져 내릴 것이다.

부모님의 목소리가 명료하게 들리는 것 같았다. 그들의 목소리는 일상적인 문제로 다투느라 날카로웠다. 언제나 사소한 것들이 문제였다. 밤에는 창문을 열어둘지 말지, 나탈리에가 여기나 저기를 혼자 갈 수 있을지 없을지 같은 일들 말이다.

그렇다면 아직까지도 기억나지 않는 부분은 무엇일까? 어떤 어둠을 불러내지 못한 걸까? 그 어둠은 그곳, 아빠의 눈 속에 내내 도사리고 있었을 것이다. 그게 아니라면 그가 어떻게 그런 짓을 할 수 있었겠는가.

'나는 알고 싶어!'

나탈리에는 자신이 비명을 지르고 있는지 아닌지조차 분간할 수 없었다.

들리는 소리라고는 그녀의 내부에서 뭔가가 막 터져 나오려는지 쿵쿵 귓전을 때리는 소리뿐이었다.

"잘 왔어요!" 예란이 앞치마를 하고 오븐 장갑을 든 채 문을 열었다. "들어오세요. 다시 만나서 반갑군요!"

"다시 와서 저도 좋아요." 마야가 말했다.

그녀는 코트를 걸어두고 그를 따라 부엌으로 들어갔다. 그곳에서 마늘과 허브 향이 났다.

이번에는 그가 마야를 초대했다. 그가 그날 오후에 전화로 저녁 식사를 대접해도 될지 물었다. 그녀는 예란이 모종의 동기나 꿍꿍이를 숨기고 있을지 모른다고 생각했다. 수사가 어떻게 되고 있는지 내부 정보를 캐낼 작정인지도 몰랐다. 하지만 지난번 만난 후로 마야는 예란에 대해 점점 흥미가 생겼다. 그가 그녀를 곧장 알렉스

하그만으로 향하게 했을 뿐만 아니라 그가 지닌 습지에 대한 지식과 여러 발상도 흥미로웠기 때문이다. 그날 저녁 오스카르가 찾아왔지만 그녀는 두 번 생각하지 않고 초대에 응했다.

결국 오스카르가 그녀를 모스마르켄까지 태우고 와서 예란의 집 앞에 내려주었다.

"모시러 올 테니 이야기가 끝나면 전화 주세요."

"알았어."

그녀는 예란의 부엌에 서서 그가 와인을 잔 두 개에 따르는 모습을 지켜보았다.

"오…… 마실 거죠, 그렇죠?"

"좀 마시고 싶어요. 나중에 데리러 오라고 할 거니까요."

"차에 타고 있던 사람은 남편이었나요?"

그녀가 웃음을 터트렸다. "당연하죠. 그럼 누구겠어요?"

그녀는 와인을 한 모금 마시고 문설주에 기댔다. "선생님은 어떠세요? 여기서 혼자 지내시나요?"

"네. 아내가 사라진 후로 내내 혼자였어요." 그가 대답했다. "그럼 기혼이군요?"

마야가 웃음을 터트렸다. "아뇨, 그 사람은 남편이 아니에요. 농담이었어요. 저도 혼자예요. 요즘은 고양이 한 마리와 동거하고 있죠."

"그럼 여기까지 태워준 사람은 누구죠?" 그가 물었다.

"음……." 그녀가 거실로 들어가며 주위를 둘러보며 말했다. "그 사람은 오스카르예요. 조수죠."

그녀는 시선을 사방 벽으로 돌려 천천히 훑으며 지난번 들렀을 때 미처 보지 못한 것들을 빨아들일 기세로 바라보았다. 그녀는 벽마다 유령에 대한 책으로 뒤덮인 이 방이 마음에 들었다. 그의 조용하고 지적인 광기가 녹아든 분위기가 좋았다.

그녀가 와인을 홀짝거렸다. 그때 벽난로 옆 선반에 놓아둔 거대한 유리병 두 개가 눈에 들어왔다. 병이 있는 곳으로 다가가 병에 붙은 라벨을 보았다. 각각 '2015.06.22.'와 '2016.02.02.'라고 적혀 있었다.

"이것들은 뭐죠?" 그녀가 물었다.

"그건……." 그녀가 무엇에 대해 물었는지 보려고 예란이 방 안으로 몸을 쑥 드밀었다. "그것들은 늪지에서 가져온 샘플들이에요. 그곳에서 기억해둘 만한 것을 보면 그 일부를 집으로 가져오려고 하죠."

"기억해둘 만한 것이라고요?"

"뭔가의 존재를 느끼거나 그때 말했던 안개 장막을 보거나 할 때죠. 그러면 나는 특수한 샘플 주머니에 주변의 공기를 담아 와요. 그리고 그 공기를 이런 유리병에 옮겨 두죠."

"그러면 이건…… 공기인가요?"

그가 커다란 캐서롤용 도기 냄비를 가지고 와서 테이블 위에 올려놓았다. "맞아요. 그냥 공기일지도 모르죠. 그렇게 보이고요. 그 공기들은 오래전부터 그곳에 있었어요. 그런데 아무 일도 일어나지 않았죠."

'이런 이야기는 그냥 흘려보내야 해.' 마야가 생각했다. 예란이 말한 이야기 중에 더 깊이 파고들 만한 내용은 없었다. 그러려는 시도조차 무의미했다. 그녀는 적당히 장단만 맞추어주면 되었다. 한편으로는 홀가분한 기분도 들었다. 소위 진짜 현상에 대해 확고한 개념, 때로는 어떤 문제에 대해 생사가 걸린 듯 옹호하는 사람들의 감정과 정반대에 자리한 느낌이었다.

그녀는 종종 그런 토론에 끼기도 했다. 때로 양해를 구하고 방을 박차고 나가기도 했다. 그런 행동으로 자신의 입장을 밝히려는 의도가 아니었다. 생리적 반응일 뿐이었다. 그런 곳에서는 숨이 잘 쉬어지지 않았기 때문이다.

"저녁이 다 준비되었습니다. 닭고기 캐서롤이죠." 예란이 말했다. "입맛에 맞으면 좋겠군요."

"이 냄새의 반만큼이라도 맛있다면 선생님은 천재이실걸요."

그녀가 앉아서 음식을 먹기 시작했다. 맛을 음미하더니 스르르 눈을 감았다. "선생님은 천재예요."

"너무 띄우지 말아요. 물론 내 요리 솜씨를 칭찬한 사람이 당신이 처음은 아니지만."

그도 음식을 먹으며 뒤로 등을 기댔다. "사진 프로젝트는 어떻게 되고 있어요?"

"좋아요. 곧 전시회를 열 거예요. 대단한 건 아니고 그냥 재미로 하는 거죠. 물론 주제는 진지하지만요."

"오, 그렇게 대단해요? 단독 전시회? 당신은 그 정도 수준이군요…… 예술가로서?"

그는 마야가 누구인지 몰랐다. 그 사실을 깨닫자 가슴속에서 불길이 확 일었다. 그녀는 지역신문과의 인터뷰에 모두 응했다. 신문에는 그녀의 사진도 실렸다. 예란 정도의 사람이라면 그녀가 누구인지 모를 리 없었다.

그가 마야를 보며 미소를 지었다. "농담이에요. 당신에 대해서 읽었어요. 지난번에 말하지 않았나요? 당신 기사가 2주에 한 번은 실렸어요. 당신이 이곳으로 이사를 오기 전부터 그랬죠."

"알아요. 제가 발가벗은 아이들의 사진으로 전시회를 준비하는 동안이었죠. 그 전시회 때문에 논쟁이 불붙었고요."

"하지만 지금은 펭에르스코그에 살잖아요?"

"그곳에 집을 한 채 샀어요."

"그 예술학교가 이 지역에 기여를 많이 했어요."

"정말 그래요."

"예술학교들이라고 해야 할까요. 지금은 두 곳이니까요."

"정확해요. 그런데 이 와인 맛있네요." 마야가 병을 집어 들고 라벨을 확인하며 말했다. "이탈리아 와인인가요?"

예란이 고개를 끄덕였다.

"오, 세상에." 그가 깊이 숨을 들이쉬며 말했다.

그리고 두 사람은 그간 있었던 일에 대해 빠짐없이 이야기를 나누었다.


네 시간 후 두 사람은 소파와 의자로 자리를 옮겼고 두 병째인 이탈리아 와인도 거의 바닥이 났다. 마야는 오스카르에게 전화를 걸지 않았다는 사실을 깨달았다.

"자정이 다 되었어요. 나를 데리러 올 거예요."

그녀가 휴대폰을 확인하려고 거실을 나왔다. 전화는 홀에 둔 핸드백에 들어 있었다.

"이런 전화가 와 있네요." 그녀는 살짝 미안한 표정을 지으며 말했다. "누군가 얼른 자고 싶은가 봐요."

"택시를 타고 가면 되지 않을까요? 아니면 자고 가요. 괜찮으니까."

"정말요? 너무 이상하지 않을까요?"

"이 상황에서는 너무나 자연스럽게 느껴지는데요." 예란이 웃었다. "그러면 한동안 더 이야기를 나눌 수 있겠군요. 아직 할 이야기가 남은 것 같으니까."

그녀는 오스카르에게 문자로 상황을 설명했다. 두 사람은 와인을 더 마셨다. 웃음을 터트리고 활발하게 이야기를 나누다가 마침내 예란이 읽은 《유령들의 방문》이라는 에세이집으로 이야기가 흘렀다. 그 에세이는 언어학과 문학, 과학, 정치학 세계에 등장한 유령들에 관한 책이었다. 저자가 예란과 이름이 같다는 사실만으로도 충분히 재미있었다. 예란 달베리.

"선생님 책이 아니에요?"

"책은 내 책이죠." 그가 웃으며 말했다. "하지만 내가 쓰지 않았어요."

"정말요?"

"그렇다니까요. 그 에세이집에는 100편이 넘는 짧은 에세이가 들어 있어요. 다 대단한 글들이죠. 솔직히 털어놓자면 내가 요즘 들어 유령의 본성과 관련되어 있다고 여기는 진실은 대부분 그 책에서 얻었다고 해도 과언이 아니에요."

"물리적인 수준에서 어떻게 하면 유령들의 영향을 받지 않는지 그 책에 나와 있나요?"

"음, 그 주제에 대해서는 다른 책들이 이 책보다 더 나을 거예요.

이 책은 주제를 대체로 포괄적으로 다루니까요."

그러자 마야가 자신이 좋아하는 사진작가 중 한 명인 프란체스카 우드먼에 대한 이야기를 꺼냈다. 마야는 프란체스카 우드먼의 미학을 아무리 평범하게 말한다고 해도 영적이라고 생각했다.

"저는 그녀의 작품에서 그 점이 가장 마음에 들어요." 마야는 휴대폰으로 사진작가의 사진을 검색하며 말했다. 그녀가 찾은 사진은 주로 흑백 배경인 70년대 작품으로, 사진에 등장하는 젊은 시절 프란체스카 우드먼의 나체가 스르르 지워지고 벽지로 사라지는 사진들이었다.

"이걸 보세요." 마야가 말했다. "이 사진은 단순히 프란체스카 우드먼이 전통적인 시점을 전복시키고 스스로 피사체가 되면서 사진을 장악하는 정도가 아니에요. 그녀가 사진을 찍는 방식이기도 하죠. 자신의 육체를 노골적이고 타협할 수 없는 방식으로 노출함으로써 정작 그녀는 보이지 않게 되죠. 말하자면 육체가 투명해지는 거예요. 그녀가 전달하고 싶은 것을 위한 중립적인 채널이 되는 거죠."

두 사람은 휴대폰 화면 위로 머리를 모으고 사진을 요모조모 뜯어보았다.

"그녀가 자신의 육체를, 정체성을 해체한 모습을 담은 사진을 자기 파괴와 절망으로 해석하는 사람들이 많아요." 마야가 계속 말을 이었다. "그런 해석도 이해가 돼요. 왜냐하면 프란체스카 우드먼은 스물두 살 때 스스로 생을 마감했거든요. 물론 죽음을 바라는 마음을 표현한다고 해서 그것이 꼭 파괴적일 필요는 없지만요. 저는 그렇게 생각해요."

"그래요?" 예란이 허리를 곧게 펴며 물었다.

마야가 등을 의자에 기대며 잠시 생각에 빠졌다.

"네. 나는 그런 소망을 좀 더…… 집을 향한 은밀한 갈망이라고 봐요. 우리 본연의 모습이라고 할까요. 내 눈에 그녀의 사진들은 육체와 존재, 정형과 무형 사이의 관계를 장난스럽게 살펴보는 것처럼 보여요."

"집을 향한 갈망?" 예란이 물었다. "어떻게요?"

그녀가 테이블에 놓인 티라이트 가운데 하나를 들고 후 불어 껐다. "이렇게요. 연기가 스르르 사라지는 게 보이시죠?"

"그래요." 그는 잠시 후 망설이듯 말을 이었다. "아니면 아닐 수도 있죠. 지금은 사라졌네요."

"네. 이해가 안 되세요?"

예란이 맥없이 미소를 지으며 그녀를 바라보았다. "내게는 미친 소리로 들리는군요."

마야가 큰 소리로 웃음을 터트렸다.

"왜 그러죠?" 예란이 물었다.

"아무것도 아니에요." 그녀가 대답했다. "다만 선생님이 그런 말씀을 하시니 좀 우스워서요."

그녀가 몸을 움직여 상체를 앞으로 내밀자 가죽 의자에서 끽끽 소리가 났다.

"예란, 뭐 하나 물어봐도 될까요?"

"그러세요."

"트레이시가 죽은 후 말이에요. 그 후로 특별히 기억에 남는 일이 있으신가요?"

그는 기억을 되짚어보는 것 같았지만 이내 고개를 흔들었다. "내가 치매를 향해 가고 있다는 걸 알지만……. 아뇨, 없어요. 그 질문의 의미에 따라 답변도 달라지겠죠."

"나탈리에의 집에서 열린 주민 회의는 어땠나요?" 그의 대답을 기억하지 못할까 봐 살짝 걱정하며 마야가 물었다. 와인의 취기가 슬슬 돌기 시작했기 때문이다.

"그래요. 그게 마지막 회의가 되었죠." 예란이 한숨을 쉬었다. "우리는 열기가 다 빠져나간 상태였어요. 그때는 모두 이곳에서 떠나고 싶어 했죠."

그의 말에 따르면 당시 그들은 1년에 한 번씩 각자의 집에서 돌아가며 모임을 열어 공통 관심사에 대해 의논을 했다. 그때는 늪지 주변에 사는 주민들이 지금보다 더 많았지만 모두가 매번 회의에 참석하는 것은 아니었다.

그는 당시에는 나탈리에의 부모와 지금까지 그곳에 살고 있는 사람들 외에 두 가구의 대표들이 더 있었던 것 같다고 기억했다. 텍사스와 라일라는 30대였으며 아직 각자의 농장을 물려받은 상태가 아니었다. 두 사람의 부모들은 대개 회의에 참석했다.

어떤 해는 지하의 배수로를 새로 놓는 문제로, 다른 해는 겨울철 도로 관리 문제로 회의를 했다. 마지막이 된 그해는 새로운 사냥터를 만들지 여부를 놓고 회의를 할 작정이었다. 그러나 모인 사람들은 술만 계속 들이켰다. 때로 약물을 가지고 오는 사람도 있었다. 결국 그날 사람들의 대화는 여름에 일어난 일들로 흘러갔다.

"우리는 늪에서 발견된 시신에 대해서 이야기를 시작했어요. 물론 트레이시에게 일어난 일에 대해서도요. 정말 마음이 아팠죠."

예란이 말했다. "아마도 내가 그런 이야기를 못 하게 막았던 것 같아요. 게다가 나는 꽤나 취했고요."

"그러다가 결국 말다툼이 시작되었군요, 그렇죠?"

마야는 그날 밤에 일어난 일에 대해 심문을 토대로 작성한 경찰 보고서를 이미 읽었다. 진술을 읽어보니 질서 있게 진행된 주민 회의라기보다 술주정꾼들의 싸움 같았다.

예란은 말이 없었다. 마야는 그의 마음 깊은 곳 어디에선가 솟아나는 차분한 체념이 느껴졌다.

"우리는 온갖 이야기를 다 했어요. 그때 몇 명이 늪지에 깃든 존재에 대해 아는 것을 말해보라고 부추긴 기억이 나요. 그런 존재 때문에 생기는 문제들 말이에요. 트레이시의 죽음이 그것들의 소행일 수도 있지 않겠냐는 거예요. 그런 일이 일어났는지 알 만한 사람이 있다면 바로 나라고 했어요. 내 아내도 실종 상태니까."

"누가 그런 말을 했죠? 전부 다요?"

"아뇨. 그들 중에는 내 가설을 아예 믿지 않는 사람들도 있었어요. 그런 사람들은 이야기가 그쪽으로 흐르니 당연히 화를 냈어요. 우리는 논쟁을 시작했어요. 그건 사실이에요. 논쟁을 한 기억이 나요. 결국 회의고 뭐고 다 끝났죠."

"그때 정확히 무슨 말씀을 하셨나요?"

"기억 안 나요. 왜 그걸 알고 싶어 하죠?

"중요할 수도 있으니까요."

"미안해요. 다른 사람에게 물어보는 게 좋겠어요."

"하지만 선생님이 사람들에게 늪지에 깃든 영이 존재한다고 말씀하셨잖아요. 그런데도 선생님의 말씀에 공감을 했고 선생님이 결정한 조치를 꼭 취해야 한다고 말한 사람이 누구인지 전혀 기억을 못 하신다고요?"

"그래요, 전혀 기억이 없어요. 아주 오래전 일이라는 점을 잊지 말아요. 나는 조심하는 것 외에 우리가 할 만한 일이 별로 없다는 말을 한 기억밖에 없어요. 그리고 자신을 방어할 수 있는 법을 알려준 것 같아요."

"그 후로는 더 이상 주민 회의는 열리지 않았고요?"

"그래요. 그런데 당신이 그 이야기를 꺼내다니 재미있네요. 그렇지 않아도 앙네타가 내일 주민 회의를 연다면서 우리를 모두 초대했거든요. 이런 불행한 참극의 한가운데에서 우리가 공동체라는 느낌을 받고 싶은 것 같아요."

"저도 그 회의에 가겠어요."

"당신이?" 예란이 그녀를 놀란 표정으로 바라보며 물었다.

"네. 잠깐만 들리려고요. 앙네타가 저택 내부 사진을 찍어도 좋다고 했거든요. 여러분의 단체 사진을 찍으면 되겠네요. 지금 진행 중인 프로젝트에 쓸 수 있을지도 모르고요." 마야가 말했다. "아차, 내가 무슨 말을 하려고 했지……? 나탈리에 부모님의 죽음의 진상이 뭐라고 생각하세요?"

"그들에게 무슨 일이 일어났는지 내 생각이 궁금하다고요?" 그가 눈썹을 치켜 올렸다. "그게 무슨 뜻이죠?"

"그러니까…… 왜 남편이 아내를 쏘고 자살을 했을까요? 그것도 주민 회의가 열린 밤에 말이에요. 그 점이 궁금하셨을 텐데, 안 그러셨나요?"

예란이 고개를 가로저었다. "나는 그 가족이 그런 비극으로 이어질 문제를 안고 있었다는 것밖에 해줄 말이 없어요. 뜯어말리지도 못할 정도로 부모가 서로 악을 쓰고 소리를 지를 때면 나탈리에는 여기로 왔어요. 두 사람이 평소에는 애에게 잘했던 것 같아요. 그래도 부부싸움은 할 수 있죠. 요나스는 술을 마시면 폭력적으로 변했어요. 그래서…… 나는 모르겠어요. 가끔은 모든 것이 다 부질없어요."

그가 입이 찢어져라 하품을 했다. "이 늙은이는 이제 잠자리로 들 시간이군요. 손님방에 잠자리를 마련해줄게요."


마야가 예란의 손님방 침대로 들어가자마자 휴대폰이 울렸다. 휴대폰 화면을 보았다. 시각은 한 시 반이었고 모르는 번호가 찍혀 있었다.

"마야 린데 씨 휴대폰 맞나요? 안녕하세요, 저예요. 나탈리에 스트룀. 생물학자요. 이렇게 늦게 전화해서 미안해요. 하지만 꼭 해야만 했어요. 신경이 쓰이는 일이 있어서요."

"그게 뭐예요? 말해봐요."

"저…… 한 가지 물어볼 게 있는데, 알렉스의 창고에 있던 삽에서 요한네스의 DNA가 나왔다는 말이 사실인가요? 그게 알렉스에게 혐의를 두는 가장 강력한 증거인가요?"

"그 이야기 어디서 들었어요?"

"인터넷에서 읽었어요."

마야가 한숨을 쉬었다. "그건 왜 묻죠?"

"그 삽 빨간색인가요? 그러니까 아주 빨간색이요. 그리고 거의 새것이고요?"

"만약 그렇다면 무슨 생각을 하고 있는지 말해줘요. 그 삽이 빨간색이라면 말이에요." 마야가 되물었다.

"제가 샘플을 채취하려고 늪지에 나갔을 때 알렉스에게 삽을 하나 빌렸어요. 요한네스도 그때 함께 있었어요. 요한네스가 그 삽을 들고 다닌 것 같아요!"

"알았어요, 나탈리에." 마야가 말했다. "걱정 말아요. 아무 문제도 없을 거예요. 연락해줘서 고마워요. 이제 눈 좀 붙여요. 그러면 내일 레이프 형사님이 연락을 할 거예요. 알겠죠?"

"네. 안녕히 주무세요."

"잘 자요."

마야는 레이프에게 새로운 정보를 문자로 알렸다.

'와우, 이럴 수가.' 마야는 마음의 짐을 내려놓은 기분이 되었다. '그런 증거가 나오다니. 알렉스가 괴짜일지는 몰라. 그래서 자연에서 패턴과 질서, 차이를 찾아내는 데 능할 수도 있어. 하지만 절대 우리가 뒤쫓는 자는 아니야.'

문득 온몸의 피로가 사라졌다. 그녀는 눈을 말똥말똥 뜬 채 손님방에 누워 알렉스를 생각했다. 주민 회의에 대해 예란과 나누었던 대화도 곰곰이 되짚어보았다. 그때 벽에 걸린 그림이 눈에 들어왔다. 놀라울 정도로 아무 의미 없는 풍경화들이었다. 그 그림들은 예란의 성격과 맞지 않았다.

그녀는 목이 말라 물을 마시러 일어났다.

욕실 밖 한쪽 구석에는 고가구인 아름다운 세크리터리 데스크가 서 있었다. 예란은 이곳에 쌓아놓은 서류들 위에 실종된 사람들을 조사한 자료가 든 파일을 올려 두었다.

그녀가 그 파일을 집어 들었다. 그리고 막 열어보려는 찰나에 아래 놓인 사진이 눈에 들어왔다. 그녀도 아는 여자의 것이었다.

트롤해탄에서 온 티나 가브리엘손. 2004년 출장을 왔다가 카를스타드에서 실종된 여성.

예란은 자신이 생각하기에 늪지에서 실종된 것 같은 사람들의 사진을 모두 가지고 있었다. 그래서 티나의 사진이 여기에 있다고 해도 특별히 이상한 일은 아니었다. 하지만 그는 이 사진을 그녀에게 보여주지 않았다. 게다가 이 사진은 달랐다. 다른 사진들은 원 사진을 복사했거나 신문에서 오려낸 것이었다. 그러나 티나 가브리엘손의 사진은 예테보리의 사진관에서 인화한 것이었다. 마야가 사진을 뒤집어 뒷면에 적힌 글을 읽어보았다.

즐거운 주말을 보내게 해줘서 고마워요.
티나.

마야는 온몸이 그대로 굳어버렸다. 그 글을 읽은 때로부터 매 순간 위험이 도사리고 있는 것처럼 말이다. 쩍 벌린 아가리에, 우리에 갇힌 것처럼.

'예란은 티나 가브리엘손과 아는 사이였어.'

그녀가 순진했던 걸까? 예란은 정말 미친 사람일까?

마야는 조용하고 빠른 손놀림으로 자신의 소지품을 챙겨서 아래층으로 내려왔다. 그러다 너무 허둥대고 말았다. 들고 가던 스웨터 소매에 발이 걸려 그만 계단에서 굴러 떨어진 것이다.

그녀가 쿵 소리를 내며 바닥에 떨어졌다. 얼른 고개를 들고 인기

척을 살폈다.

"거기 누구요?" 예란의 침실에서 잠에 취한 목소리가 들렸다. "마야, 당신이에요?"

그녀는 일어나서 신을 신고 상의를 입었다. 그리고 집 밖으로 튀어나갔다. 정원으로 나오자 몸 안의 기운이 모두 빠져나간 것 같았다. '차.' 그녀는 차를 가지고 오지 않았다.

바로 그 순간 그녀 뒤 홀에 불이 들어왔다.

그녀는 비틀거리며 최대한 빠르게 모퉁이를 돌아갔다. 길가로 나오자마자 울타리 뒤로 몸을 숨겼다.

앞문이 열리는 모습이 보였다. 뒤이어 안개 같은 예감의 입김.

"마야." 그가 밤의 어둠을 향해 소리쳤다.

그의 목소리가 늪지에서 들리는 소리며 저 멀리 새가 울부짖는 듯한 소리, 바람이 나무들 사이를 재잘거리며 지나가는 소리에 뒤섞였다.

그가 부르는 소리가 또 들렸다. 정말 그의 목소리인가? 그 소리는 마치 늪에서 피어오르기라고 한 듯 주위 풍경에서 툭 튀어나온 것 같았다.

"마야, 어디 있어요?"

그녀는 자동차가 오거나 전조등 불빛을 볼지 모르니 달리기 시작했다. 달리면서 오스카르에게 전화를 걸었다.

그가 받지 않았다. 다시 걸었다. 또 걸었다. 마침내 그의 잠에 취한 목소리가 들렸다.

"여보세요?"

"당장 나를 데리러 와." 그녀가 말했다. "지금 당장."

나탈리에는 잠을 이루지 못했다. 사방에서, 머리 안에서, 문밖에서, 늪지에서 똑똑 두드리는 소리가 들리는 듯했다. 그녀는 이불을 뒤집어쓰고 몸을 웅크린 채 그 소리로부터 숨으려고 했지만 소리는 점점 더 커졌다. 결국 침대에서 일어나 옷을 갈아입었다

'이제 나도 포기야.' 이 말이 그녀 안에서 메아리쳤다. '더 이상 상관 안 해. 아무것도 신경 쓰지 않을 거야.'

그녀는 별채를 나와 늦은 밤과 이른 새벽 사이에서 서서히 기세를 잃어가는 싸늘한 어둠 속으로 들어갔다. 문을 제대로 닫거나 외투의 단추도 제대로 여미지 않았다. 그녀의 발이 정처 없이 그녀를 앞으로 이끌었다. 밤이슬로 미끄러운 보행자 전용 다리를 따라, 초대라도 하듯 두 팔을 활짝 벌리고 있는 잠들지 않은 풍경 너머로 향했다.

무슨 이유에서인지 그녀는 그곳에 있고 싶었다. 그녀가 이 세상으로 나오기 전 있던 포궁이라도 되듯 컴컴하고 축축한 공동 속으로 들어가고 싶었다.

안개 속으로 들어가니 그녀는 자신을 이루는 경계가 흐릿해지는 기분이 들었다. 자신이 누구이고, 어디에 있는지에 대한 인식이 말이다. 이 모든 것이 다 무엇인지 알 수 없을 정도로 아득해졌다.

다음 순간 고함이 허공을 갈랐다.

그 소리가 몽롱한 의식을 뒤흔들자 그녀는 정신이 번쩍 들었다. 공포로 양팔이 따끔거렸다.

나탈리에는 한동안 꼼짝도 않고 서 있었지만 더 이상 아무 소리

도 들리지 않았다. 혹시 헛것을 들은 걸까? 그녀는 다시 천천히 발을 옮기기 시작했다. 느닷없이 또 소리가 들렸다. 이번에는 훨씬 더 가까이 들렸다. 나뭇가지를 밟는 소리가 나더니 불길한 침묵이 이어졌다.

"거기 누구 있어요?" 그녀가 가느다란 목소리로 말했다.

바로 그때 나탈리에는 보았다. 저 멀리 그늘진 형체. 그 형체는 폴짝 뛰어오르려는 것처럼 늪지 위로 몸을 웅크리고 있었다. 처음에는 어두컴컴해서 사신이 잘못 봤거나 헛것을 본 줄 알았지만 아무리 봐도 너무 생생했다. 누군가 그녀의 소리에도 대답하지 않고 그곳에 가만히 있었다. 그러더니 그녀 쪽으로 다가오기 시작했다. 얼핏 남자처럼 보였다. 그리고 그는 뭔가를 들고 있었다. 막대기나 장대 같은 물건이었다.

공포가 몸속에서 폭발하는 순간, 그녀는 몸을 돌려 달리기 시작했다. 머리로는 어둠 속에서 늪지를 달리는 일이 얼마나 위험한지 잘 알았지만 도망쳐야 한다는 본능이 그녀를 계속 달리게 했다. 그녀의 두 발이 이끼 위를 나르듯 뛰어올라 놀랍도록 민첩하게 단단한 땅을 찾아냈다. 마치 두 번째 천성인 것처럼. 어쩌면 일찌감치 익혀둔 기술일지도 몰랐다. 보행자 전용로가 양쪽으로 갈라지자 그녀는 왼쪽으로 방향을 틀었다. 달리다 보니 어느새 마주치는 나무들의 키가 점점 더 커졌다. 그러자 그녀는 과감하게 길에서 벗어나 어디로든 이어지기를 바라며 숲으로 들어갔다.

나탈리에는 몇 분 동안 뒤도 돌아보지 않고 달리다가 오두막 같은 것이 나타나자 그 뒤로 훌쩍 뛰어 들어가 몸을 숨겼다. 주위에는 아무도 보이지 않았다. 그녀는 여전히 어둠이 무엇을 숨겨주고 있는지 몰라 안심하지 못한 채 잠시 숨을 골랐다. 주위를 둘러본 나탈리에는 자신이 어디까지 왔는지 퍼뜩 깨달았다.

그것은 자신의 오두막이었다. 어린 시절 수많은 시간을 보낸 그곳과 마주친 것이다. 그녀는 자신의 눈을 믿을 수 없다는 듯 얼떨떨한 기분에 오두막 여기저기를 살펴보았다. 손을 뻗어 손끝으로 널빤지의 거친 표면을 쓸어보았다. 그리고 재빨리 몸을 웅크리고 안으로 들어갔다. 백 번도 더 유리도 없는 창문으로 밖을 내다보던 자리에 앉아보았다. 바깥의 바람이 느닷없이 거세지더니 맹렬하게 불기 시작했다. 나탈리에는 어둠 속을 바라보며 자신을 쫓아오던 사람을 찾아보았지만 아무도 오지 않았다. 그녀는 조용히 기다렸다. 심장이 미친 듯이 뛰었다. 몇 분이 지나가고 어느새 한 시간이 흘렀다.

그리고 뭔가가 천천히 앞으로 발을 내디뎠다.

바깥의 어둠으로부터가 아니었다.

그것은 내면의 어둠에서 모습을 드러냈다.

몸과 정신이 모두 그토록 지치지 않았다면 그녀는 저항했을 것이다. 하지만 어린 시절을 보낸 아지트에 웅크리고 있으니 그녀를 압도한 기억의 힘에 그대로 굴복할 수밖에 없었다.

그날은 마지막 날이었다. 마지막 여름. 나탈리에는 집에 있었다. 열두 살의 나탈리에.

더위에 지친 정원의 식물들은 늦여름의 마지막 색깔을 퍼트리는 중이었다. 아빠는 저녁 식사가 끝난 후 소파에 길게 누웠고 엄마는 정리를 하고 있었다. 나탈리에는 율리아가 왜 전화를 하지 않는지 속앓이 중이었다. 어쨌든 율리아는 가장 친한 친구 아닌가.

나탈리에는 어슬렁어슬렁 예란의 집으로 가 부엌 창문으로 안을 들여다보았다. 늘 그렇듯이 누군가 앉아 있었다. 커튼을 쳐놓아서 사람의 윤곽만 으슴푸레 보였다. 그 형체는 누군가의 이야기를 주의 깊게 들으며 가끔 고개를 끄덕이고 간간이 질문을 하는 것 같았다. 누군가 메모를 하고 있었다.

나탈리에는 집 주위에 난 자갈길을 돌아다니며 담배꽁초를 찾아보기로 했다. 부모님이 용돈 대신 담배꽁초를 찾아오면 한 개당 1크로나를 주었다.

꽁초를 한 무더기 모으자 이번에는 풀밭에서 핸드볼 점프숏 연습을 시작했다. 다음 주에 토너먼트 경기가 열릴 예정이었다. 이름하여 '하계 오물컵 대회'였다. 나탈리에는 골을 많이 넣고 싶었다. 어쩌면 관중석의 누군가에게 눈도장이 찍힐 수도 있었다.

마침내 집으로 돌아가자 어느새 손님들이 속속 도착했다. 앙네타와 구스타브가 왔고 위본네와 페데르도 도착했다. 그 직후에 예란이 도착했고 또 누군가가 왔다. 시작할 때만 해도 분위기가 좋았다. 부모님은 손님들에게 치즈와 쿠키, 와인을 대접했다. 나탈리에는 칩 한 봉지를 들고 제 방으로 갔다.

침대에 앉아 《버스트》 최신호를 펼쳤다. 나탈리에는 자신이 마지막 숏을 모두 막아내는 골키퍼라고 상상했다. 그녀는 영웅이었다.

어느새 노곤해지면서 잠이 쏟아졌다. 그렇게 아마 두 시간가량 곯아떨어졌을 것이다.


"이봐, 제발, 정신 좀 차려. 어떻게 그런 멍청한 생각을 할 수 있어?"

누군가 소리쳤다. 다들 취해 있었다. 소동이 시작되었다.

"이건 심각한 문제라고!" 다른 누군가가 소리쳤다. "잘 들어봐!"

나탈리에는 아빠가 말다툼을 말리는 소리를 들었다. "자, 이제 다들 집으로 돌아갈 시간이에요. 이 이야기는 나중에 다시 하도록 합시다."

잠시 후 나탈리에가 물을 마시러 부엌으로 갔다. 술병들이며 술잔 여러 개가 식탁에 아무렇게 놓여 있었다. 손님 몇 명이 홀에서 재킷을 입고 신을 신는 모습이 보였다. 그때 예란과 눈이 마주치자 조심스럽게 고개를 끄덕여 인사를 건넸다.

잠시 후 나탈리에는 방으로 올라가 침대로 들어갔다. 손님들이 집을 나서서 계단을 내려가는 소리가 들리는가 싶더니 부모님이 침실로 올라오는 발소리가 들렸다.

"나는 다시 잠이 들었어요." 나탈리에는 요한네스의 옆에 앉아 다시 그에게 이야기를 들려주기라도 하듯 목소리를 잔뜩 낮춘 채 이야기했다. "한참 잤나 봐요. 그러다 무슨 소리를 들었어요……." 그녀는 자신의 입으로 손을 가져갔다. 그제야 자신이 떨고 있다는 사실을 깨달았다. "무슨 소리가 나서 잠이 퍼뜩 깼어요. 나를 깨운 소리는 총소리가 아니었어요……. 나는 지금껏 총소리 때문에 깼다고 생각했어요. 하지만 그 전에 이미 잠이 깨 있었어요. 내가 잠에서 깬 건…… 다른 소리 때문이었어요. 누군가 왔거든요."

그녀의 머릿속에서 울리는 소리는 망치로 톡톡 두드리는 소리 같았다.

똑, 똑, 똑.

똑, 똑, 똑.

"누군가 집으로 왔어요. 누군가 문을 두드렸고 그 후에 총성이 울렸어요. 나는 문을 두드리는 똑똑 소리를 들었어요. 그 목소리를 들었어요."

나탈리에가 오두막을 나섰다. 아침이 밝아오고 있었고 부드러운 첫 햇살이 늪지를 서서히 밝히는 중이었다. 그녀는 돌아가야만 했다. 모든 것을 기억해내야만 했다.

야생 포도가 기다란 손가락들을 판유리의 금으로 밀어 넣어 사방에서 뒷문을 밀어냈다. 몇 해를 끈질기게 기다린 끝에 드디어 문을 열어젖혔다.

그 집은 나탈리에를 기다리고 있었던 것 같았다. 그녀가 도착하자 숨을 쉬기 시작해 그녀를 문 안으로 끌어당기는 것 같았다. 어린 시절 다른 사람의 주의를 끌고 싶지 않을 때면 이 문으로 들어왔다는 사실이 떠올랐다. 그 문은 작은 방과 커다란 욕실이 있는 2층으로 올라가는 좁은 계단으로 곧장 이어졌다. 게다가 주방을 지나치지 않고도 제 방으로 갈 수 있었다.

이제 이곳은 컴컴하고 습한 데다가 뭔가가 썩은 내가 진동을 했다. 그녀의 과거는 말 그대로 해체되고 있었다. 서서히 희미해지는 중이었다. 그녀가 몸을 돌리자 흐릿한 윤곽이 보였다. 홀에 세워 둔 커다란 서랍장이었다. 서랍은 전부 닫혀 있었지만 그녀는 기억하고 있었다. 낡은 전화번호부들이 제일 아래 서랍에 들어 있었다. 그리고 엄지장갑들과 모자들, 헤어스프레이 병들, 헤어젤 튜브들도 들어 있었다.

나탈리에가 거울을 들여다보았다. 그 모든 습기와 거미줄을 지나 치고 모든 갈라진 금을 비집고 들어갔다. 그러자 열두 살 시절의 자신이 보였다. 그녀는 집으로 돌아와 있었다.

다시 집에 왔다.

그녀는 기억하고 싶었다. 지금껏 잊어버리고만 싶었지만 이제 기억하고 싶었다. 그 여름에 벌어진 사건에는 진실이 있었다. 그런데 그 진실이 모습을 드러내지 않았다. 하지만 그녀는 알았다. 어째서 인지 몰라도 알고 있었다. 이제 그 이미지들이 수면 위로 드러날 시간이었다.

일곱 시가 되면 자동적으로 커피를 내리는 커피 메이커의 소리. 오후가 되면 요리하는 냄새. 언제나 고장 나 있는 환풍기.

그 모든 것들이 함께 흘러나왔다. 흘러나와 각자 떠돌아다녔다.

나탈리에는 휴대폰의 불빛에 의지해 집 안을 돌아다녔다.

그녀는 부엌과 자신의 방으로 이어지는 복도를 걸어갔다.

병들과 잔들이 그 마지막 밤의 모습 그대로 여전히 부엌 조리대에 널려 있었다. 수많은 세월 눅눅한 공기 속에 버려지고 잊히고 에워싸인 채.

그녀는 자신의 방으로 가 침대에 앉았다. 시커먼 얼룩이 진 견목 바닥과 자신이 직접 고른 작고 빨간 체리 무늬의 벽지. 크리스마스 선물이었던 베이지색 벨벳 스프레드를 깐 침대. 그 옆에 놓인 책상. 벽에 붙여놓은 포스터들. 아크와 카이사 베리크비스트.

이제 이곳은 짐승들의 안식처가 되었다. 모든 것 위로 드리운 베일.

하지만 더 이상 쇠락의 흔적이 보이지 않았다. 그녀는 열두 살이었던 그곳으로 다시 돌아왔다. 창밖은 어두웠다. 그리고 똑똑 노크 소리에 잠에서 깼다.

똑, 똑, 똑.

똑, 똑, 똑.

계단을 내려가는 잰걸음 소리가 들렸다. 나탈리에는 침대에서 일어나 문을 살짝 열어놓고 바닥에 앉았다. 시선이 곧장 의자와 테이블의 다리를 지나 홀로 향했다.

아빠의 말소리가 들렸다. "그 사람들이 다시 왔어. 돌아왔다고."

바로 뒤따른 침묵. 이번에는 엄마의 목소리가 들렸다. "요나스! 뭐 하는 거야?"

"저 인간에게 겁을 좀 줘야겠어. 저 자식, 겁 좀 먹어야 해."

앞문이 열렸다.

처음에는 누가 무슨 말을 하는지 알아들을 수 없었다. 소리를 죽인 말소리와 속삭이는 소리만 들렸다

"당신 둘은 말귀를 알아듣는 사람들이잖아. 적어도 당신들은. 우리는 더 이상 우리 가족을 잃을 수 없어. 당신도 이해하잖아, 안 그래?"

"그게 무슨 말이야, 잃다니?" 아빠의 말소리가 들렸다.

"우리 모두 트레이시에게 무슨 일이 일어났는지 알아. 늪은 굶주려 있어. 우리가 그 굶주림을 채워줘야 해. 그리고 남은 것을 지켜야 한다고."

뒤이은 침묵.

다시 들려온 아빠의 목소리. "당신들 완전히 정신이 나갔어. 그

런 말을 제정신으로 하는 거야? 우리가."

"내 말을 들어봐." 다른 목소리가 끼어들었다. "당신은 늪지를 알잖아. 그게 무슨 짓을 할 수 있는지 알잖아. 여기서 계속 살려면 뭐라도 해야 한다고!"

"일어난 일은 일어난 일이야." 아빠가 말했다. "끔찍한 비극이었어. 하지만 그런 일은 다시 일어나지 않을 거야."

"아니, 일어날 거야. 늪은 제물을 원해. 하지만 지금부터 우리가 가진 그 무엇도, 이 모스마르켄에 사는 우리 중 그 누구도 늪지의 제물이 될 일은 없을 거야."

"당신들 완전히 미쳤어! 여기서 나가. 문을 닫아야겠어." 아빠가 말했다.

"당신들도 그 사실을 무시할 수는 없을걸. 트레이시가 어떻게 되었는지 당신들도 알잖아. 당신들은 나탈리에를 제물로 바칠 각오가 되어 있어?"

"당장 여기서 꺼져. 경찰을 부를 거야. 가! 어서 가라고! 꺼져!"

복도에서 들리는 옥신각신하는 소리.

"무슨 짓이야?" 들려온 말소리. "당신들 이런 걸……. 당신이야말로."

그리고 뒤따른 총성.

쥐 죽은 듯한 고요함.

이윽고 분주하게 움직이는 사람들

"이게 무슨 짓이야?" 엄마의 갈라진 목소리가 들렸다.

또 한 번의 총성. 재빨리 시신들을 움직이는 모습. 아빠의 손에 쥐어놓은 라이플총.

아무도 나탈리에가 있다는 사실을 깨닫지 못했다. 아무도 나탈리에가 집에 있을지 모른다고, 아이가 제 방 바닥에 앉아 있을지 모른다고, 모든 것을 본 목격자일지 모른다고 생각하지 않았다. 아이가 봤다고 생각하지 않았다.

비로소 혼자 남자 밖에서 한참 시동을 걸어놓은 차가 마침내 멀어지는 소리만이 그녀 곁을 지켰다. 그리고 그녀의 부모님을 죽인 남자의 말. 그의 목소리. 나탈리에는 이제 그 목소리가 기억났다. 사실 한 번도 잊은 적이 없었다.

'늪은 제물을 원해. 하지만 지금부터 우리가 가진 그 무엇도 늪지의 제물이 될 일은 없을 거야.'

# 제6부

　방 안에서 재스민 향이 났다. 솜털 무늬 벽지와 두툼한 커튼으로 꾸민 실내에서 참석자들은 따스함과 포근함을 느꼈다.

　구스타브는 문 근처에 놓아둔 의자에 앉아 있었다. 라일라와 텍사스는 작은 테이블 옆에 놓은 안락의자를 하나씩 차지하고 앉았다. 페데르와 위본네는 벽에 붙여 놓은 빅토리아 양식의 소파에 함께 앉아 있었다.

　예란은 구석에 홀로 있었다. 마야가 그곳으로 들어서자 그는 그녀에게서 시선을 돌렸다. 그가 무슨 생각을 하는지, 왜 그녀의 문자에 답을 하지 않는지, 왜 마야가 갑작스럽게 집으로 돌아간 일에 아무 반응도 보이지 않는지 온통 의문투성이였다.

　마야는 오스카르에게 그날 일이 별일 아닌 것처럼 보이게 애를 썼다. 학교에 이상한 말이 나도는 것을 원하지 않았다. 그러나 한밤중에 그녀를 데리러 온 오스카르는 몹시 걱정스러운 듯 보였다.

"그 사람이 무슨 짓을 한 거예요?" 그가 화를 내며 물었다.

"갑자기 무슨 아이디어가 떠올랐나 봐. 내가 가주는 게 최선이었어." 그녀는 모호하게 거짓말을 했다. "데리러 와줘서 고마워."

그녀는 예란에게 티나 가브리엘손의 사진을 봤다는 문자를 보냈다. 그가 그녀와 아는 사이라는 걸 이제는 안다고 했다. 그가 보이는 것처럼 결백하다면 적어도 어떻게 된 일인지 해명을 해야 한다고, 왜 두 사람 사이를 감추려 했는지 말해야 한다고 생각했다.

그녀는 레이프에게도 전화를 걸어 그녀가 알아버렸다는 걸 예란도 알기 때문에 당장 예란을 소환해야 한다고 말했다.

하지만 레이프는 잠시 두고 보고 싶어 했다.

"지금은 때가 아니에요, 마야. 그리고 범죄 피해자를 안다고 해서 그게 범죄도 아니고요. 우선은 너무 앞서가지 말고 냉정을 지켜야 해요."

"하지만 그 사람이 아무 말도 하지 않은 게 이상하잖아요." 그녀는 자신의 생각을 좀처럼 굽히지 않았다. "우리는 요 며칠 간 꽤 자주 만났어요. 이 지역에서 일어나는 일에 대해서 이야기를 나눴고요. 그런데 그 여자에 대해서는 입도 벙긋하지 않았어요. 저택에서 그와 만날 건데, 뭐라고 해야 하죠?"

"침착해요, 마야. 때가 되면 그 사람을 부를 거니까."

마야는 광각렌즈를 끼우고 카메라를 키 높은 삼각대에 올려놓았다. 그리고 발판 사다리를 펴서 삼각대보다 더 높이 올라갔다. 그런 식으로 실내에 있는 사람들을 한 번에 렌즈에 담을 수 있었다.

앙네타가 들어오더니 모두를 볼 수 있는 곳에 섰다.

"보시다시피 오늘 회의에는 마야가 함께할 거예요." 그녀가 마야 쪽으로 몸짓을 하며 소개했다. "그리고 우리 사진도 찍을 거예요. 여러분 이미 마야를 만나보셨겠죠. 그녀가 어떤 사진을 찍었는지 나중에 보면 재미있을 거예요." 앙네타가 허리를 곧게 펴더니 형식적인 미소를 지었다. "그러면 마야가 사진을 찍는 동안, 오늘 제가 여러분을 만나고 싶었던 이유부터 말해야겠군요. 우리는 몇 가지 안건에 대해서 이야기를 나누기 위해서 모였습니다. 아마도 이렇게 가끔 모여서 공통의…… 말하자면 걱정거리에 대해서 의논을 하는 것도 괜찮을 것 같아요."

그때 살며시 문이 열리더니 나탈리에가 안으로 들어왔다. 그녀는 묘한 표정을 짓고 있었다. 뭔가에서 해방된 듯한 홀가분한 표정이었다. 어딘지 서글퍼 보이면서 동시에 강인하고 결연해 보였다.

먼저 온 사람들의 관심이 막 도착한 그녀에게 쏠렸지만 이내 앙네타의 이야기로 돌아갔다.

오로지 한 사람만이 나탈리에를 계속 주시했다. 나탈리에도 그의 눈을 마주 보았다. 그 남자는 도저히 시선을 돌릴 수 없는 것처럼 보였다. 시선을 비틀어 다른 곳으로 피하려고 했지만 결국에는 포기한 것처럼 보였다. 마야는 그 순간을 놓치지 않고 셔터를 눌렀다.

동시에 양쪽으로 여닫는 문이 열리면서 레이프 형사가 나타났다.

"안녕하세요." 앙네타가 의아한 듯한 목소리로 인사를 건넸다. "괜찮으시다면, 우리가 오늘 좀 바쁜데요."

"그런가요?" 레이프가 말했다. "무슨 일로 바쁘십니까?"

"우리는…… 최근에 일어난 사건들에 대해서 이야기를 해보려고요. 모두 그 사건들 때문에 깊이 충격을 받았거든요. 아시다시피 이곳에서 이런 끔찍한 일이 처음도 아니고요." 그녀는 편을 들어주기를 바라며 다른 사람들을 돌아보며 말했다.

"저는 기다릴 수 있습니다."

레이프가 들어와 안락의자에 앉아 두리번거리며 마야를 찾았다. 마침내 한쪽 구석에 카메라를 들고 사다리에 올라가 있는 그녀를 찾자 이렇게 말했다. "계속하세요."

다른 사람들이 불편한 듯 시선을 교환했다.

"오늘 왜 오셨는지 물어봐도 되겠죠?" 앙네타가 최대한 정중하게 말했다. "이건 사적인 모임이에요. 도대체 뭘 기다리시겠다는 거죠?"

"곧 도착할 동료들이요. 잠시 후 이 모임을 중단시켜야 하거든요."

"뭐라고요?" 앙네타가 되물었다. "이게 다 무슨 일이죠?"

"이게 다 무슨 일이냐고요?" 레이프가 그녀의 질문을 되풀이했다. "이건 저기 늪에서 발견된 많은 사람들에 관한 일입니다. 지난 12년 동안 사람들을 살해해 저곳에 매장한 사람들에 대한 일이고요. 공격을 당했지만 의식을 회복해 우리에게 흥미로운 정보를 알려준 어느 젊은이에 대한 일이기도 하고요."

"그 사람이 의식을 찾았어요?" 앙네타가 물었다. "어머, 그건 희소식이네요."

"희소식?" 레이프가 물었다.

마야의 눈에 레이프는 간신히 짜증을 억누르는 것처럼 보였다. 그는 폭발하기 일보직전이었다. 선을 넘고 있었다. 아마도 그는 제대로 자지 못한 지 오래되었을 것이다.

"이 방에 있는 어떤 사람들은." 그가 말했다. "절대 희소식으로 생각할 수 없을걸요."

레이프의 시선이 앙네타를 떠나 그녀의 남편으로 옮겨가더니 다시 페데르와 위본네, 텍사스, 레일라로 차례차례 옮겨갔다. 그리고 마지막으로 예란에게 머물렀다.

레이프가 고개를 숙였다.

시선이 이쪽으로 그리고 저쪽으로 꽂히듯 옮겨 갔다. 한편 참석자들은 점점 커지는 불안을 숨긴 채 서로를 바라보았다.

"혹시 우리 중에 누군가가……." 앙네타가 말했다. "정말 정신 나간 소리군요. 이 늪지에서 살고 있는 우리는 피해자들의 유가족에 버금갈 정도로 이 사건으로 고통을 겪고 있어요."

"물론 정신 나간 짓이죠. 문제는, 이 모든 일이 어떻게 일어날 수 있었냐는 겁니다." 레이프가 말했다. "그리고 그 해답을 곧 알 수 있기 바랍니다. 우리는 모두 여섯 건의 살인과 한 건의 살인미수를 해결하려고 애쓰고 있습니다. 지금까지 알아낸 피해 규모는 그렇죠."

"여덟 건의 살인." 그의 뒤에서 누군가 말했다.

바로 그 순간 제복을 입은 경관 두 명이 방 안으로 들어섰다.

"뭐라고요?" 레이프가 나탈리에를 돌아보며 물었다.

"여덟 건의 살인과 한 건의 살인미수." 그녀가 말했다.

"그게 누구야?" 라일라가 소리쳤다.

경찰이 방을 가로지르더니 페데르와 위본네에게 다가갔다.

"내가 설명할 수 있소……." 페데르가 일어서며 말했다. 위본네가 남편을 따라 일어서더니 그를 보호하려는 것처럼 앞으로 팔을 내밀었다.

짧게 실랑이가 벌어졌다. 수갑과 열쇠가 짤그랑거렸다. "잠깐만 요…… 지금 무슨 짓이에요?" 위본네가 떨리는 목소리로 물었다. "꼭 이렇게 해야 해요?"

시간이 갑자기 느려진 것 같았다. 마치 이 순간이 으스스하고 고 요한 마법 속에 봉인된 것 같았다. 망연자실한 다른 사람들의 얼굴 을 무시하듯 페데르와 위본네의 시선이 방 안을 떠돌았다.

"이게 무슨 일이야?" 텍사스가 마침내 물었다. "두 사람 무슨 짓 을 한 거야?"

앙네타가 손톱으로 입가를 긁었다. 무슨 말을 하고 싶지만 입에 서 나오는 소리가 완전한 단어를 이루지 못하는 것 같았다. 다음 순 간 마침내 진상을 깨달았는지 순식간에 안색이 어두워졌다.

"우리가 가기 전에 꼭 하고 싶은 말이 한 가지 있어." 페데르는 그의 어깨를 잡는 경찰의 손을 짜증스럽게 뿌리치며 말했다. "다른 방법이 없었어. 다른 길이 없었다고. 우리가 재미로 그런 일을 한 줄 알아? 우리는 당신들을 위해서 그런 일을 한 거라고. 이웃을 위 해서. 그걸 잊지 마!" 그가 양팔을 허공으로 던졌다. "나도 내가 그 런 짓을 하지 않았으면 좋겠어. 예란이 다 말해줄 거야. 그는 이 늪 지가 어떻게 작동하는지 다 아니까. 당신들은 자신들이 자유로운 몸이라고 생각하겠지만, 그런 시절은 이제 끝났어."

"당신들 무슨 짓을 한 거야?" 텍사스가 돌아보며 물었다.

예란이 허옇게 질린 얼굴로 등을 꼿꼿하게 편 채 앉아 있었다.

"나는 모르겠어." 그가 속삭이듯 말했다.

"그래요. 그게 진상이에요." 위본네 라르손은 칼스타드 경찰서에서 심문을 받자 다 털어놓았다. 마야는 옆방에서 위본네와 레이프, 다른 심문자 사이의 대화를 들었다.

위본네는 양손을 다리에 올려놓은 채, 자신의 옷으로부터, 피부로부터 아무에게도 들키지 않고 빠져나가려는 것처럼 양손을 소매에 넣었다 뺐다 했다.

"우리는 알게 되었어요. 우리가…… 뭔가를 해야 한다는 사실을. 우리는 늪에서 무슨 일이 벌어지고 있는지 알게 되었어요. 물론 직접 경험했죠. 예란 달베리가 늪의 굶주림에 대해서도 이야기해줬어요. 오랫동안 그곳에서 흔적도 없이 사라진 사람들에 대해서도요. 우리도 다른 사람들처럼 겁에 질렸어요. 언제든지 다시 순서가 찾아올 수 있다는 사실을 알았어요. 늪은 결코 만족을 모르거든요. 우리가 겪은 고통을 겪지 않은 사람은 결코 우리를 비난할 수 없어요. 우리는 사랑하는 아이를 잃었어요. 또 하나를 잃을 수는 없었어요, 안 그래요? 당신도 아이를 잃고 싶지 않잖아요? 당신에게 아이가 있다면 말이죠. 아이가 있어요? 그럼 알겠군요."

그녀의 태도는 유쾌하고 적극적이었다. 레이프와 다른 심문관을 자신의 편으로 끌어들일 수 있다는 듯, 자신의 관심과 행동을 이해시키는 데 아무런 문제도 없다는 듯 감정에 호소하기도 했다.

"그러니 내 신념을 지킬 거예요. 우리가 한 일은 말이에요. 항상 유쾌하기만 한 건 아니었어요. 결코 그렇지 않았죠. 하지만 살다 보면 유쾌한 일만 하고 사는 게 아니잖아요. 때로는 해야만 하는 일을 그냥 해야 해요. 원래 그런 법이니까요."

그녀가 숨을 깊이 들이쉬었다. "늪이 선물을 기다릴 텐데 이제 아무도…… 아무도 선물을 하지 않겠죠. 나는 그 점이 가장 걱정스러워요."


며칠 후 페데르는 점점 더 내면으로 침잠해갔다. 그의 거대한 몸은 심문실의 작은 의자에 어울리지 않아 보였다. 그의 몸은 가만히 앉아 있는 법을 모르는 것 같았다. 그의 몸은 언제나 움직이고 뭔가를 하며 일을 하는 데 익숙한 듯했다. 뭔가를 지속하고 결정을 내리는 일에 길들여진 것 같았다.

"나도 한동안은 다 그만두고 싶었어요." 그가 털어놓았다. "정말이에요. 날씨가 나빠지면 아이들이 눈에서 벗어나지 않게 잘 지켜볼 수 있을 줄 알았어요. 하지만 남자아이가 사라졌잖아요. 늪지가…… 우리를 위협한 거예요. 우리는 누구보다 율리아를 지키고 싶었어요. 시간이 흘러서는 그 애의 아이들을. 한순간 방심하기가 얼마나 쉽습니까. 그때는 너무 늦어요. 영원히 늦어버리죠. 가끔 우리는 짐승을 바쳤어요. 하지만 때로는…… 때로는 사람을 바쳤죠. 그게 필요하다는 걸 알았으니까요. 우리의 존경심을 보여주고, 우리가 그 중요성을 이해하고 있다는 사실을 알려주려고 그들의 주머니에 돈을 채워 넣었어요. 나는 또다시 아이를 찾으러 그곳으로 가고 싶지 않았어요. 우리는 아이들을 위해서 그렇게 한 거예요. 이해가 됩니까? 우리는 다른 방법이 없었어요."

*우리는 아이들을 위해서 그렇게 한 거예요.*

# 제7부

마야가 저택에 도착했을 때, 나탈리에는 커다란 다운재킷을 입고 장원 카페의 야외석에 앉아 있었다. 앙네타가 테라스에 두는 가구를 그곳에 내놓았는데, 오늘 같은 날에는 선물이었다.

"날씨가 정말 근사해요." 마야가 하늘을 바라보며 말했다.

"그렇죠. 정말 좋아요. 앉으세요." 나탈리에가 의자 하나를 가리켰다.

"전화 고마워요." 마야가 말했다. "당신을 만나서 정말 기뻐요."

"저는 조만간 예테보리로 돌아가요. 샘플 몇 가지만 더 채취하면 되거든요. 그래서 떠나기 전에 이야기를 나누면 좋겠다 싶었어요."

마야가 고개를 끄덕였죠. "그래요."

두 사람은 나탈리에의 논문과 곧 열릴 마야의 전시회로 이야기를 시작했다. 그들은 차 두 잔을 큰 컵으로 주문했다. 이윽고 이야기는 페데르와 위본네로 넘어갔다.

"사건의 진상을 받아들이기가 너무 힘들어요." 나탈리에가 말했다. "어린 시절 친구의 부모님이 이 모든 사건의 주범이라는 사실 말이에요. 페데르 아저씨가 아빠와 엄마를 차례로 쏘았다는 사실도. 아빠에게 총을 쏜 건 사고였어요. 그런데도 그는 엄마마저 쏘았어요……."

마야는 무슨 말을 하면 좋을지 곰곰이 생각하며 그녀를 한참이나 물끄러미 바라보고 심호흡을 했다.

"하지만 이세는…… 지금은 조금 마음의 짐을 내려놓은 것 같지 않아요? 아버지가 결백하다는 사실이 밝혀졌잖아요. 그분은 아무도 죽이지 않았어요. 아내를 죽이지도, 스스로 목숨을 끊은 것도 아니에요."

나탈리에가 다시 해를 향해 고개를 들고 눈을 감았다.

"정말 그래요." 그녀가 조용하게 말했다. "모든 것이 뒤죽박죽이 된 와중에도 가끔 안도감이 찾아올 때가 있어요. 내가 그분들을, 아빠를, 부모님을 되찾을 것 같아요. 쓰레기 같은 생각들이 사라졌어요. 압박감도 없어졌고요. 그래요 나는…… 텅 빈 것 같아요." 그녀가 웃으며 마야를 바라보았다. "물론 좋은 의미로요."

"무슨 말인지 알겠어요. 그런 말을 들으니 마음이 놓이네요."

"동시에…… 전에는 느끼지 못했던 슬픔이 느껴져요. 왜냐하면 그런 일이 일어났으니까요. 내 어린 시절 대부분을 잃어버렸으니까요. 이런 생생한 감정을 그대로 묻어버리지 않는 건 내게 낯설어요. 그래서…… 한편으로 마음이 아파요."

마야가 나탈리에를 물끄러미 바라보았다. "아프게 내버려 둬요. 당신이라면 감당할 수 있을 거예요. 견디다 보면 언젠가 안도감이 찾아올 거예요. 저항하지 말아요. 슬픔이 들어오도록 내버려 둬요. 그리고 당신의 내면을 들쑤시고 돌아다니게 해요. 그 슬픔이 당신을 변화시키고 서서히 잦아들도록 내버려 둬요. 그러고 나면 당신은 그 슬픔보다 더 큰 사람이 된 기분이 들 거예요. 그때는 당신이 생각하고 경험한 그 무엇보다 더 큰 사람이 되어 있을 거예요."

10월의 공기에 뜨거운 차가 차갑게 식을 즈음, 두 사람의 대화는 나탈리에가 곧 집으로 돌아가는 이야기로 넘어갔다.

"그건 그렇고 어떤 가정에서 살게 되었어요?" 마야가 물었다. "언제 예테보리로 갔어요? 친척 집이었나요?"

"아뇨, 전혀 모르는 분들이었어요. 그편이 내게 좋았어요. 나만의 생각일지 모르지만. 새로 시작하고 싶었거든요. 하지만 생각처럼 대단하지 않았어요. 분명히 누군가가 신을 두려워하는 가족일수록 내게 더 좋을 거라고 생각했나 봐요. 그래서 그 도시에서 가장 신앙심이 돈독한 가정에 맡겨졌죠."

"아하." 마야가 말했다.

"음…… 실례지만, 신을 믿으시나요?"

마야가 웃음을 터트리며 괜찮다고 했다. "질문자에게 신이 무엇을 의미하는지 모른다면 대답하기 까다로운 질문이군요. 사람마다 신의 의미는 다 달라요. 그러니 우리가 파고들 필요가."

"음, 당신에게 신은 무엇을 의미하죠?" 나탈리에가 말을 뚝 끊었다.

"내게 신이란……." 그녀가 말문을 뗐다. "묘사도 설명도 되지 않고…… 사고로는 접근조차 할 수 없는, 일종의 시간을 초월한 현실이에요. 이 신은 오로지 당신의 내면에서만 본모습을 보여주죠. 그리고 그 안에서만 직접 경험할 수 있어요."

나탈리에는 마야가 신에 대해 이런 이야기를 하는 게 이번이 처음이 아니라고 장담할 수 있었다.

"그리고 이런 신을 만나면." 마야가 계속 말을 이었다. "당신은 이 세상에서 모든 구분이 허상이라는 사실을 온 존재로 지각할 수 있어요. 모든 것이 근본적으로 하나로 통합되는 거예요."

"그러면 그 신은…… 그 모든 건 무엇으로 구성되어 있죠, 당신 생각에는?" 나탈리에가 물었다.

"적어도 의미하려는 바를 정확하게 가리키는 한 단어라면 '비어 있음'이죠."

나탈리에가 눈썹을 모으더니 웃음을 터트렸다. "비어 있음이라고요?"

"그래요." 마야가 대답했다. "하지만 이 개념은 그저 공허한 비어 있음이 아니에요. 형상, 경계, 사고, 개념이 없다는 뜻이죠."

"알았어요." 나탈리에가 망설이듯 대답했다. "그게 뭘 의미하죠?"

"오, 뭐라고 하면 좋을까……." 마야가 의자에 등을 기댔다. 그녀의 모습을 보아 대단히 신중하게 단어를 고르며 설명하려는 것 같았다. "그건 일종의…… 매순간 세상이 창조되고 있는 순수한 의식으로 만들어진 공간이에요. 그건 지성을 넘어서는 깨우침이죠. 변화시킬 수 없는 존재예요. 그것을 찾기만 하는 게 아니에요. 이것은 우리의 본질이자 가장 깊은 곳에 자리 잡은 본성이거든요. 그리고 그건……." 마야가 무슨 감정이 떠올랐는지 웃음을 터트렸다. "영성을 탐색하다 보면 바로 이 점이 재미있어요. 결국 당신이 찾아 헤맨 것은 바로 '당신'이라는 사실을 깨닫게 되거든요. 그건 만질 수 있는 게 아니에요. 아무도 그것을 볼 수 없어요." 그녀가 말을 멈추었다. "보는 건 그것이죠."

두 사람은 얼마 후 헤어졌지만 마야의 말은 나탈리에의 머릿속에서 계속 맴돌았다. 그 말들이 다른 세상, 호수 옆에서 사슴의 눈으로 보았던 세상에서 온 밝은 음색으로 온몸에 메아리쳤다.
*보는 건 그것이죠.*

그날 오후 늦게 나탈리에는 가져온 장비와 파일, 서류, 책을 모두 쌌다. 박사 논문과 연구 결과가 들어 있는 노트북도 잊지 않았다.
그녀가 상상조차 할 수 없었던 미래를 살기 위해 집으로 돌아가야 할 시간이었다. 안전망이 사라진 미래가 바로 지금 같은 느낌일 것이다.
어쩌면 그 반대일지도 몰랐다. 어쩌면 처음으로 발을 딛고 설 굳건한 땅을 찾아낸 것일지도 몰랐다. 그녀 안에서 뭔가가 변했다. 뭔가의 방향이 수정되었고 그에 따라 그녀의 관점도 변했다. 양부모를 다시 볼 날이 기다려지기까지 했다.

오두막에서 아침이 시작되고 장원 저택에서 주민 회의가 시작하기 전, 요한네스가 깨어나기 고작 몇 시간 전 나탈리에는 다시 한번 더 그의 침대 옆으로 돌아가 평소처럼 앉았다. 병실에 들어가니 그의 어머니가 먼저 와서 그에게 노래를 불러주고 있었다. 노랫가락이 아라비아 노래 같았다.

"계속해주세요." 그녀가 노래를 뚝 그치자 나탈리에가 말했다.

하지만 마리아는 고개를 흔들며 미소를 지었다. "노래는 다 했어요. 이 애가 어릴 때 자주 불러주던 노래예요."

"아름다운 곡이에요." 나탈리에가 앉으며 말했다. "상태는 좀 어때요?"

"의사 선생님들이 좋은 소식을 알려줬어요." 마리아가 말했다. "곧 의식이 돌아올 것 같대요."

"정말요?" 감격이 파도처럼 그녀에게 몰려왔다. 그녀는 요한네스를 바라보며 다리를 만지려다가 멈췄다.

"그러면 곧 깨어나겠네요?" 그녀가 말했다.

마리아가 미소를 지었다. "그런 징후들이 나타나나 봐요. 두고 보면 알겠죠. 이렇게 상태가 호전된 게 저절로 된 일이라고 생각하지 않아요. 오랫동안 아이 곁을 지켜줘서 고마워요. 나탈리에가 해준 일을 내가 얼마나 고마워하는지 모를 거예요." 그녀가 손을 가슴에 대며 말했다.


그동안 숙소로 쓴 별채에서 옷을 정리해 가방에 넣고 있는데 문을 똑똑 두드리는 소리가 들렸다. 그 소리를 듣는 순간 나탈리에는 그일 거라 예감했다. 나무를 가볍게 두드리는 그 손길, 부드러운 멜로디 같은 노크 소리의 주인이 누구인지 나탈리에는 단박에 알아차렸다.

문을 여니 그가 있었다. 여위고 수척해진 모습이었지만 그의 미소에는 이 세상 모든 생기가 들어 있었다. 그의 뒤로 멀지 않은 곳에 그가 타고 온 택시가 보였다. 그는 성인용 보행기에 의지한 채 말없이 그녀를 물끄러미 바라보았다.

나탈리에는 무슨 말을 어떻게 해야 할지 머리가 멍했다. 어느새 그녀는 물끄러미 바라보는 쪽, 지켜보는 쪽에 익숙해져 버린 것이다.

"요한네스." 그녀가 할 수 있는 말은 이것이 다였다.

그녀는 그를 안아줄 생각조차 하지 못했다.

"나탈리에." 그가 미소를 지으며 대답했다.

그가 한 걸음 다가와 그녀의 손을 잡고 자신의 뺨으로 가져갔다.

"당신이 내게 해준 일에 대해 들었어요." 그가 말했다. "고마워요. 정말 고마워요."

그녀가 고개를 살짝 흔들며 미소를 지었다. "그건…… 아무것도 아니에요."

나탈리에는 문득 자신의 마음이 얼마나 평화로운지 깨달았다. 그녀 안에서 뭔가가 새로워진 기분이었다. 훨씬 홀가분해진 느낌이기도 했다.

"당신의 부적절한 기쁨은 어때요?" 그녀가 농담을 건넸다. 말을 하고 나니 도가 지나쳤을까 봐 덜컥 걱정이 되었다.

그의 반응을 보기 전까지는.

"아마 이제 훨씬 더 부적절해질 거예요." 그가 대답했다. "당신은 어디에서 살 거예요? 예테보리?"

"당신은 어디에서 살지 모르겠네요." 그녀가 미소를 지으며 말했다. "그런데 예테보리는 너무 과대평가되어 있어요, 그렇지 않아요?"

벽마다 걸려 있는 폭이 좁고 검은색 유약을 칠한 목제 액자 안 심플한 매트지 테두리 안에는 가로세로 각각 1미터인 흑백 이미지들이 들어 있었다.

제일 먼저 네 개의 풍경이 나왔다. 그다음으로는 버려진 채 썩어가는 집들과 정원들을 담은 네 개의 이미지. 마지막으로 해체된 인체 부위들. 발 하나. 손 하나. 고개를 돌린 볼 한쪽. 감은 한쪽 눈과 뒷덜미, 머리카락 조금. 그녀는 늪지 주민들의 사진은 전시하지 않기로 결정했다.

마야는 커다란 창문으로 밖을 바라보았다. 어느새 포슬포슬한 눈송이가 나풀거리며 떨어지고 있었다. 추위를 느낄 수 없는 실내에서는 손님들이 레드 와인과 크래커를 대접받고 있었다.

하지만 이곳은 결코 전형적인 전시회 개관날도 전형적인 전시회도 아니었다. 마야는 사람들이 어울릴 여지를 최소화했다. 아예 그런 과정 없이 진행하기로 했다는 편이 더 정확할 것이다. 아니, 그런 것은 관심이 없어 보였다. 마야는 단지 자신의 사진들을, 늪지에서의 경험을 보여주고 싶었다.

인근에서 가장 거물인 예술가가 예술학교의 갤러리에서 전시회를 열 예정이라는 사실이 언론에 의해 알려지자 당연히 사람들의 관심이 고조되었다. 그 후 그녀가 최근에 늪지에서 벌어졌던 사건을 명백하게 레퍼런스 삼아 모스마르켄의 풍경을 전시할 예정이라는 사실이 알려지자, 대중은 폭발적인 관심을 보였고 심지어 전국 규모의 언론에서도 관심을 표명했다. 아직 아무도 사진을 본 사람이 없는데도 소셜 미디어에는 그녀의 전시회에 대한 포스팅이 넘쳐 났다. 여론은 양분되었고 많은 사람들이 분개했다. 그녀가 모스마르켄에서 일어난 비극을 이용한다며 극도로 분개한 사람들이 많았다. 그들은 이 전시회를 그렇게 여겼다.

마야는 화랑 측과 가까운 사람들만을 대상으로 비공개 오프닝을 한 후에 자신이 펭에르스코그에서 멀리 떠나 있을 이튿날 언론과 대중에게 공개를 하기로 했다.

그래서 지금 전시회장에는 그녀를 비롯해 스무 명 남짓한 친구들밖에 없었다. 그들 중에는 나탈리에와 요한네스도 있었다. 예란도 참석했다. 그는 많이 지친 것 같았다. 마음이 부서진 것 같았다.

"티나와의 관계를 해명하기에 적당한 기회가 아닌 것 같군요." 그가 들어오기 직전 불편한 듯 말했다.

"괜찮아요." 그녀가 말했다. "선생님이 편하실 대로 하세요."

"그럼 나중에 이야기할까요?"

"네. 다음 기회에 해요."

마야는 그를 재촉하는 대신 적당하게 시간 차이를 두며 그의 잔을 채웠다. 마침내 듣고 싶은 이야기, 그의 해명이 나올 때까지. 그는 한 손에 잔을 들고 벽에 기대선 채 그녀를 손짓으로 불렀다.

"당신에게 말해주고 싶어요." 그가 말했다. "솔직하게. 그래요, 티나와 나는 연인 사이였어요. 그녀는 칼스타드에 출장을 올 때마다 나를 만나러 왔죠. 그녀가 실종되었을 때 우리는 만나기로 약속이 되어 있었어요. 하지만 그녀는 오지 않았죠. 나는 충격을 받았어요. 그녀에 대해서 함구했죠. 그녀와 유가족을 배려한다는 이유도 있었지만 우리의 관계를 누군가에게 발설하면 내가 용의자가 되리라 짐작했기 때문이기도 해요."

죄책감이 그를 무겁게 짓누르는 것처럼 보였다.

"무슨 일이 일어났다고 생각하셨어요? 영이 데려갔다고 생각하셨나요?"

그가 어깨를 으쓱했다. "그렇지 않다는 걸 이제 알잖아요. 어쨌든 그녀의 실종 건은. 하지만……."

두 사람은 잠시 아무 말도 하지 않았다. 예란이 고개를 들고 그녀의 눈을 똑바로 바라보았다.

"하지만 지금도 여전히 행방불명 상태인 사람들이 많아요. 당신들은 페데르와 위본네 부부의 손에 희생된 사람들만 찾아냈죠." 그가 시선을 피했다. "나는 아직도 행방이 묘연한 사람들은 영영 찾을 길이 없는 게 아닌가 하는 생각이 슬슬 들어요. 그 사람들은 영이 끌고 들어가…… 흔적도 없이 사라지게 한 거라고요. 아직 사라진 소년도, 트레이시도, 내 아내도 찾아내지 못했잖아요……."

마야가 손을 들어 그의 팔을 잡고 위로하듯 꼭 쥐었다. "있잖아요, 예란. 와주셔서 정말 고마워요. 진심이에요."

마지막 손님이 돌아가자 오스카르는 마야와 함께 집으로 돌아왔다. 그녀는 티라이트 몇 개에 불을 붙이고 욕조에 라벤더 오일을 푼 후 잔 두 개에 카바 와인을 따랐다. 그리고 옷을 벗고 욕조로 들어갔다. 오스카르가 문가에 서서 그 모습을 지켜보고 있었다.

"안 들어올 거야?" 그녀가 물었다.

그러자 오스카르가 천천히 옷을 벗고 욕조로 다가와 뜨거운 물에 몸을 담갔다.

나탈리에는 오몰의 어느 아파트 계단을 천천히 오른 후 초인종을 눌렀다. 그녀의 마음은 지금까지 일어난 모든 일이 다 끝나자 과로에 지쳐 쉬는 것 외에 아무것도 원하지 않는 근육이 되어버린 것 같았다. 하지만 이 일은 꼭 해야 했다. 이 한 가지만큼은 꼭. 그녀가 예테보리로 가기 위해 달슬란드를 떠나기 전 마지막으로 해야 할 일이었다.

　문을 열어 준 여자는 낯선 사람이었다. 바로 앞에 서 있는 뚱뚱한 여자에게서 낯익은 구석은 어디에도 없었다.

　두 사람은 그렇게 서서 상대방을 마주 보았다. 잠시 후 나탈리에는 현재의 모습 뒤에 깊이 감추어져 있는, 한때 자신의 가장 친한 친구였을 때의 율리아가 보였다. 눈매가 익숙했다. 높은 광대뼈가 눈꼬리까지 휘어져 올라간 모습이 말이다.

　"나탈리에?" 율리아가 물었다.

　"율리아." 나탈리에가 대답했다.

　나탈리에가 한 걸음 다가가 어린 시절의 친구를 두 팔로 감싸더니 꼭 안았다. 율리아는 뻣뻣하게 서 있기만 했다. 하지만 이내 그녀의 몸에서 힘이 풀어지나 싶더니 갓 발견된 샘에서 지하수가 펑펑 솟아나듯 굵은 눈물이 주르르 흘러나왔다. 그 눈물은 나탈리에의 어깨를 흔들 정도로 꺽꺽거리는 오열로 변해갔다. 그녀의 몸으로 퍼지는 충격파에 온몸이 떨려왔다.

　잠시 후 율리아는 스웨터의 소매로 얼굴을 닦으며 감정을 가라앉히려 했다.

"무슨 말을 하겠니." 그녀가 말했다.

"그래, 무슨 말을 하겠니." 나탈리에가 한숨을 쉬며 말했다.

두 사람은 거실 소파에 앉았다. 나탈리에는 여전히 율리아의 손을 잡고 있었다.

"내가 알았다면 어땠을까?" 율리아가 말문을 열었다. "모든 걸 다. 엄마와 아빠가 무슨 일을 하고 있는지. 네 부모님이 돌아가신 진상도. 그동안 다 알고 있었지만 너무 가까워서 제대로 보지 못한 게 아닐까?"

나탈리에가 고개를 가로저었다. "두 분이 무슨 짓을 하시는지 네가 어떻게 알았겠어?"

"모르겠어. 어쩌면…… 의심 정도는 했어야 했어."

"그런 일을 어떻게 상상이나 할 수 있겠니, 율리아. 두 분은 트레이시가 죽은 후 마음에 병이 드신 거야."

율리아가 한숨을 쉬었다. "그래, 우리 가족도 망가졌어. 그 지경이 되도록 몰랐다니 죄책감이 너무 커. 부모님이 변했다는 사실을 나는 정말 몰랐어. 내 문제에만 빠져 있었거든."

그녀가 나탈리에를 바라보았다.

"지금까지 내가 이 일에 대해서 이야기를 한 사람은 너뿐이야. 아이들에게도 말하지 못했어. 뭐라고 말해줘야 할지 모르겠어. 세상에 모습을 드러내기가 너무 두려워. 무서워서 컴퓨터도 못 켜겠어. 사람들이 엄마와 아빠에 대해 온갖 글을 쓰고 있다는 걸 알아. 우리에 대해서. 너무 끔찍해."

"알아. 하지만 조금만 더 버텨. 그러면 잠잠해질 거야. 사람들은 글을 쓰고 떠들어댈 거리를 또 찾아낼 거야."

"네 말이 맞기를 바라. 그 말을 정말 믿을 수 있을지는 모르겠지만." 그녀가 말했다. "더 끔찍한 건 말이지. 사람들이 내게도 비난을 퍼붓는 것 같아. 이런 생각을 도무지 떨쳐버리지 못하겠어." 율리아가 테이블을 바라보았다.

"아이들은 어떻게 할 거야?" 나탈리에가 물었다. "너는 여기서 계속 살 거야?"

"그래. 아마도." 긴장이 역력한 그녀의 얼굴에 미소가 작은 보조개를 만들었다. "아이들은 이제부터 내가 키울 거야. 오래전에 이곳으로 데려왔어야 했어."

두 사람은 커피를 마시고 반쯤 얼어붙은 초콜릿 마시멜로를 플라스틱 포장에서 곧장 꺼내 먹었다. 그리고 이야기를 계속 나눴다. 추억을 떠올렸다. 마침내 나탈리에가 가봐야 한다고 말했다.

"오늘 밤이 되기 전에 예테보리의 집으로 가고 싶어."

율리아가 숨을 내쉬고는 나탈리에를 멈춰 세우듯 한 손을 그녀의 어깨 위에 올려놓았다. 그리고 급히 침실로 들어갔다가 잠시 후 공책 하나를 들고 돌아왔다.

"네게 말해주고 싶은 이야기가 하나 더 있어. 이 일에 대해서 누군가에게 이야기를…… 해야만 할 것 같아."

그녀가 공책을 내밀었다. "이건 트레이시의 일기야. 언니 방에 들어가서 몰래 읽곤 했지. 우리가 그랬잖아. 너도 기억하지? 우리가 언니의 시도 읽었잖아. 그런데 이 일기, 언니가 사라지기 직전에 쓴 걸 읽었어. 그 일기에 대해서는 아무에게도 말하지 않았어. 내가 평생 가슴에 품고 살아야 할 것이었어. 이 일기장에 쓰인 내용 말이야."

"왜? 뭐라고 적혀 있는데?" 나탈리에가 물었다.

"트레이시는 나이가 더 많은 남자와 사귀고 있었어, 기억하니? 두 사람은 사귀었어. 그런데 그 사람은…… 아마 언니를 원하지 않았던 것 같아. 늘 그랬던 건 아니었거나. 가끔만 그랬겠지. 그러다가 그 남자에게 다른 사람이 생겼어. 그리고 언니가 쓴 일기를 읽어보면 더 이상 살고 싶어 하지 않았다는 사실을 확실히 알 수 있어. 언니는 정말 결심을 했던 것 같아."

나탈리에가 율리아를 바라보았다. "그렇게 심각했어?"

"죽기 전 언니는 완전히 다른 사람 같았어. 슬픔에 빠져 있었지. 하지만 나는 아무에게도 말하지 않았어."

"내게 말해줬잖아."

"내가?"

"그래."

율리아가 일기를 넘겼다. "여기 봐. 언니가 죽은 그 주에 일기를 많이 썼어. 대개는 음울한 생각들이었지. 언니는 죽기 전날 밤에 마지막 일기를 썼어. 여기를 봐. 언니가 쓴 걸 들어봐."

율리아가 문장마다 충분히 쉬어주며 천천히 주의 깊게 일기를 소리 내어 읽었다.


내가 더 이상 존재하지 않는 것 같아요. 당신이 떠난 자리에 아무것도 남기지 않은 것처럼. 나는 더 이상 먹지 않아요. 물도 마시지 않아요. 그냥 스르르 사라지고 싶을 뿐이에요. 모든 게 끝날 때까지 추락하고 싶어요. 내가 끝날 때까지. 이 빌어먹을 지옥이 끝날 때까지.

나탈리에는 14년 전 그날 밤의 기억이 다시 되살아나는 것 같았다. 트레이시의 줄무늬 잠옷이 떠올랐다. 진흙투성이의 사람들과 소리를 막아버린 창문이 기억났다. 현실에 금이 가고, 다시는 아물지 않을 상처 같은 뭔가가 터져버리는 감각도.

"그러니까 언니의 죽음은 유령의 짓이 아니었구나." 나탈리에가 말했다. "언니는 자살을 한 거였어."

"제일 끔찍한 부분이 뭔지 아니?" 율리아가 물었다. "내가 이 일기를 엄마와 아빠에게 보여드리기만 했어도 이 끔찍한 비극은 일어나지 않았을 거라는 거야. 우리가 이야기만 했어도. 우리가⋯⋯ 그렇게 따지면 다 내 탓이야."

나탈리에가 꿀꺽 침을 삼켰다. "그렇다면 네 탓인 만큼 내 탓이기도 해. 나는 그 일이 일어나기 얼마 전에 오몰에서 트레이시 언니를 봤어. 그 남자와 싸우고 있었지. 언니가 얼마나 슬퍼했는지 나도 알고 있었어. 얼마나 절망에 빠져 있는지도 알았지. 하지만 내가 뭘 해야 할지 몰랐어. 내가 할 수 있는 일이 있는지조차 몰랐어."

나탈리에는 한참 동안 침묵을 지켰다. 그리고 마침내 이렇게 말했다.

"우리는 어렸어, 율리아. 이 모든 비극의 짐을 네가 떠안아야 할 이유가 없어."

고개를 끄덕이는 율리아의 눈에 새로 눈물이 차올랐다. "우리는 어렸어." 그녀가 친구의 말을 반복했다.

# 에필로그


한동안 기온이 계속 올랐다. 지난 주말에 찾아온 따스한 봄날에 이 지역이 들뜨기 시작했다. 마야의 눈에 집 근처 자작나무에 갓 돋아나는 새순들이 들어왔다.

그녀는 작년 연말 이후로 모스마르켄을 찾지 않았다. 이제 준비가 되었다. 전날 아버지의 장례식이 있었다. 그래서 기운을 차리기 위해 긴 산책이 필요했다. 어쩌면 예란의 집에 들를 수도 있었다. 두 사람은 지난겨울 몇 차례 만나 모든 오해를 풀었다. 마침내 마야는 두 사람이 다시 평온한 사이로 되돌아간 것 같았다.

어느새 마야는 늪지 위로 지그재그로 뻗어 있는 보행로를 따라 경쾌하게 걷고 있었다. 이 늪지가 봄빛에 물든 모습을 그녀는 처음 보았다. 쇠락함과 어디서나 피어 있는 버섯들이 지배하던 가을의 칙칙한 풍경과는 완전히 달랐다.

연약한 생명체들이 슬슬 잠에서 깨어났다. 덤불은 연한 녹색의 잎사귀를 만들어내기 시작했다. 풀 더미도 색이 바뀌는 중이었다. 사방에서 새들이 지저귀고 있었다.

마야는 개똥지빠귀 몇 마리를 눈으로 좇았다. 새들은 이 가지에서 저 가지로 폴짝폴짝 뛰어다니다가 훌쩍 날아갔다.

바람이 살짝 거세지나 싶더니 어느새 다시 잦아든 것 같았다.

그녀는 늪지 위를 계속 걸었다. 하지만 개똥지빠귀 한 마리가 무리에서 뒤처졌다는 사실은 미처 알아차리지 못했다. 그 새는 그녀 뒤로 툭 떨어졌다. 그리디니 다리를 절며 고통 속에서 비명을 지르는 것 같았다. 바로 그때 늪의 시커먼 거울 같은 수면이 번쩍하더니 어떤 이미지가 어른거리는 것 같았다. 마야가 그 이미지를 봤다면, 선명한 푸른 눈동자에 흰색과 회색의 줄무늬 잠옷을 입은 젊은 여자처럼 보이는 빛의 모자이크라고 묘사했을 것이다.

땅에 떨어진 새가 날개를 퍼덕거렸다.

다음 순간 그 새는 어디에도 보이지 않았다.

# 감사의 말

새로운 세계로 나를 친절하게 안내해주신 알란데르 에이전시의 아스트리와 크리스티네, 카이사는 물론 헬레네와 야코브를 비롯해 출판사의 모든 분들에게 감사드립니다.

책이 만들어지는 다양한 과정에서 원고를 읽고 의견을 내주신 카리나, 펠레, 셰르스틴, 엘린, 시시 B, 옌뉘, 카밀라, 시시 F, 예란, 다니엘, 리사, 안니카, 안드레아스, 피아에게 감사드립니다.

아이를 봐주시고 로멜란다의 벽난로 옆에 놓은 긴 의자에서 즐겁게 글을 쓸 시간을 만들어주신 잉그리드와 굴마르, 수산네에게 고마움을 전합니다. 새에 대해 자문해주신 잉그리드도 감사합니다.

맛있는 점심을 만들어준 마리아, 고마워요. 내 순서도 곧 돌아오겠죠?

소설을 쓸 통나무집을 빌려준 비올 오크 다비드에게 감사합니다.

놀랍도록 매력적이고 영감이 충만한 라디오 프로그램과 혁신적인 팟캐스트인 〈뮈스테르 오호 뮈스테리에르〉를 진행하는 문화부 기자인 에릭 쇨트와 과학사가인 페르 요한손에게 감사드립니다. 두 분의 방송이 이 책을 쓰는 동안 소중한 동반자가 되어주었습니다. 또한 감수를 맡아주신 페르 요한손에게도 감사드립니다

명징함이 무엇인지 알려준, 묵티와 아뒤아스한티, 오픈 게이트 상하 피정 센터에게도 감사드립니다.

우문에 현답을 주시고 참을성 있게 사실관계를 감수해주신 다음과 같은 걸출한 전문가 여러분에게도 감사의 말을 전합니다.

마틴 시더월, 예테보리 앤 살메르스 대학의 이론물리학과 교수.

마츠 P. 비오르크만, 예테보리 대학 지구과학 학부 생물지구화학자.

크리스티안 피셔, 덴마드 실케보리 박물관의 전 관장이자 고고학자.

엘리사베트 노르드블라드, 예테보리 대학의 고고학 교수.

페르 묄레르, 의사

안네 마야카리, 외레브로 경찰서 법의학 사진사.

로우이세 라르손, 칼스타드 경찰서 법의학 사진사.

칼-에리크 스텐, 칼스타드 경찰서 경위.

(그럼에도 불구하고 이 책에 오류가 있다면, 그것은 전적으로 나의 책임임을 밝힙니다.)

마지막으로 에드바르드와 알마, 내가 너희를 침대에 누일 때마다 글을 쓰라고 해줘서 고마워. "정말 포근해." 그리고 안데르스, 모든 게 다 고마워요. 이 이야기는 우리의 것이에요.

# 역자 후기

늪지와 기후변화의 관계를 연구하며 생물학 박사 논문을 쓰고 있는 나탈리에는 데이터를 수집하기 위해 스웨덴의 토탄 늪지대로 향한다. 아름다운 풍광을 자랑하는 모스마르켄은 철기시대에 매장되어 미라가 되어버린 '링곤베리 소녀'가 발견된 곳이다. 그리고 나탈리에가 14년 전 버리고 떠난 과거가 여전히 묻혀 있는 곳이기도 하다.

세계적인 명성의 사진작가 마야는 비엔날레에서 큰 성공을 거둔 후 창작의 근거지를 뉴욕으로 옮긴다. 그녀는 작품 활동 외에도 순전히 개인적인 흥미에서 기인한 부업을 하고 있는데, 바로 경찰 사진사다. 그곳에서 범죄가 일어날 것이라 꿈에도 상상하지 못했던 사람들의 무심한 일상이 고스란히 남아 있는 범죄 현장에 그녀는 평생 매료되어왔다. 뉴욕에서도 용케 이 부업을 이어가 기술을 썩히지 않았던 마야는 고향으로 돌아와 다시 옛 동료인 레이프 형사를 돕게 된다.

그러던 어느 날 매일 늪지를 달리던 화가 지망생 요한네스가 습격을 받는다. 의식을 잃고 쓰러져 있는 그를 나탈리에가 발견해 신고하고, 마야는 레이프를 도와 사건 현장을 사진에 담는다. 사람들은 나탈리에가 요한네스를 발견한 경위를 두고 운이 좋았다고 생각하지만, 사실 그녀는 구체적인 위험을 직감하고 요한네스를 구하러 나갔다. 그렇다면 어떻게 요한네스가 위험하다는 사실을 알았을까? 그녀가 14년 전 도망치듯 떠나버린 과거는 무엇일까? 이제와 다시 고향으로 돌아온 이유는 그녀의 말대로 박사 논문이 다일까?

스칸디나비아를 배경으로 한 장르소설이라고 하면 대뜸 눈이 떠오른다. 하얀 눈으로 뒤덮인 엄혹한 자연과 그 자연에 뒤지지 않을 정도로 참혹한 살인사건, 인간들의 추한 모습에서 시선을 돌리려는 듯 밤하늘에 걸려 있는 신비로운 오로라. 나의 한정된 독서 경험에서 노르딕 누아르의 배경은 항상 이런 이미지였다.

부끄럽지만 사실 이 책을 작업하기 전에는 스칸디나비아에 늪지대가 있다는 사실은 상상조차 못 했다. 더욱 부끄럽게도 '늪'도 창녕의 우포늪을 알기 전에는, 바닥이 없기 때문에 잘못 발을 디디면 절대 빠져나오지 못하는 무시무시한 수렁으로만 알고 있었다. 이 책을 작업하면서 나는 종종 우포늪과 스웨덴 습지의 이미지를 인터넷으로 검색해 보았다. 아름다웠다. 설령 그 늪지대 어딘가에 정말 수렁이 있어 먹잇감을 호시탐탐 노리고 있다고 해도. 작업이 막히거나 눈이 아플 때면 인터넷에 올라온 이미지를 살펴보며 요한네스가 쓰러져 있었던 곳은 이런 느낌이었을지, 나탈리에가 어린 시절의 추억을 떠올리면 생각나는 곳은 이런 분위기였을지, 철기시대에 사람들을 매장한 곳은 이런 습지였을지 상상하다 보면 어느새 시간이 훌쩍 흘러가 있었다.

내게 스웨덴의 습지가 신선했던 만큼, 이 책의 저자 수산네 얀손도 노르딕 누아르 소설계에서 신선한 얼굴이다. 이 소설에 쏟아진 찬사에서 가장 빈번히 등장한 표현이 아마도 '데뷔작'일 것이다. 엄밀히 말해 작가의 첫 범죄소설은 아니고 첫 장편소설이다. 마야의 모습에서 오랜 시간 사진작가와 언론인으로 활동한 작가의 이력이 겹쳐 보이는데, 수산네 얀손도 뉴욕에서 사진을 공부했고 고국으로 돌아온 후 지금까지 사진작가 겸 저널리스트로 활동하고 있다. 사람이라는 존재를 사진 예술과 저널리즘으로 넓게 조망하면서도 때로는 미세하게 들여다본 경험이 이 소설의 토대를 이루었으리라 나는 짐작하고 있다.

우리는 열 길 물속은 알아도 한 길 사람 속은 모른다고 한다. 이 소설에 등장하는 사람들의 마음속은 마치 소설의 배경이 된 늪지대와도 같다. 겉으로는 아름답지만 아무리 들여다보아도 시커먼 물밖에 보이지 않는다. 늪도 사람도 그 속에 얼마나 많은 미라를 품고 있을까. 그 미라는 어떻게 그곳에 갇혔을까. 전설처럼 늪이 끌어당긴 것일까. 늪지 전설에 교묘히 정체를 숨긴 사람의 소행일까. 우리를 두려움에 떨게 하는 것은 불가사의한 초자연적인 힘인가. 아니면 평범하고도 선량해 보이는 인간의 추악한 속마음인가. 그 해답이 바로 이 소설에 있다.

2019년 8월
이경아

**옮긴이 이경아**

한국외국어대학교 러시아어과와 같은 대학 통역번역대학원 한노과를 졸업했다. 현재 전문 번역가로 활동하고
있다. 옮긴 책으로는 《마에스트라》《더 걸 비포》《버드 박스》《이웃의 아이를 죽이고 싶었던 여자가 살았네》
《탐정 매뉴얼》 등이 있다.

# 링곤베리 소녀

2019년 8월 14일 초판 1쇄 인쇄
2019년 8월 21일 초판 1쇄 발행

지은이 | 수산네 얀손
옮긴이 | 이경아
발행인 | 윤호권
책임편집 | 김혜정
책임마케팅 | 정재영, 임슬기, 박혜연

발행처 | (주)시공사
출판등록 | 1989년 5월 10일(제3-248호)

주소 | 서울특별시 서초구 사임당로 82(우편번호 06641)
전화 | 편집 (02)2046-2853 · 마케팅 (02)2046-2883
팩스 | 편집 · 마케팅 (02)585-1755
홈페이지 | www.sigongsa.com

ISBN 978-89-527-3888-2 03850

검은숲은 (주)시공사의 브랜드입니다.

이 도서의 국립중앙도서관 출판예정도서목록(CIP)은 서지정보유통지원시스템 홈페이지
(http://seoji.nl.go.kr)와 국가자료종합목록 구축시스템(http://kolis-net.nl.go.kr)에서
이용하실 수 있습니다.(CIP제어번호: CIP2019031398)